Sarah Crossan

Breathe

Flucht nach Sequoia

Sarah Crossan wurde in Irland geboren und verbrachte den größten Teil ihrer Kindheit und Jugend in England, wo sie u.a. an der Cambridge University unterrichtete. Mittlerweile lebt sie in den USA, hat ihren Job als Englischlehrerin aufgegeben und widmet sich ganz dem Schreiben.
Weitere Bücher von Sarah Crossan bei dtv junior: siehe Seite 4

Nina Frey, geboren in Heidelberg, studierte Anglistik und Germanistik in Hamburg. Sie arbeitete lange als Expertin für wertvolle Bücher in Hamburg, London und Berlin. Heute lebt sie als freie Übersetzerin in Wien.

Sarah Crossan

Breathe

Flucht nach Sequoia

Roman

Aus dem Englischen von Nina Frey

dtv

Ausführliche Informationen über
unsere Autoren und Bücher
www.dtvjunior.de

Von Sarah Crossan ist bei dtv junior außerdem lieferbar:
Breathe – Gefangen unter Glas

MIX
Papier aus verantwortungsvollen Quellen
FSC® C019821

Ungekürzte Ausgabe
2015 dtv Verlagsgesellschaft mbH und Co. KG, München

Titel der amerikanischen Originalausgabe: ›Resist‹,
2013 erschienen bei Greenwillow Books,
an imprint of HarperCollins Publishers, New York
Published by arrangement with
Rights People, London
Umschlagkonzept: Balk & Brumshagen
Umschlaggestaltung: Max Meinzold
Gesetzt aus der Rotis Serif Pro 10,2/13,6˙
Druck und Bindung: Druckerei C.H.Beck, Nördlingen:
Gedruckt auf säurefreiem, chlorfrei gebleichtem Papier
Printed in Germany · ISBN 978-3-423-71642-0

Für Aoife

In Liebe
auf ewig

TEIL 1

DIE REISE

ALINA

Nach Sequoia segeln: kein Kinderspiel, ganz klar, aber auf Eisregen und Sturmböen ist dann doch keiner gefasst gewesen. Der kleinste Fehler und wir ertrinken in diesem Fluss.

»Hilfe«, schreie ich, verlagere mein ganzes Gewicht in die Fersen und lasse mich nach hinten kippen, um die Takelage am Wegrutschen zu hindern. Der Regen peitscht senkrecht auf uns nieder und verwandelt das Deck in eine Eisfläche. Das Boot knarrt und schlingert vorwärts, mein Cousin Silas kommt auf mich zugetaumelt und schnappt sich das Tau. Er zurrt es stramm und ich verknote hastig das Ende, damit sich die Segel nicht zu stark aufblähen und uns zum Kentern bringen. »So geht's erst mal«, beschließe ich. Im Windgetose klingt meine Stimme ganz dünn.

Silas zieht sich die Kapuze über den Kopf. Seit wir die Segel gesetzt haben, hat er kaum ein Wort gesagt. Keiner von uns hat das. Was soll man auch reden, jetzt, wo der Hain in Schutt und Asche liegt, wo alles Geschichte ist, wofür die Rebellen jemals gekämpft haben.

Wenigstens lässt uns der Sturm keine Gelegenheit für trübe Gedanken: an die Schreie, das Blut, die Panzer, die heranstürmenden Soldaten mit ihren Gewehren, unsere toten Freunde im Staub. Und an die Bäume, unseren ganzen Wald, der vor unseren Augen zusammenschrumpelt. Der Geschmack des ätzenden Schaums klebt mir immer noch im Rachen.

Ich folge Silas in die Kajüte, wo unsere winzige Truppe von Überlebenden Schutz vor dem Sturm gesucht hat. Meine Hände brennen immer noch vor Kälte. Ich versuche es mit Reiben, bis ich sie mir in den Mantel unter die Achselhöhlen schiebe.

»Wir haben alles so gemacht, wie du's gesagt hast«, melde ich Bruce. Wer hätte gedacht, dass ich mal so dankbar sein würde, einen Ausgestoßenen zum Verbündeten zu haben? Was auch immer der alte Mann damals im Auftrag des Ministeriums verbrochen haben mag – das interessiert jetzt niemanden mehr. Ohne ihn hätten wir das Boot niemals flottbekommen, vom Navigieren durch ein Unwetter mal ganz zu schweigen.

»Gute Arbeit«, brummt er und kratzt sich den grauen Bart, ohne den Blick vom schmutzigen Fenster zu wenden, durch das man die Silhouetten der Ufergebäude kaum erkennen kann.

Das Boot macht einen bedrohlichen Schlenker und reißt das Steuerrad aus Bruce' knotigen Händen. Mein Magen muckt auf. Ich reguliere das Ventil an der Sauerstoffflasche an meinem Hosenbund, bis der zusätzliche Sauerstoff durch den Schlauch zischt, und atme tief durch die Nase. Während Silas mit Bruce das Steuerrad unter

Kontrolle bringt, kauere ich mich neben Maude. Die alte Frau hat ihre Decke wie ein Leichentuch um sich gewickelt, nur ihr Kopf und ein dürrer Arm ragen noch raus. »Hast du alle Sauerstoffflaschen unter Deck geschafft?«, frage ich. Ohne Luft können wir uns genauso gut in den Fluss stürzen und dem Leid gleich ein Ende bereiten.

»Für wie bescheuert hältste mich eigentlich? Da drüben.« Sie deutet in eine Kajütenecke, wo sich die Flaschen fein säuberlich stapeln. Sieben sind wir, zehn haben wir noch. Wie viele Sauerstofftage bleiben uns da? Wie viele Stunden?

Aus der Ecke gegenüber kommt ein Schluchzen. Dorian und Song, Rebellen wie ich, beugen sich über Holly, eine Gärtnerin aus dem Hain. Ich kenne sie nicht gut, aber jeder Überlebende zählt.

Ich schnappe mir eine Sauerstoffflasche und schwanke in ihre Richtung. Holly schlottert, dass die Zähne klappern. Obwohl sie mit Song und Dorian im Hain gelebt und gelernt hat, mit sauerstoffarmer Luft auszukommen, atmet sie hektisch und flach. »Sie hyperventiliert. Sie braucht eine von denen hier.«

Dorian richtet sich auf und fährt sich mit der Hand durchs Haar. »Das wird sie garantiert nicht wollen.«

Ich versuche, ihr die Stirn zu fühlen, doch sie schlägt meine Hand fort und zerkratzt sie mit ihren Nägeln.

»Die hat se nich mehr alle«, schnarrt Maude und pult an ihrem schorfigen Ellbogen herum.

Die Hände fest am Steuer späht Bruce unter dichten Augenbrauen rüber zu Holly und seine Miene verrät genau, dass er so etwas nicht zum erstem Mal sieht.

Natürlich nicht. Auch damals nach dem Switch sind die Leute durchgedreht, als der Sauerstoffgehalt in den Keller ging und alle schleichend erstickten. Maude und er haben es überlebt. Doch was sich hier abspielt, fühlt sich schwer nach Untergang an. Es ist schlimmer als je zuvor. »Die kommt schon wieder in Ordnung«, brummt Bruce. Maude schnaubt, spart sich aber den Kommentar. So herzlos ist sie auch wieder nicht.

Holly murmelt irgendwas vor sich hin. »Was gibt's, Holl?«, fragt Song. Er fasst sie nicht an. Stattdessen drückt er sich die schlanken braunen Hände aufs eigene Herz, als könne er ihre Gefühle teilen. In seinen Augen stehen Tränen und Schmerz. Sind die beiden etwa zusammen? Romantische Beziehungen unter Rebellen waren stets tabu, aber vielleicht wurde diese Regel weniger streng befolgt, als ich dachte. Silas und Inger waren ja schließlich auch ein Paar.

»Luft«, stöhnt Holly. Song greift nach der Sauerstoffflasche, doch Holly schüttelt den Kopf. »Frische Luft«, sagt sie, als stünde die zum Angebot.

Dorian seufzt. »Wir segeln mitten durch ein Unwetter.« Wie in Reaktion auf seine Warnung kippt das Boot nach hinten.

»Lass uns abwarten, bis es vorüber ist«, beschwichtigt Song.

Holly starrt auf ihre Stiefel, die mit schwarzem Schaum verkrustet sind. »Ich will raus, die Luft spüren.« Sie beißt sich auf die Unterlippe und zupft sich an der Hose rum. »Dann können wir vielleicht zum Hain zurück und duschen, zum Aufwärmen.«

Ich beneide Holly um ihre Traumwelt. Ich könnte auch eine kleine Auszeit von der Realität vertragen, damit das, was wir da mit ansehen mussten, nicht mehr so wehtut. »Ich nehm sie kurz mit raus«, sage ich. »Vielleicht bringt's ja was.«

Holly steht auf und zieht sich die Kapuze über die kurzen braunen Locken. Ihre Nase und die Ohren sind schon knallrot gefroren. »Wo steckt Petra?«, will sie wissen.

Ich nehme sie bei der Hand und führe sie zur Kajütentür. »Die ist noch im Hain und kümmert sich um die Bäume«, sage ich. Nicht völlig gelogen. Statt mit uns zu flüchten, hat sich unsere Anführerin fest um einen todgeweihten Baum geklammert. Petra hat es nicht über sich gebracht, ihre Lebensaufgabe zurückzulassen. Und den vollen Preis dafür bezahlt.

Ich denke an Jazz, die in Hochgeschwindigkeit einen Baum raufkraxelt, nur um bei Petra zu sein, und meine Kehle schnürt sich zu. Jazz war nur ein Kind. Sie hatte den Tod nicht verdient. Keiner hatte das. »Alina?«, fragt Dorian hinter meinem Rücken.

»Nur ein paar Minuten.« Damit stemme ich die Tür gegen den Wind auf.

Holly und ich kehren dem peitschenden Regen den Rücken zu und machen uns auf Richtung Bug. Ich gebe ihre Hand frei und sie umklammert die Reling, beugt sich vornüber und lächelt. Sie lässt sich die beißende Gischt ins Gesicht spritzen, dass ihr das Wasser den Hals runterrinnt. Das Boot wird von einer mächtigen Welle geschaukelt, meine bloßen Hände krallen sich ums Geländer, doch Holly lässt einfach los. War wohl ein Fehler, sie hier rauszubringen. »Komm, gehen wir wieder in die Kajüte.«

Holly blinzelt in die verschwommene Ferne, ihre Unterlippe bebt. »Ich hab gewusst, dass wir den Krieg verlieren«, sagt sie. Durch das Tosen von Wind und Wellen klingt es wie ein Flüstern.

Ich mache ihr erst gar nicht vor, wir hätten nicht verloren, denn das wäre wirklich eine Lüge. Wir sind jetzt nicht besser dran als die Ausgestoßenen, Flüchtlinge unterwegs nach Sequoia, in der Hoffnung, dort Obdach zu finden. Bis auf unser Leben ist uns nichts geblieben und ich habe meine Zweifel, ob das genug sein wird. Als würde sie meine Gedanken lesen, steigt Holly auf die unterste Querstange der Reling und hievt sich auf die andere Seite, bis sie wie eine lebendige Galionsfigur über dem Bug schwebt. Ich grapsche nach ihr.

»Holly, was soll das? Schaff deinen Arsch wieder hier rüber.«

Das Boot kippt nach vorne und sie beginnt zu schluchzen. »Lass mich *los.*«

Jetzt rutschen mir auch noch die Füße weg. »Helft mir!«, schreie ich.

Binnen Sekunden haben sich fast alle um uns geschart und mit Songs Hilfe zerre ich Holly übers Geländer zurück. Kaum liegt sie wieder sicher an Deck, schüttelt er sie durch. »Was soll der Scheiß? Was hast du dir dabei gedacht?« Er senkt seinen Kopf auf Hollys Bauch und bricht in Tränen aus. Holly streichelt Songs dicke Locken und starrt in die Wolken.

»Wir tragen sie rein«, sagt Dorian und durchbohrt mich mit seinem Blick.

»Wie soll ich bitte ahnen, was sie vorhat?«, sage ich.

Dorian schüttelt den Kopf und schiebt seine Hand unter Hollys Schultern.

Obwohl der Regen immer noch auf das Boot klatscht, hat sich der Sturm etwas gelegt und das Segeln wird leichter. Dorian, Holly und Song dämmern in ihrer Ecke vor sich hin. Bruce und Maude tuscheln und streicheln einander die runzligen Hände. Silas steht hinterm Steuer. Ich gehe zu ihm rüber und starre durchs gesprungene Kajütenfenster nach draußen. Die Ruinen entlang des Ufers, seit Jahrzehnten vergessen, bröseln bereits in den Fluss. »Du hättest sie einfach springen lassen sollen.«

»Ist das dein Ernst?« Ich muss schwer schlucken. Ist es so unwahrscheinlich, dass wir durchkommen?

»Dorian behauptet zu wissen, wo Sequoia liegt, aber als ich ihm die Karte unter die Nase gehalten habe, war er reichlich schwammig in seinen Angaben. Soweit ich's beurteilen kann, bleibt uns ein Suchradius von über fünfzehn Kilometern.«

»Wir finden den Weg. Wir haben schon ganz andere Dinge geschafft, Silas.«

»Ich bin mir da nicht so sicher. Wie lange reicht unser Sauerstoff noch, deiner Einschätzung nach?« Ich schiele rüber zu den Flaschen und dann zu Maude und Bruce, die in ihre Atemmasken schnaufen. Maude blickt auf und schickt mir einen völlig unverdienten finsteren Blick. Nach allem, was wir gemeinsam durchgemacht haben, sind wir immer noch nicht warm miteinander.

»Uns bleiben noch ein paar Tage«, sage ich.

»Wenn überhaupt«, meint Silas, die Augen auf die verbrannte Sonne gerichtet.

»Irgendein besserer Vorschlag?«, frage ich. Nicht, weil ich in Streitlaune wäre, sondern weil ich tatsächlich auf irgendeinen Geistesblitz von ihm hoffe.

Er schüttelt den Kopf. »Wenn wir nicht als Ausgestoßene leben wollen, bleibt uns nur Sequoia. Wenn wir's dorthin schaffen, können wir weiter unsere Pflanzen züchten und Kontakt mit Mom und Dad in der Kuppel aufnehmen.« Er verstummt und guckt mich an. Seine Augenränder sind ganz rot, auch wenn ich nicht beurteilen kann, ob das jetzt an dem Schaum liegt, mit dem die Armee des Ministeriums den Hain vernichtet hat, an Müdigkeit oder schierer Verzweiflung.

Ich nehme Silas beim Arm. »Harriet und Gideon geht es bestimmt gut«, sage ich. Selbst wenn in der Kuppel der Bürgerkrieg ausgebrochen sein sollte, sind mein Onkel und meine Tante viel zu gewieft, um sich erwischen und umbringen zu lassen.

Ein heftiger Windstoß schubst das Boot auf die Uferböschung zu und Silas reißt das Ruder scharf nach links. Ich verliere das Gleichgewicht und lande voll mit dem Gesicht auf dem Boden. Ein zäher, metallischer Geschmack füllt meinen Mund.

»Sorry«, meint Silas. »Geht's wieder?«

»Alles okay.« Ich lüpfe meine Maske und wische mir mit dem Ärmel das Blut ab. Es gibt Umstände, da jammert man nicht über eine aufgeplatzte Lippe.

Maude fährt hoch. »Stopp!«

Ich will die Alte gerade anpfeifen – sieht sie denn nicht, dass Silas sich ein Bein ausreißt, um das Boot aufrecht zu halten? –, da ertappe ich im Umdrehen eben noch Holly, die sich aus der Kajütentür stehlen will. Ich sprinte ihr hinterher. »Holly, nicht!«

Sie ist schon beim Bug, auf halbem Weg über die Reling. Als ich sie einhole, baumelt sie bereits über den Fluten und schlingert mit der Strömung von einer Seite zur anderen. Und sie lächelt. Silas' Worte schwirren mir durch den Kopf – *Du hättest sie springen lassen sollen.* Aber das bringe ich nicht. Sie steht ja völlig neben sich.

»Morgen sieht alles schon wieder ganz anders aus, Holly.« Ich packe sie am Arm.

»Morgen ist gar nichts besser.« Sie dreht sich kurz um und fängt meinen Blick ein. »Alles ist hin.«

»Wir müssen weiter hoffen«, sage ich.

Holly lacht freudlos. »Meine Hoffnungsvorräte sind aufgebraucht«, meint sie und löst ihre Finger. Ich schieße vor, kralle mich in Hollys Arm fest, aber sie ist so schwer, dass ich sie nicht lange halten kann. Eine brutale Ladung Gischt sprüht unter dem Kiel hoch und durchweicht sie bis auf die Knochen. Doch der Blick, den sie mir von unten zuwirft, könnte gelassener nicht sein. Meine Finger brennen.

»Du tust mir weh«, sagt sie. Und dann passiert es: Ihre nasse Haut entgleitet meinem Griff.

Holly klatscht aufs Wasser und wird verschlungen. Und ich kann nur dabei zuschauen.

Schwere Schritte poltern über Deck. »Holly!«, brüllt

Song. Er beugt sich über die Reling und sucht die Wellen ab, die sich am Rumpf brechen.

Doch Holly ist nicht mehr.

Ich wende mich ab.

Alle sind an Deck und starren mich an, alle bis auf Bruce.

»Ich konnte sie nicht mehr halten«, sage ich.

»Holly?«, wimmert Song.

Dorian schlingt einen Arm um ihn und zieht ihn vom Geländer weg.

»Wir legen über Nacht an«, verkündet Silas. »Und jetzt rein, aber allesamt.«

Schweigend trotten wir einer nach dem anderen in die Kajüte. Ich gleite zu Boden. Einer von Hollys braunen Stiefeln liegt noch neben den Sauerstoffflaschen, mit losen, ausgefransten Schnürsenkeln.

Die Schuld nehme ich jetzt aber nicht auf mich. Ich konnte sie einfach nicht halten. Sie ist ganz bewusst in den Tod gegangen. Ich schließe die Augen und presse mir die Fingerknöchel gegen die Augenlider.

Die Kälte spüre ich nicht mehr. Gar nichts mehr spüre ich.

»Das arme Mädel hat den Kampf verloren«, sagt Bruce zu niemand Bestimmten.

Und ich kann mich nur fragen: Wofür kämpfen wir überhaupt?

BEA

Manchmal wünschte ich, ich würde an Gott glauben wie die Leute vor dem Switch. Die Gewissheit, Teil eines großen Plans zu sein und darauf zu vertrauen, dass es mit den Menschen nach ihrem Tod erst richtig losgeht, das muss wirklich tröstlich gewesen sein. Aber selbst wenn meine Eltern jetzt an einem besseren Ort sein sollten, könnte auch Gott die Uhr nicht einfach zurückdrehen. Und genau das möchte ich. Die Möglichkeit, meine Eltern zu umarmen, ihren Geruch einsaugen zu dürfen.

Meine Sehnsucht nach Quinn habe ich mal für das gehalten, was gemeinhin als gebrochenes Herz bezeichnet wird. Ich hatte ja keine Ahnung. Jetzt frisst es mich von innen auf.

Quinn, Jazz und ich folgen einer alten, unter Schneematsch und Eisklumpen begrabenen Eisenbahntrasse, die vom Hain in die Innenstadt führt. Von dort aus wollen wir dem Fluss westwärts folgen. Ich habe die alte Landkarte, die Gideon mir kurz vor meiner Flucht aus der Kuppel zugesteckt hat, und Jazz hat auf einen Punkt gedeutet, den sie für Sequoia hält. Wir müssen ihr glauben, uns bleibt keine andere Wahl.

Quinn legt einen Arm um meine Schultern und drückt mich. »Vielleicht sollten wir mal eine Pause einlegen«, sagt er. Er muss mein Keuchen hinter der Atemmaske gehört haben, aber hier ist kein guter Ort zum Rasten. Die Temperatur sinkt so schnell wie die Sonne, es wird Zeit für einen Unterschlupf, doch die umliegenden Gebäude sehen unter ihrer Graffitischicht extrem einsturzgefährdet aus. Ich schüttle den Kopf und ungefragt schraubt er an meinem Ventil, um die Sauerstoffzufuhr durch die Maske zu erhöhen.

Es ist völlig offen, wie lange wir nach Sequoia brauchen werden. Kaum kehrt Quinn mir den Rücken zu, fahre ich auf fünfzehn Prozent zurück.

»Ein Tunnel«, sagt Jazz und deutet auf eine Unterführung, ein paar Hundert Meter weiter vorn. Und weg hüpft sie, der Schneematsch spritzt in alle Richtungen.

»Pass bloß auf!«, rufe ich ihr nach. Ich ziehe die Karte aus meiner Manteltasche und entfalte sie zum gefühlten hundertsten Mal. »Nach dem Tunnel sollte ein Bahnhof kommen. St. Pancras«, erkläre ich Quinn. Der nutzt den unbeobachteten Moment für eine Umarmung. Unwillkürlich mache ich mich ganz steif.

Er weicht einen Schritt zurück. »Alles okay?«

»Ich wünschte, wir hätten mehr Überlebende gefunden«, weiche ich aus. Ich will ihn nicht beunruhigen und die Asche meiner Trauer könnte er doch nicht wegfegen, egal was er tut.

»Wir schaffen das«, sagt er. Ich nicke, ziehe mir Old Watsons Kappe tief in die Stirn und lächle dürr.

»Hört auf zu knutschen und *macht hin*!«, ruft Jazz, uns bereits weit voraus. Sie zieht sich die Atemmaske übers Kinn. Sie braucht sie nur hin und wieder, da sie im Hain aufgewachsen ist und ihr ganzes Leben damit verbracht hat, ihren Körper an niedrigen Sauerstoffgehalt zu gewöhnen. Wie ein Kreisel wirbelt sie herum und reckt den offenen Mund himmelwärts. Ihre roten Korkenzieherlocken glühen vor dem verschneiten Hintergrund wie Flammen. Kaum zu fassen, dass wir sie als einzige Überlebende aus dem Schuttberg gezogen haben, der einmal ihr Zuhause war.

Quinn fasst mich beim Handgelenk und zwingt mich, ihm ins Gesicht zu schauen. »Wir sind da bei lebendigem Leib rausgekommen und haben uns gefunden, obwohl nichts unwahrscheinlicher war.«

»Ich wünsch mir einfach nur ...« Ich denke an die leblosen Körper meiner Eltern, an die Blutlache auf der Bühne, als die Krawalle ausbrachen. Ich war alles, was sie hatten, und jeder einzelne Tag ihres Lebens bestand aus Plackerei, nur um die Sauerstoffsteuer abdrücken und mich atmen lassen zu können. Gott sei Dank habe ich Quinn ... aber meine Eltern möchte ich auch.

»Glaubst du, Maude hat's überlebt?«, frage ich.

»Die alte Spinnerin? Na klar. Hat Jazz ja gemeint, oder?«

Ich will gerade einwenden, dass Jazz gar nicht beurteilen kann, wer jetzt genau davongekommen ist und wer nicht, als ein schriller Schrei erschallt, gefolgt von einem Aufschlag.

Wir fahren herum. »Jazz?«

Sie ist verschwunden.

Ein Wimpernschlag und Quinn rennt los, ich weit abgeschlagen hinterher. Dann bleibt er stehen, blickt verzweifelt um sich und brüllt nach Jazz. »Hier war sie, genau hier«, sagt er, als ich ihn einhole.

Stille.

Im Zickzack wandern wir die Schienen ab und halten erst vor einem mit alten Plastikresten gespickten Stacheldrahtzaun wieder an, hinter dem alte Bahnwaggons vor sich hin rosten. Vorsichtig nähern wir uns dem Tunnel, rufen Jazz' Namen in die Dämmerung. Nach all dem Horror der letzten Zeit müssen wir mit dem Schlimmsten rechnen.

Ich zupfe mir ein rotes Haar vom Mantel und lasse es zu Boden schweben. »Komm, wir teilen uns auf. Dann finden wir sie schneller.«

»Damit *wir* uns dann verlieren? Vergiss es.« Er nimmt mich bei der Hand und wir spähen in den Tunnel, ohne ihn zu betreten. Das Licht am Ende ist kaum mehr als ein grauer Halbkreis.

»Hast du eine Taschenlampe?«, flüstere ich, damit es nicht hallt.

»Gar nichts hab ich.« Er seufzt und ich berühre mit meinem Handschuh sein Haar.

»Du hast mich. Und zusammen finden wir auch Jazz wieder.« Ich blicke noch mal in den Tunnel. »Aber da drinnen ist sie auf keinen Fall. So weit vorne war sie nicht. Gehen wir zurück.«

Er hält sich einen Finger ans Ohr. »Was war das?«,

fragt er. Doch obwohl ich ganz leise bin, höre ich nichts bis auf meinen Atem und das schwache Gurgeln der Atemgeräte.

Quinn macht kehrt und sprintet die Schienen entlang.

»Pass bloß auf!« Ich laufe ihm hinterher. Quinn stolpert und breitet die Arme weit aus, um nicht hinzufallen. Als ich bei ihm ankomme, sehe ich, wo er beinahe hineingestürzt wäre. Ein Loch.

Ein Kanalschacht, halb bedeckt mit einer schweren Metallscheibe. Quinn packt die eine, ich die andere Seite. Auf drei wuchten wir den Gullydeckel aus dem Weg und lassen ihn scheppernd zu Boden fallen. Und da ist sie, ein paar Meter weiter unten. »Wie lang soll ich hier denn noch brüllen?«, stöhnt Jazz.

»Wir konnten dich nicht hören. Aber jetzt sind wir ja da«, beruhige ich sie. Ich schwinge die Beine in den Schacht.

»Soll das ein Scherz sein?« Quinn zerrt mich zurück.

»Da kann man locker runterspringen«, stelle ich klar. Er schnaubt nur. Ich schüttle ihn ab und schäme mich ein bisschen für meinen eisigen Blick. Er will ja nur nicht, dass mir was passiert.

»*Ich* springe«, verkündet er. Er setzt sich an den Rand und lässt sich dann ganz vorsichtig hinuntergleiten, um nicht noch auf Jazz zu landen. Dann richtet er ihr die Maske, damit sie besser atmen kann. »Ich heb sie hoch und du ziehst.«

Jazz' geschundenes Gesicht erscheint in der Öffnung. Ich setze mich in den Schnee, packe sie unter den Achselhöhlen und lehne mich zurück, um sie mit meinem ganzen Gewicht nach draußen zu hieven. Dabei wimmert sie pausenlos.

»Jetzt mich«, ruft Quinn. Ich streichle Jazz über die Stirn, bette sie auf dem gefrorenen Boden und beuge mich über das Loch. Quinn reckt mir die Arme entgegen. Doch sosehr ich mich auch ins Zeug lege, er ist ein ganz anderes Kaliber als Jazz und einfach viel zu schwer für mich.

Hinter meinen Schläfen beginnt es zu pochen. »Ich schaff's nicht.« Ich breche neben dem Loch zusammen. Wie ich solche Eingeständnisse hasse, selbst wenn es nur Quinn gegenüber ist. »Wir müssen irgendwas für dich zum Draufstellen finden.« Schwach mag ich sein, aber wenigstens nicht blöd.

Ich haste zu dem Zugwrack zu meiner Rechten. Als ich reinklettere, gibt der Boden unter mir nach. Ich halte mich an einem rostigen, an der Wand montierten Feuerlöscher fest und krieche tiefer hinein. Die meisten Sitze sind schon rausgerissen oder aufgefetzt, die grünliche Schaumfüllung über den Boden verteilt. Nur zwei Sitze sind unversehrt. Ich schließe die Augen, doch keine Chance: Die verblichenen Knochen habe ich schon gesehen, die Überreste eines kleinen und eines bedeutend größeren Menschen. Und daneben auf dem Boden liegen zwei Schädel. Ein großer, ein kleiner. Und ein Messer.

Wahrscheinlich haben sie sich selbst das Leben genommen. Ein Schnitt in den Hals, mehr braucht es nicht. Aus dem Geschichtsunterricht weiß ich, dass die Leute während des Switchs weitaus Schlimmeres getan haben in ihrem verzweifelten Hunger nach Sauerstoff und Nahrung obendrein. Aber wer waren sie? Ein Kind mit seiner Mutter, seinem Vater? Keiner wird's je erfahren. Zwei Leben, einfach so aus der Geschichte getilgt, als hätten sie null Bedeutung, wie so viele vor und nach ihnen.

Quinn ruft nach mir. Konzentrier dich, Bea!

Ich schnappe mir einen schimmligen, demolierten Sitz und schleife ihn aus dem Zug.

Gewaltsam stopfe ich ihn in den Schacht, wo er dumpf aufschlägt. Quinn dreht ihn auf die Seite und verwendet ihn als Trittbrett. Nach zwei Anläufen bringt er Kinn und Ellbogen über den Rand, um endlich rauszurobben. Keuchend liegt er am Boden. »Höchste Zeit für Liegestütze«, meint er und ich muss trotz allem lächeln.

Doch neben uns ist Jazz' Wimmern in ein Schluchzen übergegangen.

Ihre Cordhose ist über dem Knie aufgerissen. »Du musst leise sein, Jazz«, flehe ich. Wir haben einfach keinen Schimmer, wer oder was sich hier im Dunkeln verbirgt. Möglich, dass es hier vor Ausgestoßenen nur so wimmelt. Vielleicht sucht mich auch schon die Armee.

Ich ziehe Jazz' Hose zur Seite und wende mich dann hastig ab, um meinen Mageninhalt unten zu behalten. Das ist nicht einfach nur Blut, das ist ein tiefer, schartiger Schnitt, den ganzen Unterschenkel hoch. Sogar ein Stück Knochen schaut raus.

Plötzlich steht Quinn neben mir und starrt entsetzt auf die Wunde. Ich wickle mir meinen Schal ab und binde ihn eng um Jazz' Bein. Sie beißt sich in die Faust. »Das tut weh ... so schrecklich weh.«

»Was sollen wir jetzt machen?«, frage ich.

»Wir bringen sie in den Bahnhof und dann…« Der Rest bleibt in der Luft hängen. »Schaffst du's, sie zu tragen?«

»Muss ich wohl.«

»Nicht anhalten, auch wenn sie schreit«, sagt er.

»Ich schreie nicht«, erklärt Jazz unter Tränen. Doch sie schreit. Und schreit und schreit und schreit und schreit.

Bis wir Jazz schließlich durch den pechschwarzen Tunnel in den Bahnhof St. Pancras geschleppt haben, ist sie bewusstlos. Ich halte mich selbst kaum noch auf den Beinen. Bei so einer Beanspruchung reicht unser Sauerstoff niemals bis nach Sequoia.

Wir legen Jazz unter einer Marmoruhr ab und kauern uns neben sie. Sie rührt sich nicht. Ich schiebe meine Hand unter ihre Jacke und beruhige mich etwas, als ich ihren Herzschlag spüre.

»Das ist übel«, sagt Quinn. Ich kriege vor Schnaufen kein Wort raus und komme erst langsam wieder zu Atem, den Blick auf die Glaskuppeldecke des Bahnhofs gerichtet. Der Nachthimmel hängt voller Sterne. Wunderschön sieht das aus

Quinn lehnt sich zu mir rüber. »Wir werden das schaffen, hörst du?«, sagt er. Er versucht, gute Stimmung zu machen, aber was bleibt uns jetzt noch für ein Ausweg? Jazz' Bein wird sich entzünden. Und dann? Lassen wir sie hier verfaulen und ziehen einfach weiter?

»Erst stirbt sie und dann sterben wir«, sage ich.

Er schüttelt mich. »Was redest du für einen Quatsch zusammen?«

Ich schubse ihn fort. »Falls es dir bisher entgangen sein sollte, Quinn, wir alle müssen sterben.«

»Wir leben.« Er schiebt erst seine, dann meine Atemmaske beiseite, um mir rasch einen Kuss auf den Mund zu drücken. Vor ein paar Wochen noch habe ich mir nichts sehnlicher gewünscht als die Gewissheit, von Quinn geliebt zu werden. Unser erster Kuss war wie ein Lebenselixier – aber heute geben mir seine Lippen nichts. »Du musst stark sein«, ermahnt er mich und schiebt die Masken wieder zurück.

Und recht hat er. Mom und Dad würden nicht wollen, dass wir uns hängen lassen. Sie würden wollen, dass ich kämpfe, genau wie sie es am Schluss getan haben. Und wenn wir dabei draufgehen.

OSCAR

Seit zwei Tagen bin ich Gefangener in meinem eigenen Haus und so langsam platzt mir der Kragen. Nach unserer Rückkehr von der Schlacht um den Hain hat Jude Caffrey mich einfach in einen Geländewagen voller bewaffneter Soldaten gepflanzt und nach Hause geschickt, anstatt mich beim Eindämmen des Aufstands helfen zu lassen. Er meinte, das sei nur zu meiner eigenen Sicherheit, aber wovor er mich genau schützen will, hat er nicht verraten. Und ich wage schwer zu bezweifeln, dass auch nur eine dieser »Leibwachen« meine Angreifer besser abwehren könnte als ich.

Wenn meine Schwester nicht wäre, hätte ich mich schon längst verpisst. Aber ich will sie nicht alleine lassen. Bei meiner Rückkehr war Niamh jenseits von Gut und Böse. Sie und dieser Todd Soundso waren gerade in ihrem Zimmer gewesen, als die Soldaten hineinmarschiert kamen. Im Polizeigriff wurden sie in den Keller abgeführt und mussten dort warten, bis ich zurückkam. Kaum stand ich in der Tür, wurde ich mit Fragen überhäuft – Wo hatte ich gesteckt? Was war passiert? Wann könnten wir wieder raus? Aber ich durfte ihr nichts erzählen. Der Einsatz am Hain war streng geheim. Und selbst wenn ich ihr hätte antworten dürfen, ich hätte es nicht gewollt. Stattdessen verzog ich mich sofort in mein Zimmer, riss mir die Uniform und die dreckigen Stiefel vom Leib und pfefferte sie gegen die Wand. Kampf gegen Terroristen, hatte es geheißen. Also, das war ja wohl die größte Scheiße, die ich jemals gehört hatte.

Weder meines noch Niamhs Pad haben seitdem ein Lebenszeichen von sich gegeben. Nichts als Schneegestöber auf dem Monitor. Ab und zu knallt draußen ein Schuss oder irgendeine Stimme ertönt durchs Megafon. Und seltsamerweise scheint keiner zu wissen, wo mein Vater steckt. Nicht, dass ich sein größter Fan wäre, aber so langsam wird's unheimlich.

»Sind Sie verheiratet?«, fragt Niamh unseren aktuellen Leibwächter, der uns gerade vor den Gefahren unserer eigenen Küche bewahren darf. Sie wickelt sich eine Haarsträhne um den Finger, bis die Spitze ganz blau ist. Todd ist auf Tauchstation.

»Spar's dir, Niamh«, sage ich. Der Typ muss an die vierzig sein und Niamh flirtet aus purer Langeweile.

»Das nennt man höfliche Konversation, Oscar. Könntest du auch mal versuchen.« Sie klettert auf einen Barhocker und lehnt sich auf den Marmortresen, das Gesicht in die Hände gestützt.

Ich gehe zum Fenster. Die Wachen ums Haus sehen aus wie ein menschlicher Zaun vor einer völlig verwaisten Straße. »Wie lang soll das noch gehen?«, frage ich.

»Bitte treten Sie vom Fenster zurück«, mahnt der Soldat. Er ist kleiner als ich, ein totaler Hänfling. Aber ich gehorche und hole eine Karaffe mit Saft und ein paar Erdbeeren aus dem Kühlschrank.

»Möchten Sie auch was?« Normalerweise würde sich unsere Haushälterin Wendy um die Gäste kümmern, aber seitdem sie in ihr Nebengebäude verbannt worden ist, müssen sich Niamh und ich zum ersten Mal in unserem Leben selbst um unsere Versorgung kümmern.

»Nein«, wehrt der Soldat kurz ab und reckt den Kopf ruckartig Richtung Flur. »Warten Sie hier«, flüstert er, zum zwanzigsten Mal am heutigen Tag. Dann schlüpft er aus der Küche und außer Sichtweite. Ich schenke mir ein Glas Saft ein.

»Dieser Abschaum bringt echt nichts als Ärger. Ich hoffe, Daddy macht sie fertig«, sagt Niamh und verstummt eine Weile. »Glaubst du, Daddy geht's gut?« Sie streckt einen Arm aus, um ihre glänzenden Fingernägel zu bewundern. Auch sie spielt die Sorglose.

»Der weiß sich schon zu wehren«, entgegne ich. Wer sollte es wagen, sich mit meinem Vater anzulegen? Aber komisch ist es schon, dass er sich so gar nicht meldet, obwohl wir hier eingeschlossen sind.

Niamh zieht ihr Pad aus einer Küchenschublade. »Warum funktioniert das Teil nicht?« Sie knallt es auf die Marmorplatte. »Teufel noch mal.«

Der Wachmann kommt wieder in die Küche, gefolgt von Jude Caffrey, der seine Atemmaske auszieht, die Flasche aus seinen Gürtelschlaufen hakt und alles zu Boden wirft. Der Soldat wendet sich schnell ab und kehrt uns den Rücken zu. »Oscar. Niamh«, grüßt Jude. Er trägt immer noch die gleichen versifften Klamotten vom letzten Mal und seine Knöchel sind wund. Einen Rasierer hat er auch lange nicht mehr in der Hand gehabt.

»Was wollen *Sie* denn hier?«, motzt Niamh.

»Setz dich!« Ich tippe auf einen Hocker.

Als er weiter in die Küche kommt, erspähe ich Todd hinter ihm. Mit seinem T-Shirt in der Hand lungert er im Türbogen rum. Sein Oberkörper ist nackt, die Haare stehen ihm zu Berge, als hätte er gerade einen Ringkampf hinter sich. »Ist es vorbei?«, fragt er.

»Die Kuppel ist mit Halothangas vollgepumpt worden«, sagt Jude und setzt sich auf den Hocker. Er spricht nur mit mir, als sei Todd gar nicht da. Todd wirkt verunsichert und tritt zögerlich in die Küche. Er wartet auf ein Wort des Grußes. Oder zumindest auf eine Geste, dass man ihn wahrgenommen hat.

»Und was bedeutet das?«, frage ich.

»Wenn du ohne Sauerstoffflasche rausgehst, kippst du um«, sagt Jude nüchtern. Das war nicht meine Frage, ich bin ja nicht bescheuert und das weiß er genau.

Mein Mund ist völlig ausgedörrt. »Jude, ist das ein Putschversuch?«, hake ich nach. »Wo ist mein Vater?«

»Hast du's denn nicht in den Nachrichten gesehen? Die Pressekonferenz?«

»An unseren Bildschirmen ist was verstellt«, zischt Niamh. Nur Cain Knaverys Tochter würde es sich erlauben, in diesem Ton mit dem Heerführer unserer Kuppel zu sprechen.

Der hebt nur eine Augenbraue. »Du da, verzieh dich«,

befiehlt er Todd, der endlich den Weg in sein T-Shirt gefunden hat.

»Also, dann hol ich mir mal eine Sauerstoffflasche aus dem Keller, was?«, sagt Todd. Keiner reagiert, noch nicht mal Niamh.

Jude schließt die Augen und massiert sich die Lider. »Geh deinem Freund ein bisschen zur Hand, Niamh.«

»Wie bitte?« Ihr klappt die Kinnlade runter und sie braucht ein paar Augenblicke, um auf zutiefst gekränkt umzuschalten. »Sie sind hier Gast in meinem Haus.«

»Bitte, Niamh. Lass mich mit Jude reden.« Ich neige den Kopf zur Seite und sie stürmt aus dem Raum, Todd hinterher.

Jude steht auf, schiebt sich die Hände in die Taschen und wiegt sich in seinen Matschstiefeln langsam im Kreis. Der helle Marmorboden ist schon völlig versaut von dem Dreck, den er uns ins Haus geschleppt hat. »Eure Sicherheit hat oberste Priorität. Für die nächsten Tage haben wir Scharfschützen auf eurem Dach postiert und ich rate euch dringendst, im Haus zu bleiben«, sagt Jude. Trotz seiner Größe und den breiten Schultern wirkt er ungewohnt müde und niedergedrückt.

»Meinst du wirklich, ich brauch einen Babysitter?«

»Ich bezweifle nicht, dass du auf dich achtgeben kannst. Reine Vorsichtsmaßnahme, nichts weiter.«

Seit meinem vierzehnten Lebensjahr bin ich unter Jude Caffrey bei den Spezialeinsatzkräften und er weiß, dass ich einen Angreifer mit zwei Fingern ausschalten könnte. Und es schon getan habe – vor kaum zwei Tagen im Hain.

Jude geht zur Spüle, dreht den Hahn auf und hält seinen Hals unter den Wasserstrahl. Kopfschüttelnd richtet er sich auf, lässt sich das Wasser in den Kragen rinnen.

Mit nassen Händen schiebt er sich das schütter werdende Haar aus dem Gesicht und verschränkt die Arme hinter dem Rücken. Er will Zeit schinden, merke ich, und in meinem Bauch beginnt es zu rumoren. Womit will er nicht rausrücken?

»In der Kuppel ist die Hölle los. Ein Aufstand der Ausgestoßenen, wie du weißt«, erklärt er.

»Mit gutem Grund«, fahre ich ihn an. Ich habe die Motive des Ministeriums bisher nie hinterfragt, aber jetzt habe ich sie gesehen, die Bäume im Hain, und sie zerstört, auf Befehl von Jude.

Er scheint etwas entgegnen zu wollen, hält sich jedoch zurück. Ich hole kurz Luft. »Wo ist mein Vater?«

Er zwickt sich in die Nasenwurzel und seine offensichtliche Nervosität lässt mich gegen die Wand zurücksinken. »Dein Vater ist tot, Oscar«, sagt er.

Bei den Worten zucke ich zusammen. »Was?« Nicht, dass ich nicht verstanden hätte, ich brauche nur etwas Zeit zum Verarbeiten, das ist alles.

»Es tut mir leid«, sagt er.

»Schon klar.« Ich bleibe in der Senkrechten, immerhin ein Fortschritt zu damals bei Wendys Verkündigung, dass meine Mutter nicht mehr sei. Damals lag ich wimmernd am Boden. Heute bewahre ich Haltung. Und meine Fassung.

Aber verdammt durstig bin ich. Mein Mund ist trockener denn je. Ich kehre zum Kühlschrank zurück, hole die Karaffe heraus und setze sie direkt an, schütte mir Saft über den Mund und das ganze Hemd. Jude nimmt mir die Karaffe ab. An seiner Jacke fehlt ein Knopf. An der Stelle baumelt nur ein loser Faden. Ich konzentriere mich voll darauf. Auf irgendwas muss ich mich konzentrieren. Vielleicht ist ihm der Knopf im Hain abgerupft worden.

»Du stehst unter Schock. Setz dich hin«, befiehlt er. Dürfte stimmen. Und wenn ich schon so reagiere, wie wird Niamh es erst aufnehmen?

Sie hat nicht den leisesten Schimmer und ich bin derjenige, der es ihr beibringen muss. Irgendwie ist die Luft dünner geworden. Ich zerre an meinem Kragen.

Jude führt mich zum Esstisch und drückt mich auf einen Stuhl. »Ganz langsam atmen«, sagt er. Ich schiebe ihn weg. Diese Hände will ich nicht auf mir haben.

»War mir klar, dass so was passiert sein muss.« Ich hole ganz tief Luft, die Worte *tot* und *auf ewig* kreiseln mir im Kopf herum. Weder war ich Vaters Liebling noch sein Freund, aber das hier geht gar nicht.

»Bei der Pressekonferenz hat Quinn ... da wurde dein Vater angepöbelt und auch angegriffen, aber gestorben ist er an einem Herzinfarkt. Bis die Rettungswagen da waren, war es schon zu spät.«

»Was soll ich jetzt machen?«, frage ich. Er muss mir dringend verraten, wie mein Leben weitergehen soll – was als Nächstes kommen wird.

Aber Jude ist Militär, er glaubt, mir geht es um die Ergreifung der Täter.

»Na ja, wie du weißt, sind wir den Rebellen innerhalb

wie außerhalb der Kuppel auf den Fersen. Wir haben sie fast völlig in die Enge getrieben. Du kannst mir helfen.«

»Ich? Nein … mit der Spezialeinheit bin ich durch.«

Er kneift die Augen zusammen. »Das besprechen wir besser morgen.«

»Morgen will ich genauso wenig drüber reden. Ich steige aus. Diese Leute waren keine Terroristen. Das waren *Gärtner*, Jude. Und die meisten so alt wie ich.« Ich habe sie ja zu verdrängen versucht, die Gedanken an all die Menschen, die wir ermordet haben, aber da sind sie wieder, knallhart und unerbittlich: Die Gesichter der Jungen und Mädchen, nur ein paar wenige mit kugelsicheren Westen, kein Einziger mit einer automatischen Waffe. Gewehre hatten sie, Pistolen. Das war kein Krieg – das war ein Massaker.

»Diese Leute sind schuld am Tod deines Vaters.«

Er weiß, dass ich nur bei der Spezialeinheit gelandet bin, um meinem Vater zu gefallen. Aber jetzt nach seinem Tod ist es mir seltsamerweise völlig gleich, ob er sich im Grab umdreht. Ich habe keinerlei Interesse daran, fürs Ministerium zu arbeiten und mein Leben damit zu verbringen, völlig grundlos auf Menschen rumzutrampeln.

»Nein. Für diesen Aufstand sind nur die Lügen des Militärs verantwortlich und damit will ich nichts mehr zu tun haben.«

»Dir bleibt da keine Wahl. Hast du irgendeine Vorstellung, was deine Ausbildung gekostet hat?«

»Ich zahl es zurück, egal wie viel. Wir haben Geld.«

Jude seufzt. »Keiner von uns hat noch Geld, Oscar. Dieses Haus, der Geländewagen, deine Haushälterin, verdammt, sogar deine Luft .... wer zahlt denn das alles, deiner Meinung nach?«

»Aber mein Vater hatte Anteile an Breathe. Eine Pension.«

»Mag sein«, sagt er. »Aber ein Soldat der Spezialeinheit schmeißt nicht einfach hin. Du bist eine der gefährlichsten Waffen des Ministeriums. Die geben dich nicht frei. Wer sagt, dass du nicht desertierst?«

»Aber du kannst mir da raushelfen.«

Er lächelt. »Wenn's nur so einfach wäre. Ich bin genauso deren Sklave wie jeder andere auch.«

»Ich werde einfach den Kampf verweigern«, sage ich. *Zwingen* können sie mich nicht.

»Mach dir doch nichts vor. Was glaubst du, was die mit dir anstellen? Und mit deiner Schwester? Hast du schon vergessen, was mit Adele Rice passiert ist?«

»Die ist gestorben, weil ...« Ich halte inne und starre Jude an, der langsam nickt. Es war überall in den Nachrichten: Adele Rice, Elitesoldatin der Spezialeinheit, nach einer Expedition ins Ödland plötzlich abgängig und schließlich für tot erklärt. Das Ministerium machte die ›Terroristen‹ verantwortlich. Gab es auch nur einen Terrorangriff, der wirklich einer war?

Mein Magen krampft sich zusammen, Verbitterung über meinen Vater, das Ministerium und Jude Caffrey schießt in mir hoch. Ich schlucke schwer und habe den verzweifelten Drang, in mein Atelier zu stürmen und mit Farbe um mich zu schmeißen. Warum bin ich vor all den Jahren nicht einfach dort geblieben, um das zu tun, was ich liebe, statt zu versuchen, den Wunschtraum meines Vaters vom Soldatensohn zu erfüllen?

»Die Minister haben dich und deine Schwester für nächste Woche in den Senat eingeladen. Sie wollen euch ihr Beileid aussprechen.« Er steht auf, zieht den Mantel über und hebt sein Atemgerät vom Boden auf.

»Ganz wie's das Protokoll verlangt«, fährt er ausdruckslos fort. »Und noch mal, so leid es mir tut, ich kann dir nur dringend empfehlen: Wenn du Sicherheit suchst, mach dich nützlich. Die Spezialeinheit genießt ein hohes Ansehen und wir werden euch brauchen, um in der Kuppel aufzuräumen. Ich an deiner Stelle würde uns noch nicht abschreiben.« Er dreht sich in dem Augenblick zur Tür, als Todd und Niamh wieder in der Küche erscheinen. Todds Hals und sein weißes T-Shirt sind mit Niamhs rotem Lippenstift beschmiert. Ich muss mich an der Tischkante festkrallen, um nicht aufzuspringen und ihm eine reinzuhauen.

»Die hier nehm ich mir mit.« Todd reckt eine Sauerstoffflasche hoch. Niamh kommt in die Küche und lässt sich auf den Stuhl neben mir fallen. »Also dann, Niamh, wir sehen uns in der Schule, was?«

Niamh kaut auf einem Daumennagel rum. »Klaro.«

»Soll ich warten, bis du anrufst, oder soll ich ...«

»Verzieh dich einfach«, sage ich.

»Hä?«

»Zisch ab«, fauche ich.

»Was führst du dich so auf?«, winselt Niamh.

»Bin ja schon weg. Nur die Ruhe«, murmelt Todd und verschwindet aus der Tür.

»Das sag ich Dad«, mault Niamh. Wir beide sind so gut wie erwachsen, aber wenn ich sie anschaue, sehe ich immer nur meine kleine Schwester von vor zehn Jahren – die Sechsjährige im gelben Strickkleid, der man gesagt hatte, ihre Mutter sei tot, und die wochenlang nur an mir klettete. Sie hätte sich auch an meinen Vater geklettet, hätte der nicht jeden Tag mit seiner Flasche in seinem Zimmer oder im Ministerium zugebracht. Danach war er nie wieder der Alte. Er lebte nur noch für seine Arbeit.

Ich setze mich wieder und mustere Niamh, die mich ihrerseits mit Blicken durchbohrt. Wieso muss ausgerechnet ich ihr eröffnen, dass unser Vater nie wiederkommen wird? Warum muss ich derjenige sein, der ihre Welt zerstört?«

»Sag mir, was los ist«, fordert sie.

Jude schaut mich ernst an. »Ich lass euch zwei dann mal reden«, sagt er.

Niamh runzelt die Stirn. »Über was?«

QUINN

Während Bea und Jazz sich ausruhen, durchkämme ich den Bahnhof nach Ausgestoßenen, steige über die Rolltreppe in die obere Ebene – eine lichtdurchflutete, glasüberdachte Halle. Bei dem knallblauen Himmel könnte man fast meinen, es sei ein Sommermorgen.

Am Ende der Halle, wo das Licht am hellsten ist, türmen sich entsorgte Solar-Atemgeräte. Verdammt, selbst die Ausgestoßenen haben hier das Weite gesucht.

Ich beuge mich über eines der Atemgeräte, ein Metallkasten groß wie ein Minikühlschrank, und schalte es ein. Stotternd springt es an und surrt los. Ich ziehe mir die Maske vom Gesicht, um probeweise das Solargerät anzulegen. Die herausströmende Luft ist feucht, aber das Atmen funktioniert einwandfrei. Mir fällt ein Stein vom Herzen, den ich vorher gar nicht wahrgenommen hatte. Wenigstens das Ersticken bleibt uns vorerst erspart. Vor Bea habe ich den Zuversichtlichen markiert, aber nur, weil sie mir das zu brauchen scheint. Sie hat viel mehr verloren als ich und trotzdem nicht kapituliert. Jedenfalls noch nicht ganz.

Ich setze mir wieder die eigene Atemmaske auf und wickle mich enger in den Mantel meines Vaters.

Sollte er gehofft haben, es noch zum Vater des Jahres zu bringen, indem er mir das Leben rettet, dann hat er sich geschnitten. Jeder hätte das getan, das war ja wohl das Mindeste. Und wenn er mich jetzt so sehen könnte, würde ihm schon bewusst, dass eine einsame Flucht durchs Ödland nicht groß anders ist als die Todesstrafe. Wem mache ich hier überhaupt was vor? Das war ihm so was von klar.

Wenigstens bin ich noch auf den Beinen, was man von Jazz nicht behaupten kann, und wenn wir nicht bald was unternehmen, wird sie vor unseren Augen verrecken, denn ihr Bein können wir unmöglich alleine behandeln. Wenn wir es nur irgendwie bei lebendigem Leib nach Sequoia schaffen.

Ich sinke auf dem Boden zusammen und tippe mit dem Fuß gegen eins der Solar-Atemgeräte. Vielleicht sollte ich mich alleine auf den Weg machen und Hilfe holen. Bea könnte sich derweil um Jazz kümmern. Luft und Wasser hätten sie hier. Und ein sichererer Unterschlupf als dieser Bahnhof wird schwer zu finden sein.

Das ist wahrscheinlich die größte Schnapsidee meines Lebens, aber als ich Jazz schreien höre, wird mir klar, dass uns gar nichts anderes übrig bleibt.

BEA

Als ich auf dem kalten Bahnhofsboden erwache, ist Quinn verschwunden.

»Petra.« Jazz versucht, sich aufzusetzen. Sie kreischt auf und bricht erneut auf den Fliesen zusammen. Ich rutsche näher an sie heran und schiebe Quinns Rucksack unter ihr Bein, um es hochzulegen und die Blutung zu stoppen. Dann bette ich ihren Kopf in meinen Schoß. »Ich dachte, das wäre ein Albtraum«, schluchzt sie wieder und in ihren Augen lese ich, dass nicht die Schmerzen daran schuld sind.

Nach ein paar Minuten hallt ein Geräusch durch den Bahnhof. »Quinn?«

»Komme schon!« Und da ist er wieder. »Ich hab einen Schrei gehört.« Er legt ein rostiges, verbeultes Solar-Atemgerät neben uns ab.

»Das war ich«, murmelt Jazz.

Er streicht ihr das Haar aus den Augen und kauert sich neben sie. »Wie schlimm ist es?« Behutsam legt er ihr die Hand auf die Stirn.

»Mir geht's gut«, weicht sie ihm aus. Mit flatternden

Lidern lässt sie sich wieder in die Bewusstlosigkeit fallen.

Quinn wendet sich an mich. »Da oben liegen tonnenweise Atemgeräte. Hier muss es von Ausgestoßenen nur so gewimmelt haben. Aber jetzt ist keine Menschenseele mehr da. Es wird euch nichts passieren.« Er setzt ein Lächeln auf.

»Was redest du da?« Ich schlucke mühsam.

»Hör mir erst mal zu, Bea.«

»Nein«, wehre ich ab.

»Wir können sie nicht quer durchs Land schleppen.«

»Du willst gehen?«

»Einer von uns muss Hilfe holen und ich lass dich da nicht allein raus.«

Ich will nicht ohne ihn sein. Nicht schon wieder. Überhaupt nie wieder. Ich versuche zu sprechen, aber die Worte bleiben mir im Hals stecken und ich muss husten. Er klopft mir auf den Rücken. »Gib mir die Karte und lass mich gehen«, bittet er.

»Aber wohin? Wohin willst du denn gehen, Quinn?« Meine Stimme ist jetzt mehr ein Quietschen.

»Ich werde Sequoia finden. Das Lager muss groß genug sein für eine ganze Gemeinschaft, das kann ich ja wohl nicht verfehlen. Irgendwer dort kann bestimmt helfen und dann komm ich zurück. Alina wird dort sein.« Er senkt die Stimme. »Wenn wir zusammen hierbleiben, hat Jazz keine Chance.«

»Es muss noch eine andere Möglichkeit geben.« Die Wucht der Ereignisse bricht voll über mir zusammen und ich heule los. Ich will stärker sein, ich weiß nur einfach nicht wie.

Er schlingt die Arme um mich, umarmt und stützt mich gleichermaßen. »Ich komme wieder. Ich versprech es dir«, sagt er.

Das haben mir meine Eltern auch versprochen und dann habe ich sie nie wiedergesehen. Umarmen darf er mich. Aber glauben, das kann ich ihm nicht.

»Funktionieren tun sie. Ich hab's ausprobiert«, sagt Quinn. Er lädt ein weiteres Solargerät ab, dreht einen Knopf, stupst mit dem Fuß dagegen und vereint lauschen wir, wie das uralte Teil sich erfolgreich abmüht. »Mitnehmen kann man sie auch ... falls du musst.« Ich nicke, obwohl die Solargeräte so riesig sind, dass ich sie im Leben nicht hochwuchten könnte. »Aber du solltest hierbleiben, damit ich dich dann auch finden kann.«

Neben mir winselt Jazz und rollt sich im Schlaf auf die Seite.

»Welcher Tag ist heute?«, frage ich. Ich brauche etwas, um auf dem Boden zu bleiben, irgendwas Verlässliches, Vorhersagbares. Wenn ich nicht mal weiß, wann er gegangen ist, wie soll ich dann wissen, wann ich ihn zurückerwarten kann? Wann ich aufhören soll mit Warten?

Quinn blinzelt und rechnet mit den Fingern nach. »Montag«, sagt er. »Oder Dienstag. Sagen wir mal Montag. Schau, jedes Mal, wenn die Sonne aufgeht, wirfst du hier was rein.« Er deutet auf einen angelaufenen Trinkbrunnen an der Wand.

»Und wann hör ich damit auf?«

»Bea.« Er seufzt. »Ich komm wieder.«

»Geh nicht«, bittet Jazz. Ihr Gesicht ist schmerzverzerrt. »Nimm mich doch huckepack. Ich bin leicht. Ich bin echt total leicht.«

Sie ist schweißnass vom Fieber. »Du brauchst deine Kraft noch«, erkläre ich ihr.

Quinn knöpft sich den Mantel zu. »Sag mir, dass es so am besten ist«, bittet er. »Sag mir, dass ich hier das Richtige mache.« Ich gebe ihm keine Antwort, folge ihm jedoch nach draußen in die Geisterstadt. In der Sonne ist der Schnee etwas angetaut. Die Luft ist immer noch eiskalt. Ich drücke das Kinn auf die Brust.

»Mit deiner Luft kommst du nicht weit.«

»Hör auf«, sagt er.

»Hör *du* auf«, sage ich.

»Bea ...« Er nimmt mich beim Handgelenk, hebt seine Maske, schiebt meinen Ärmel zurück und küsst meinen Arm. Ich schließe die Augen und er zieht mir den Handschuh aus und küsst meine Handfläche. Letztlich muss er die Atemmaske wieder zurückschieben, doch er schließt mich in die Arme. Ich lege mein Kinn auf seine Schulter. »Ich weiß nicht mehr, was in deinem Kopf vorgeht«, sagt er.

»Ich weiß selbst nicht mehr, was in mir vorgeht.« Ich hole tief Luft und schiebe mir das Haar aus dem Gesicht. »Wenn Jazz stirbt und du nicht zurückkommst, mach ich mich selbst auf nach Sequoia«, stelle ich klar.

Er blickt zu den geborstenen Fensterscheiben im Backsteinbau empor und nickt. »Gib mir zwei Wochen. Zwei Wochen kannst du hier überstehen.«

»Ja«, sage ich, obwohl wir beide wissen, dass Jazz es nicht so lange machen wird.

So stehen wir noch ein paar Augenblicke da, halten Händchen und starren auf unsere Stiefel im Dreck.

»Warum hab ich nur so ewig gebraucht, um dich zu erkennen?«, fragt er. Er legt mir die Hände in den Nacken und zieht meinen Kopf zu sich, bis wir Stirn an Stirn stehen. »Ich liebe dich. Das weißt du, oder?«

Ich nicke, erwidere aber nicht, dass ich ihn auch liebe. Vielleicht kehrt er zurück, vielleicht auch nicht, aber meine Liebe hat darauf überhaupt keinen Einfluss.

OSCAR

Niamh bewundert sich in meinem Schlafzimmerspiegel. Sie trägt das Trauergewand meines Vaters und sollte eigentlich absurd darin aussehen, doch Wendy hat es für sie umgenäht und jetzt tut Niamh so, als sei es extra für sie maßgeschneidert worden. Ich lasse sie einfach machen. »Was meinst du?«, fragt sie.

Ich steige aus dem Bett und in die Hose, die auf dem Stuhl daneben gelegen hat. »Ich meine, dass ich jetzt gern mal mein Zimmer für mich allein hätte.«

»Du solltest dich endlich mal aus dem Bett bequemen. Wie du überhaupt pennen kannst, ist mir schleierhaft.« Heute steht diese Kondolenzgeschichte bei den Ministern im Senat auf dem Programm. Aber Niamh meint wohl eher was anderes: dass sie jede Nacht in Vaters Schlafzimmer in die Kissen schluchzt, seit sie von seinem Tod erfahren hat. Ich überlasse sie ihrer Trauer – irgendwer muss den Job ja machen.

»Fühlst du dich besser?«, frage ich.

»Nein, Oscar«, sagt Niamh. »Unser Dad ist tot. Ich fühl mich beschissen.«

Ich stelle mich hinter sie. Der Spiegel offenbart dunkle Ränder unter meinen Augen. Die letzte Woche hat mich altern lassen. Aber wen wundert's.

Ich ziehe mir einen Pulli über den Kopf und fahre mir durchs Haar. Wendy kommt mit einem Tablett reingehuscht.

»Guten Morgen«, sagt sie.

»Hey«, grüße ich. Niamh würdigt sie keines Blickes. Wendy trippelt um sie herum, das Tablett auf der Hüfte balancierend, und als sie mich im Vorbeigehen streift, spüre ich ihren Drang, mich zu umarmen. Nach dem Tod unserer Mutter war sie das Nächste, was wir an Eltern hatten. Aber mein Vater war gegen ihre Versuche, uns die Mutter zu ersetzen, und bald war Schluss mit liebevoll. Vielleicht hatte mein Vater sie unter Druck gesetzt. Ich selbst war viel zu schüchtern, um zuzugeben, dass die eine oder andere Umarmung doch ganz gutgetan hätte.

Wendy stellt das Tablett auf die Kommode. »Toast und Tee«, informiert sie. »Frühstückt, solange es heiß ist.« Auf dem Weg nach draußen bleibt sie vor Niamh stehen. »Du siehst wunderschön aus.«

Niamh zuckt die Schultern. »Weiß ich«, sagt sie, obwohl Wendy schon längst draußen ist. »Und es wäre nett, wenn du dich ebenfalls ein bisschen ins Zeug legen würdest, Oscar.«

»Wenn du mir mal eine Minute Zeit gibst.«

»Abmarsch in zehn Minuten, also halt dich ran.« Sie haucht mir einen theatralischen Kuss zu und fegt aus dem Zimmer.

Niamh und ich steigen den marmorgepflasterten Weg zum Senat empor. Die ganze Gegend ist abgesperrt, die Straßen voller Soldaten, um jeden Aufruhr im Keim zu ersticken, obwohl die Kuppel seit der Rundumbetäubung relativ friedlich geblieben ist. Keiner hat jetzt Lust, sich mit dem Ministerium anzulegen – jetzt, wo man sich fügen muss, um bei Bewusstsein zu bleiben. Ich drehe mich auf ein ermutigendes Wort zu Niamh, doch die hält das Kinn erhoben und die Augen fest auf die Türen gerichtet. Von Angst keine Spur. Bin ich hier denn der Einzige?

Die alten Holzflügeltüren zum Senat schwingen nach innen auf und ein ganzer Pulk von Wachleuten verneigt sich vor uns. Ein schummrig beleuchteter Eingangsbereich führt zu einem breiten, gewundenen Treppenaufgang. »Ms und Mr Knavery«, raunen die Soldaten und einer verbeugt sich tiefer als der andere.

Wir werden die Stufen hinaufgeleitet, einen rosa gefliesten Gang entlang und dann in einen abgetrennten Zwischenraum zwischen der Haupttür und der Kammer, den Regierungsräumen. Unsere Fingerabdrücke und Gesichter werden gescannt und Abstriche für den Speicheltest gemacht. Ein paar Minuten vergehen, bis der Bildschirm anspringt: *Niamh Jean Knavery, Oscar Giles Knavery – autorisiert.*

Die Kammer ist ein Amphitheater mit goldenen Wänden und um die Bühne gestaffelten Sitzreihen. Ganz unten in der Senke sitzt eine Reihe ernst aussehender Würdenträger auf Stühlen mit eindrucksvollen Lehnen. Stille macht sich breit, als wir zu einer der oberen Sitzreihen trotten. Wer einen Hut trägt, nimmt ihn ab, ein paar Leute erheben sich sogar. Die meisten Minister kenne ich von den Essenseinladungen und Partys, zu denen mein Vater uns geschleift hat. Ein einziges großes Zahnpastagrinsen damals, doch das sucht man heute vergeblich. Und die frostigste Miene von allen trägt Lance Vine, der neue Präsident.

Jude Caffrey befindet sich unter den Ministern auf der Bühne. Er fängt meinen Blick ein und nickt. Ich nicke zurück. Wenigstens ein vertrautes Gesicht, auf das ich mich im Notfall konzentrieren kann.

Unten betritt Vine das Rednerpult und räuspert sich ins Mikrofon. Als er sich aller Aufmerksamkeit sicher ist, legt er los. »Willkommen«, sagt er. Trotz seiner dürren Gestalt hat er eine erstaunlich tiefe Stimme und schlagartig verstummen auch jene Minister, die sich noch nicht gesetzt haben oder miteinander tuscheln.

»Ich stehe heute als euer frisch gekürter Präsident vor euch. Das Amt hatte jedoch einen hohen Preis. Wir gedenken heute Cain Knavery und wollen ihm in Anwesenheit seiner Kinder als Zeichen des Respekts eine Schweigeminute zollen. Danke für euer Kommen. Unser tiefstes Beileid.« Niamh richtet sich auf. Ich beiße mir von innen in die Wangen. Mich hier anglotzen zu lassen geht mir schwer gegen den Strich, und erst recht dieses zwangsverordnete Mitleid. Vine senkt den Kopf. Alle tun es ihm nach.

Und schon wird losgeschwiegen: Zeit zum Gedenken an meinen Vater. Wie er nachts sturzbesoffen nach Hause kam und mühsam gebändigt werden musste, damit er in der Küche nicht alles kurz und klein schlug. Oder an die Zeiten, wo wir ihn ins Bett schleifen mussten. Oder wie er mich mit dem Gürtel die Treppe hochjagte, weil ich es gewagt hatte, ihm zu widersprechen. Eine Träne kullert Niamhs Wange hinab. Was hat sie für Erinnerungen, die ich nicht habe?

»Danke, Minister«, sagt Vine. Und jetzt weiter zur Tagesordnung. Erster Programmpunkt bleibt die Sicherheitslage in der Kuppel.«

»Das war's schon?«, zischt Niamh. »Gerade mal eine Minute haben die für unseren toten Vater übrig?«

Ich zucke die Schultern und Vine fährt fort. »Die Ordnung muss wiederhergestellt werden. Unsere Autorität darf niemand infrage stellen.« Er hämmert mit der Faust auf das Pult, dass es durch die ganze Kammer hallt. Die Minister spenden Beifall. »Berichten zufolge sind nach den Aufständen RATTEN durch die Abfallschächte entkommen und im Ödland sollen neue Terrorzellen entstanden sein. Wir dürfen nicht zulassen, dass da irgendetwas Wurzeln schlägt.« Er lächelt gekünstelt. Das sollte ein Witz sein und die paar Minister, die ihn kapiert haben, kichern los. »Wir werden die Armee entsenden, um den Sack ein für alle Mal zuzumachen.«

Schweigen senkt sich über die Kammer und ich erstarre. Ich kann da nicht rausgehen und unschuldige Menschen abschlachten. Da weigere ich mich.

Jude springt auf. »Darf ich dazu ein paar Worte sagen?«, fragt er. Vine nickt und räumt das Rednerpult für Jude. »Der Armee sind bei ihrem letzten Einsatz schwere Verluste zugefügt worden. Wir haben zu viele

Soldaten verloren und die Treibstofflager für die Zips sind erschöpft. Einer unmittelbaren Entsendung der Truppen kann ich deshalb nicht zustimmen.«

»Dann lassen wir sie also entkommen?«, ruft irgendwer.

»Wir lassen die RATTEN entkommen?«, ergänzt ein anderer.

»Wir finden eine andere Lösung«, erklärt Jude und scheint mich anzustarren. »Wir könnten Kundschafter losschicken, die für uns Informationen sammeln. Junge Leute, denen die RATTEN vertrauen würden. Ein paar Tage und der Nachwuchs der Spezialeinheit stünde bereit.«

Niamh knirscht mit den Zähnen. »Meint der etwa *dich?*«

Jude verzieht keine Miene, seine Hände umfassen ruhig das Rednerpult. Wie konnte ich mir von diesem Mann bloß Mitleid erhoffen – einem Mann, der seinen eigenen Sohn zum Sterben ins Ödland geschickt hat. Wie hat er das nur fertiggebracht? Inzwischen weiß ich, dass es Quinn war, der den Aufstand in der Kuppel ausgelöst hat, aber wie könnte ich ihm dafür den Tod wünschen? Er hat ja nur gesagt, wie's ist.

In der bedrückenden Stille der Kammer richten sich alle Augen auf mich. Einige Minister blicken besorgt drein, andere jedoch strahlen regelrecht vor Entzücken über den Plan. Jude trägt weiter sein Pokergesicht.

»Sag ihnen, dass du's tun wirst, Oscar. Daddy zuliebe. Diese Schweine sind dafür verantwortlich.« Niamh zupft an ihrem schwarzen Trauergewand. Sie wirkt den Tränen nahe. Ich drücke ihre Hand.

Doch ich werde mich nicht für diese Mission aussprechen. Abgesehen davon, dass meine Meinung wohl kaum was zur Sache tun würde, schicken die uns ohnehin, egal was wir sagen. Niamh entzieht mir ihre Hand und schluchzt los.

»Und in der Zwischenzeit werden sie neue Truppen rekrutieren und ausbilden?«, will jemand wissen. »Wenn das eine Erkundungsmission sein soll, müssen wir zum Angriff bereit sein, sobald sie erfolgreich sind.«

»Selbstverständlich«, sagt Jude. »Die Rekrutierung läuft ab heute.« Lächelt er etwa? Ich will runter auf die Bühne und ihm den Hals umdrehen.

»Danke, General.« Und damit geht Vine zum nächsten Programmpunkt über.

Denn Punkt Nummer eins ist abgehakt: Ich muss wieder raus ins Ödland, ob's mir nun passt oder nicht.

ALINA

Zum letzten Mal lässt Silas den Anker runter. Er wischt sich mit dem Unterarm über die Stirn und vertäut alles fest. Ächzend rammt das Deck die Mole. Per Boot kommen wir nicht mehr weiter, der Fluss verläuft ab jetzt westwärts und wir müssen nach Norden.

Song sperrt das Türchen in der Reling auf, schiebt einen schmalen Steg zwischen Boot und Anlegestelle und geht an Land. »Vorsicht beim Aussteigen«, sagt er. Seine Augen sind leer.

Über den Hain hat keiner ein Wort verloren und nach Hollys Tod haben wir noch mehr zu verdrängen. Nicht, dass es funktionieren würde.

»Bist du dir sicher mit Norden?«, nimmt Silas Dorian in die Zange.

Dorian nickt. »Von hier ist es nicht mehr weit. Ein paar Tage höchstens.« Das hört sich nach wenig an, aber der Hain liegt auch schon über eine Woche zurück. Wir sind völlig durchgefroren und ausgehungert und unser Sauerstoff geht schneller zur Neige, als wir dachten.

»Seht nach, ob wir wirklich alle Flaschen und Waffen

dabeihaben«, ordnet Silas an. Er hat die Hände in die Hüften gestemmt und das Kinn leicht emporgereckt. Den Unbesiegbaren zu markieren, das hat er wirklich drauf. Und genau das brauchen wir jetzt: jemanden, der so tut, als würde alles schon in Ordnung kommen, obwohl das mehr als unwahrscheinlich ist.

Maude tritt auf den Steg und klammert sich laut hustend an der Reling fest. »Hast du gar nichts Warmes zum Drüberziehen?«, frage ich. Das hartnäckige Nieseln ist in strömenden Regen übergegangen.

»Was kümmert's dich?«, blafft sie und knufft mich mit dem Ellbogen aus dem Weg. Sie trottet den Steg hinunter und hüllt sich in eine alte, feuchte Decke ein wie in ein Cape.

»Du siehst auch nicht gerade aus, als wäre dir warm. Schlüpf da rein, Kleine.« Bruce hält mir seinen Mantel hin.

»Alles bestens«, behaupte ich, obwohl ich so durchgefroren bin, dass ich weder meine Zehen noch meine Fingerspitzen fühle. Mit einem Schulterzucken zieht er sich den Mantel selbst über.

Ich folge Maude die Planke hinunter auf die Mole, wo der feste Boden unter den Füßen mich erst mal aus dem Gleichgewicht bringt.

»Ich wünschte, wir könnten es irgendwie verstecken«, meint Dorian mit einem Blick auf die alles überragenden Masten des Boots.

Silas schnaubt nur. »Los, auf geht's. Alle bleiben eng zusammen.«

Wir folgen der Mole bis ans Flussufer. »Hier sieht

alles gleich aus«, meint Song. Die hohen Gebäude und Kirchtürme der Großstadt haben wir hinter uns gelassen, doch hier am Fluss herrscht das vertraute Bild der Verwüstung: zerfallende Ruinen, Autowracks, verschlammte Straßen und umgestürzte Laternenmasten. Zwischen all dem Müll liegen Knochen herum, denen man nicht ansieht, ob sie von Tier oder Mensch stammen. Dahinter ein grauer, unfruchtbarer Acker nach dem anderen.

Wenn man nur weit und schnell genug geht, so dachte ich früher, dann muss man doch irgendwann bei den übrig gebliebenen Bäumen ankommen. Reines Wunschdenken und kindisch noch dazu, denn hinter der Stadtwüste wartet nur eine weitere Wüste der Zerstörung. Nur dann eben von der ländlichen Sorte.

»Was, wenn die uns nicht reinlassen?«, überlegt Bruce laut.

»Irgendwelche besseren Vorschläge?«, faucht Silas. Seine Laune geht schwer den Bach runter.

»Krieg dich wieder ein.« Ich lege ihm meine Hand auf den Arm. Er zuckt zusammen und tritt gegen einen verrottenden Kinderwagen. Dann stürmt er vorneweg, beladen mit den Waffen, einem vollem Rucksack mit Vorräten und mehreren Sauerstoffflaschen. Irgendwo sehne ich mich danach, über die Ereignisse zu sprechen. Über das, was wir gesehen haben. Aber es ist noch viel zu früh dafür und Silas ist ohnehin nicht der Redner vor dem Herrn.

»Wer nach Sequoia geht, kehrt nie zurück«, sagt Song leise zu mir, mit einer Stimme so sanft wie Asche.

»Petra mochte keine Deserteure. Wenn du nach Sequoia

gegangen bist, dann für immer. Man musste sich entscheiden, auf welcher Seite man steht«, erinnert ihn Dorian.

Song beißt sich auf die Unterlippe und ich blicke zum Himmel empor. Irgendwo hinter der dicken Wolkendecke muss die Sonne sein. Trübe versuche ich, mit den Zehen zu wackeln. Immer noch völlig taub.

»Mach hin«, drängelt Maude und schubst mich in den Rücken. »Ich frier mir hier den Arsch ab.« Bruce lächelt und hakt sich bei ihr unter.

»Die werden uns reinlassen, weil wir alle auf derselben Seite stehen«, sage ich laut, Silas zuliebe. »Wir wollen die Bäume wiederhaben. Wir wollen wieder atmen.« Er dreht sich nicht um und marschiert einfach weiter. Vielleicht hat er mich nicht gehört, aber das ist unwahrscheinlich.

»Du bist jetzt 'ne Ausgestoßene. Kein Deut besser als ich«, lacht Maude. Keiner stimmt ein. Und da zupft sie an mir, ganz sacht, die Angst von tief innen.

Wir gönnen uns erst eine Pause, als die Dämmerung einbricht und wir einen liegen gebliebenen Bus an einem gut überschaubaren Straßenabschnitt entdecken. Durch die Risse im Asphalt bricht gefrorenes Gestrüpp hindurch. Beim Reinklettern ächzt das Fahrzeug unter unserem Gewicht und ich suche mir einen Platz ganz hinten, um meinen Rucksack abzuwerfen. Dann checke ich meinen Füllstand. Fast zu drei Vierteln leer. Vielleicht sollte ich mich bei Silas mal genauer nach unseren Sauerstoffvorräten erkundigen, da er ja die verbliebenen Flaschen trägt. Aber wenn uns die Luft ausgeht, möchte ich es lieber gar nicht wissen.

In meiner Erschöpfung schert mich auch die schwarze Schimmelschicht im Bus nicht. Wenn es mich umbringt, soll es das halt tun. Ich lege mich hin und rolle mich zusammen, das Atemgerät zwischen die Beine geklemmt.

Maude hat sich die Reihe hinter mir ausgesucht und hustet, bis sie schließlich den Schleim rausrotzt.

Ich schließe die Augen und warte darauf, dass der Schlaf auf mich zugekrochen kommt. Maude findet keine Ruhe. Sie tritt von hinten gegen meinen Sitz. »He, du da«, krächzt sie. Ich setze mich auf. Alle anderen liegen schon, nur die Füße ragen noch aus den Sitzreihen hervor. »Meinste, Bea geht's gut?«, fragt sie finster.

»Da bin ich genauso schlau wie du.« General Caffrey hat sich nur deshalb aus dem Hain zurückgezogen, weil in der Kuppel die Krawalle ausgebrochen sind. Wie gerne hätte ich Gewissheit, dass Bea da nicht in der Nähe war. Oder Quinn. Besteht Hoffnung, dass zwischen ihrer Rückkehr in die Kuppel und dem Bürgerkrieg kein Zusammenhang besteht?

»Du hast mich angelogen«, grummelt Maude. »Ich hab die anderen Ausgestoßenen nur für den Kampf zusammengetrommelt, weil ich geglaubt hab, Bea musses büßen. Beschiss war das.« Sie richtet ihren Finger auf mich. Der Nagel ist ramponiert und völlig schwarz.

»Eigentlich hat Petra dich angelogen«, betone ich. Und füge hinzu: »Bea ist stärker, als sie aussieht.«

»Sie is was Besonderes, keine Frage. 'ne echte Zuckerschnute.« Sie mustert die angeknackste Fensterscheibe.

Das ist das erste Mal, dass wir so was wie eine Unterhaltung führen. »Ruh dich bisschen aus, Maude«, sage ich so freundlich ich kann.

Maude stößt sich trotzdem dran. »Du bist hier nich der Boss, Süße. Ich mach verdammt noch mal, was ich will.«

»Also, ich leg mich jetzt jedenfalls hin.« Ich drehe mich weg und rolle mich wieder auf dem Sitz zusammen. Maude scheint es mir nachzutun.

Ich horche auf das Schnarchen der anderen und versuche, zum Einschlafen an etwas Beruhigendes zu denken, aber ich habe immer nur Hollys Gesicht beim Loslassen der Reling vor Augen. Und dann treibt plötzlich Abels Gesicht neben ihr im Wasser. Beide werden von den Wellen verschluckt. So ist es natürlich nicht gewesen, das Ministerium hat ihn ermordet. Wahrscheinlich haben sie ihn ohne Sauerstoffflasche aus der Kuppel geworfen.

Tagelang habe ich jeden Gedanken an Abel vermieden, aber jetzt melden sich all die Schuldgefühle und die Scham über sein Ende wieder zurück: Wie er überhaupt nur Teil der Mission in der Kuppel wurde, weil ich Zeit mit ihm verbringen wollte. Wie ich zu stur zum Aufgeben war, obwohl er mich quasi darum angefleht hat. Er scheint mir nicht sein wahres Gesicht gezeigt zu haben, doch das ändert nichts an der Tatsache, dass ich etwas für ihn empfunden habe. Und genau deshalb ist er jetzt tot.

Ich ziehe meine Knie bis hoch unters Kinn. Mir ist so eiskalt. Kälter als je zuvor.

OSCAR

Keine Stunde mehr bis zu meinem Aufbruch aus der Kuppel und ich habe noch nicht mal gepackt. Stattdessen bin ich in meinem Atelier und klatsche fette weiße und schwarze Farbschlieren auf die Leinwand. Sieht nach nicht viel aus – nur ein erstickteś graues Chaos.

Ich habe gehofft, hier eher auf einen Weg zu kommen, mich aus dieser Mission herauszuwinden, aber einziges Ergebnis meiner Grübeleien bleibt das Gemälde. Das ist nicht mal der Ansatz einer Lösung.

Vor dem Ödland fürchte ich mich nicht. Wir werden alle mit einen Monatsvorrat an Lebensmitteln, Luft und Medikamenten ausgerüstet sein und die Ausgestoßenen haben keine Chance gegen mich. Wäre da nicht diese verdammte Schnüffelei für Jude Caffrey und das Ministerium nach sogenannten Terroristen, nur damit sie unschuldige Leute abmurksen können. Wenn nicht letztlich Niamh dafür büßen müsste, ich würde mich weigern, doch ich bin der Einzige, den sie noch hat.

Ich gehe zum Waschbecken und spüle die Pinsel aus.

Dann werfe ich einen letzten Blick auf das Gemälde und schließe die Ateliertür hinter mir ab.

Als ich endlich fertig bin, wartet Niamh an der Haustür. »Wann kommst du wieder zurück? Ich mach mir Sorgen«, sagt sie. Ihre letzte Zuneigungsbekundung für mich liegt Urzeiten zurück und ich muss schlucken.

»Wenn ich alle Bösewichter zur Strecke gebracht habe, nehm ich an.« Eine glatte Lüge. Ich bringe niemanden mehr zur Strecke. Nie wieder.

Ich werde da rausgehen und mich so lange irgendwo verkriechen, bis man mir den guten Willen abkauft, auch wenn ich mit leeren Händen zurückkehre. Sollte mir wer über den Weg laufen, werde ich ihn warnen.

»Du wirst doch zurückkommen«, hakt Niamh nach.

»Quatsch keinen Blödsinn.« Ich hieve mir den fetten Rucksack auf die Schultern.

»Pass auf dich auf, altes Riesenarschloch«, sagt Niamh. Sie lehnt sich an mich und küsst mich unbeholfen auf die Wange. Ihre Lippen sind ausgetrocknet.

Ich muss lachen. »Pass du erst mal auf dich selbst auf.« Ich verkneife mir tunlichst alles, was noch mehr Gefühlsausbrüche auslösen könnte, und steuere auf den wartenden Geländewagen zu.

Am Grenzübergang wartet Jude Caffrey neben der Ministerin für Öffentlichkeitsarbeit. Er hebt die Hand. Ich gebe vor, ihn nicht zu bemerken, und gehe in Richtung der Stahltore, wo bereits der Rest meiner Einheit versammelt ist. Ich habe absolut keinen Bock auf die Kumpeltour, nachdem er sein ganzes Leben lang nur rumgelogen und seine Soldaten mit falscher Propaganda eingewickelt hat.

Robyn, jüngstes Mitglied der Spezialeinheit, lächelt mir entgegen. »Tut mir leid mit deinem Dad«, meint sie.

»Danke.« Ich halte inne. »Die haben uns alle zusammengetrommelt, was?«

»Allesamt, wie es scheint.« Sie macht einen Schritt zurück, um den Blick auf die anderen freizugeben. Mary, Rick, Nina und Johnny drehen sich alle zu mir und winken. Ich hebe grüßend die Hand. »Die haben vorher noch nie eine Nachwuchstruppe alleine rausgeschickt. Wir haben gehört, du hättest uns freiwillig zur Verfügung gestellt«, sagt Robyn und zieht sich den dicken Pferdeschwanz straff.

»Was? Stimmt gar nicht.« Ich klinge, als wollte ich mich verteidigen.

»Sind wir überhaupt bereit dafür, schon wieder rauszugehen?«, fragt Robyn mit Misstrauen im Blick. Eigentlich will sie sagen: *Wollen wir das überhaupt?* Keiner von uns hatte die Bäume am Hain erwartet. Und seitdem ist alles anders. Zumindest für manche von uns.

Rick tritt vor. Er ist achtzehn, wirkt aber wie dreißig. »Ganze Leistung, Kumpel. Ich hab mich zu Hause schon zu Tode gelangweilt. Ständig hab ich gesagt, lasst uns wieder raus, wir sind bereit. Ich kann's kaum noch abwarten, echt. Ich zähl die Sekunden.«

»Meine Idee war's nicht«, stelle ich klar. Rick will nur Stunk machen. War schon immer so.

»Hat General Caffrey aber behauptet.« Mary deutet auf Jude.

»Also, wir freuen uns jedenfalls«, meint Nina.

»Besser, als das ganze nächste Jahr in der Sporthalle zu versauern«, ergänzt Johnny.

Ihre Erregung schwirrt in der Luft. Ich drehe mich zu Robyn, die auf ihrer Unterlippe kaut. Die anderen mögen sich vielleicht freuen, aber sie tut es nicht. Und ich auch nicht.

Jude tritt vor uns. Er spart sich die warmen Worte, reicht uns allen einen kleinen Beutel und spult seine Anweisungen ab. »Ihr alle habt neue Pads mit Langstreckenpeilung zugeteilt bekommen, die in beide Richtungen kommunizieren können. Sollten sie nicht funktionieren, habt ihr zusätzlich Walkie-Talkies. Bisschen primitiv, aber zweckmäßig. Meldet euch wenigstens einmal am Tag, damit wir euch am Leben wissen.«

»Am Leben?«, höhnt Rick. »Ich glaube, da müssen Sie sich keine Gedanken machen. Die paar Ökohippies haben doch keine Chance gegen uns.« Er tut, als würde er sich selbst ein Messer in den Bauch rammen.

Was läuft falsch bei dem? Als ob er nicht schon genug Leute umgebracht hätte. »Kannst du nicht einmal die Fresse halten, Rick?«, frage ich.

Robyn schnappt nach Luft und der blindwütige Rick will mir gerade eine wischen, als ich seine Faust abfange und ihn in den Schwitzkasten nehme. Er stöhnt auf. »Schon gut, schon gut, lass stecken«, sagt er und ich gebe ihn frei, stoße ihn von mir, während die anderen nur sprachlos glotzen können. Noch nie bin ich auf irgendwen losgegangen. Aber Rick hätte ich schon längst mal das Maul stopfen sollen.

Jude schüttelt den Kopf. »Zum Glück entsenden wir euch nicht in der Gruppe.« Er macht eine kurze Pause. »Wir schicken euch alle in unterschiedliche Richtungen. Sobald ihr auf etwas Verdächtiges stoßt, erstattet ihr uns Meldung. Wir brauchen Koordinaten. Haben wir die, schicken wir umgehend Soldaten und Zips und machen alles zu Kleinholz. Bis dahin sind wir hoffentlich wieder bei voller Leistung.«

»Haben wir die Erlaubnis zu töten?«, fragt Rick. Er mustert mich aus den Augenwinkeln.

Jude zupft an den Ärmeln seiner Uniformjacke. »Eure Aufgabe ist es, RATTEN aufzustöbern. Weitere Anweisungen erfolgen dann per Funk.«

Robyn kratzt sich die Nasenspitze. »Wie viel Zeit haben wir?«

»So lange ihr durchhaltet.« Jude will gerade wegtreten, als die Ministerin für Öffentlichkeitsarbeit mit klappernden Absätzen auf uns zugeeilt kommt.

»Können wir bitte noch ein Foto von Oscar an der Grenze machen?«, zwitschert sie. »Präsident Vine meint, eine Wortmeldung von Cain Knaverys Sohn wäre gute PR. Die Presse wird in ein paar Tagen wieder an die Arbeit gehen und dann wird das der Aufmacher.«

»Klar«, stimme ich zu. Die Presseministerin klappt ihr Pad auf, schießt ein paar Bilder und wartet dann lächelnd, um mein Statement aufzuzeichnen. »Nach all der Zerstörung, die wir bis jetzt angerichtet haben, halte ich diese Mission für ...«

»Schreiben Sie einfach, was Sie wollen«, sagt Jude, der sich plötzlich zwischen mich und die Ministerin für

Öffentlichkeitsarbeit gestellt und mir einfach das Wort abgeschnitten hat. Er schlingt mir den Arm um die Schultern und zieht mich fort. »Wir haben schon genug Zeit verloren.« Ich blicke zurück zur Ministerin, die trotz des entgangenen Interviews in sich hineingrinst, weil sie den Artikel ohnehin längst in der Schublade hat.

Die Grenze wird von bewaffneten Soldaten bewacht, die zur Seite treten und uns unbehelligt die Tore und den Glastunnel passieren lassen. Wir schnallen die Sauerstoffflaschen an unsere Gürtel, schieben uns die Atemmasken über Mund und Nase. Es fühlt sich anders an als sonst, wenn wir nach draußen marschiert sind. Früher war ich Feuer und Flamme dafür, die Kuppel zu verteidigen. Jetzt werde ich nur noch eines tun: rausgehen und die Hände in den Schoß legen.

Wir drücken uns durch die Schiebetüren am Tunnelende, raus ins Ödland. Sieben robuste Geländewagen warten mit laufenden Motoren.

»Dann geht's jetzt wohl los«, sagt Robyn schulterzuckend. Die anderen murmeln ihre Zustimmung und fummeln an ihren Atemgeräten herum.

»Wir fahren euch noch fünfzig Kilometer raus«, sagt Jude. »Weit genug, um Zeit zu sparen, aber nicht so weit, dass sie euch kommen hören. Hals- und Beinbruch.« Und das war's dann. Mary, Rick, Nina, Johnny und Robyn wählen je ein Auto und steigen ein.

Ich blicke noch mal zur Kuppel empor. Jetzt könnte ich gehen und niemals wiederkehren. Aus freien Stücken verschwinden. Jude hat keinen Zweifel daran gelassen, dass der Minister mich niemals freigeben würde, und bei jedem Widerstandsversuch werden sie mich hinrichten. Aber wenn irgendwer im Ödland überleben kann, dann ich.

Die Frage ist nur: Will ich das überhaupt? Im Training sind uns genug Ausgestoßene untergekommen, schwachsinnig vor Einsamkeit und nicht mal mehr sicher, auf welchem Planeten sie sich befanden. Ein alter Kerl war so ausgehungert, dass er seinen eigenen Arm angeknabbert hatte. Und was wäre mit Niamh? Ich kann sie nicht ihrem Schicksal überlassen. Wer weiß, was die ihr antäten.

»Leg einen Zahn zu«, sagt Jude. Er schmeißt meinen Rucksack in das einzige führerlose Fahrzeug.

»Was machst du da?«

»Dich kutschieren. Wir haben was zu besprechen.«

Wir reden kein einziges Wort. Lange ruckeln wir schweigend über das holprige Gelände und durch die fettige Windschutzscheibe sehe ich dem Auf und Ab der Scheibenwischer zu.

Schließlich bremst Jude den Geländewagen ab und schaltet den Motor aus. Er legt sich die Hände auf die Knie, sitzt mehrere Minuten einfach nur da und stiert geradeaus. Ich unternehme keinen Versuch, die Spannung zu brechen. Wenn er was zu sagen hat, soll er's ausspucken.

»Du weißt wohl inzwischen, dass Quinn es war, der die Kuppel fast in die Knie gezwungen hat?« Er dreht sich zu mir.

»Wenn du meinst, dass er auch für den Tod meines Vaters verantwortlich ist, dann weiß ich es, ja.« Wir starren einander in die Augen. Er wartet darauf, dass ich in die Luft gehe. Aber ich bin nicht wütend auf Quinn. Wie könnte ich auch, jetzt, wo ich die Pläne des Ministeriums kenne? Wenn überhaupt, bin ich sauer auf mich, weil ich die ganze Zeit so blödsinnig naiv war und mich nie wie Quinn gegen meinen Vater zur Wehr gesetzt habe.

Ich warte darauf, dass er fortfährt. »Quinn ist am Leben«, sagt er. Seufzend senkt er seine Stirn aufs Lenkrad und zum ersten Mal in dieser Woche verachte ich ihn nicht.

»Sprich weiter.«

»Es war ein Fehler, ihn da alleine rauszuschicken, und ich wollte auch nicht, dass die Armee und die Zips ausschwärmen, denn die bringen ihn um, wenn sie ihn erwischen. Du hingegen …«

»Du glaubst, ich werde ihm *helfen.*«

»Du willst raus aus der Spezialeinheit und ich kann das veranlassen.«

»Mir hast du erzählt, das kannst du nicht.«

Jude reibt sich das Kinn. »Alles hat seinen Preis und ich kenne die richtigen Leute. Ich kann dir und Quinn eine neue Identität verschaffen – Biometrie und alles. Nichts, was es nicht schon gegeben hätte. Aber es würde heißen, dass ihr Zweitklassbürger werdet. Ein hoher Preis. Aber was Besseres kann ich dir nicht anbieten.«

Ich starre aus dem Fenster. In meinem ganzen Leben habe ich Zone Drei erst zweimal betreten. Das Einzige, was mir im Gedächtnis geblieben ist, sind schmutzige Kindergesichter und Dunkelheit. Wie trübsinnig es war. Möchte ich das?

»In dem Mantel, den Quinn trägt, steckt ein Peilsender und genau hier ist er zuletzt geortet worden, bevor die Batterie verreckt ist.« Er deutet nach draußen. »Du musst ihn einfach nur finden und auf ihn aufpassen. Dann schmuggel ich euch beide wieder rein in die Kuppel. So eine Zweitklassexistenz wird keinem von euch viel geben. Aber wenigstens könnt ihr leben.«

»Und die anderen ziehen hier draußen jetzt die totale Sinnlos-Aktion durch?«

»Die werden ganz woanders hingefahren«, sagt er. »Bis auf den einen oder anderen Ausgestoßenen werden die nichts finden, es sei denn, da draußen ist doch noch irgendwo eine Zelle. Aber auf weitere Zellen zu stoßen ist ungefähr so wahrscheinlich wie die Entdeckung einer zweiten Kuppel.« Seit unserer Kindheit haben sie uns weisgemacht, es gäbe weitere Kuppeln. Noch eine Lüge. Noch so eine beschissene Lüge.

»Ich lass es mir durch den Kopf gehen.« Damit stelle ich meinen Mantelkragen auf und ziehe den Gürtel enger.

Jude hält mir einen Revolver hin. Ich nehme ihn und schiebe ihn mir hinten in den Gürtel, bevor ich die vergessene Halbautomatik in meiner Hand auf den Rücksitz werfe. So eine Waffe will ich nicht. Brauchen werde ich sie erst recht nicht. »Ich verlange nur von dir, dass du das Richtige tust«, sagt er.

»Genau, wie du es tun würdest«, erwidere ich scharf.

»Ich? Ich würde noch nicht mal wissen, was das Richtige ist.«

Jude lehnt sich über meinen Schoß und drückt die Beifahrertür auf. Ich klettere hinaus, zerre den Rucksack hinter mir her und lasse ihn zu Boden fallen. Die Straße gleicht einer Buckelpiste und dahinter wartet nichts als trister grauer Schotter und völlig lädierte Gebäude, deren letzte ein, zwei Wände sich mühsam aufrecht halten.

»Diese eine Sache noch und du musst nie wieder gegen deine Prinzipien handeln«, sagt Jude. »Dann bist du durch mit all den Lügen und dem Morden.«

Und ohne meine Antwort abzuwarten schlägt er die Tür zu, jagt den Motor hoch und ist verschwunden.

BEA

Ich kauere neben Jazz und lege ihr meine Hand auf die Stirn. Sie glüht immer noch vor Fieber. Der Schal, den ich ihr ums Bein geschlungen habe, ist völlig durchweicht. Ich wickle ihn ab und begutachte die Wunde. Um den Schnitt herum ist die Haut gelblich und von dem Gestank kann einem schlecht werden. Wenn es so weitergeht, wird sie sich bald zu Tode geblutet haben, und wenn das nicht passiert, dann stirbt sie an der infizierten Wunde.

»Mach, dass es nicht mehr wehtut, bitte«, fleht sie derart verzweifelt, dass ich sie einfach nur festhalten und ihr die Schmerzen abnehmen will.

Ich gucke zur Rolltreppe und frage mich, ob es auf der oberen Ebene vielleicht eine Apotheke geben könnte. »Ich bin gleich wieder da.« Ich springe mit meinem Rucksack auf. Mit Wundreinigung und Stillen der Blutung kenne ich mich etwas aus, aber ich brauche die entsprechende Ausrüstung. Und selbst das könnte einfach nicht genug sein.

»Bitte bleib da«, wimmert sie. »Bea!«

»Zwei Minuten nur«, versichere ich ihr und erklimme die Rolltreppe.

In der sonnendurchfluteten Halle bleibe ich stehen und betrachte die Ladenzeile: die zerschmetterten Glastüren und Fenster, die geplünderten Geschäfte, die graffitibeschmierte Beschilderung.

Der Boden eines Laden, der nichts als Strumpfhosen und Socken verkauft hat, ist völlig mit verschimmelter Ware bedeckt, der Elektroladen mit geschrotteten Bildschirmen und ausgelaufenen Batterien zugemüllt. Aber ich hätte mir schon denken können, dass es die Apotheke am schlimmsten erwischt hat. Röhrchen, Flaschen, Döschen und lose Tabletten jeder Form und Farbe liegen über den Boden verstreut. Quer durch die Schweinerei bahne mir einen Weg hinter den Verkaufstresen. Mit der Schuhspitze durchforste ich den Boden nach irgendwas Unversehrtem, doch sämtliche Beruhigungs-, Schmerzmittel und Antibiotika sind bereits von den Aussätzigen mitgenommen worden. Ich entdecke ein Mini-Reisenähset und eine kleine Flasche Brennspiritus, die ich mir in den Rucksack stopfe.

Nach Verlassen der Apotheke betrete ich einen Laden, in dessen Schaufenster für exotische Lebensmittel geworben wird. Vielleicht kann man die Schmerzen ja auch mit Alkohol betäuben.

Ich durchstöbere jedes Regal, schiebe verbeulte Konserven und leere Getränkedosen beiseite. Dann lege ich mich auf den Boden und checke, ob nicht irgendwas außer Sichtweite gerollt sein könnte. Das Gefühl der Niederlage durchflutet mich und gerade will ich zu

Jazz zurückkehren, als ich die Tür mit dem windschief baumelnden Schild entdecke: Kein Zutritt für Betriebsfremde. Sie quietscht beim Aufstoßen, gibt aber nach.

Schimmlige Pappkartons stapeln sich wie Bauklötze von Riesenkindern. Die meisten sind leer, aber schließlich stoße ich auf sechs unberührte Flaschen. Ich ziehe eine raus und versuche, sie aufzuschrauben, doch sie ist ganz merkwürdig versiegelt. Ich hab jetzt nicht die Zeit, den Mechanismus zu durchschauen, und so schmettere ich den Flaschenhals kurzerhand gegen einen Ablageschrank. Der Alkoholgestank allein bringt mich schon zum Torkeln. Ich gieße mir ein bisschen Flüssigkeit in die Hand, schnüffle dran und tunke die Zungenspitze rein. Offensichtlich trinkbar, aber ganz anders als der Alkohol, den ich bisher probiert habe. Dick, rot und bitter. Ich schaue aufs Etikett. *Malbec.* Gerade verstaue ich die Flaschen im Rucksack, als ein Schrei durch den Bahnhof hallt.

»Jazz?« Ich stürze aus dem Geschäft.

Jazz windet sich im Halbschlaf. Ich ziehe eine Flasche aus dem Sack, zerschlage den Hals, bette Jazz in meine Armbeuge und hebe ihr die Maske vom Mund. »Hier«, sage ich, fülle ungeschickt meine hohle Hand mit dem roten Alkohol und führe sie an ihre Lippen.

Sie nippt daran. »Wääh«, macht sie. »Was ist das?«

»Medizin.« Sie trinkt weiter, und als sie ganz benommen ist, lasse ich sie zu Boden sinken und bringe die Maske wieder richtig an. Der Alkohol hat sie so ruhiggestellt, dass ich mir ihr Bein noch mal anschauen kann.

Es ist schlimm. So schlimm, dass mein Vorhaben ziemlich nach hinten losgehen kann. Aber irgendwas muss jetzt geschehen.

Sie zuckt zusammen. »Beiß da drauf«, sage ich. Ich schiebe ihr ein dickes Stoffstück unter die Maske zwischen ihre Zähne. Dann baue ich meine Funde auf dem Fliesenboden auf und fädle einen langen Faden durchs Nadelöhr, bevor ich den Brennspiritus drüberkippe. Den Spiritus verwende ich auch, um ihre Wunde zu säubern. Sie kreischt, doch ich binde ihr rasch Hände und Beine mit Schals zusammen, damit sie mir nicht in die Quere kommt.

»Alles ist gut«, sage ich. Sie stöhnt vernehmlich, gedämpft durch den Stoff in ihrem Mund. »Bleib ruhig«, füge ich hinzu, diesmal an mich selbst gerichtet, denn flatternde Nerven und Übelkeit bringen uns hier nicht weiter.

Ich setze mich auf ihre Brust, beiße mir von innen auf die Wangen, stopfe mit den Fingerspitzen den hervorstehenden Knochen wieder zurück und schiebe die Haut darüber. Sie brüllt und windet sich und fällt endlich in Ohnmacht.

Ich kneife ihr die blutverklebte Haut zusammen und durchbohre sie schließlich mit zitternden Fingern mit der Nadel, ziehe den Baumwollfaden hindurch. Jazz schlägt um sich, rutscht von einer Bewusstlosigkeit in die andere, doch mein Knie bleibt fest auf ihrer Brust und fixiert sie. Ich drücke ihre Haut zusammen, ihr geronnenes Blut quillt mir durch die Finger. Trotzdem nähe ich hin und her, vor und zurück, bis die Stiche ihr schließlich das halbe Schienbein hochreichen, der Knochen versteckt und die Wunde geschlossen ist.

Ich ziehe ihr die Maske vom Gesicht und nehme den Stoff aus dem Mund. Sie atmet noch. Sanft.

»Es tut mir leid«, flüstere ich, weil ich die Sache vielleicht noch schlimmer gemacht habe.

Jetzt kann ich nur noch warten – auf Rettung oder auf den Tod.

ALINA

Die letzten zwei Tage sind wir fast unentwegt gewandert. Meine Füße haben Blasen, meine Muskeln sind verkrampft und brennen. Sogar Song und Dorian sind fix und fertig und haben schließlich doch Atemgeräte angelegt.

»Hier *muss* es sein«, sagt Dorian.

Wir sind irgendwo im Nirgendwo, in der Senke einer aufgeworfenen Straße inmitten platter Felder, auf denen verwitterte Gemäuer und längst abgestorbene Baumstümpfe zu sehen sind. Silas faltet die Karte auf und nickt in Richtung eines verzierten Eisengitters am Ende der Straße, das sich trotz allen Rosts gut gehalten hat. »Das da vielleicht?«

»Wir drehen uns schon den ganzen Morgen im Kreis. Das dort ist das Einzige, wo wir noch nicht nachgeschaut haben«, sagt Dorian.

»Für noch ein Vielleicht ist unser Sauerstoff zu knapp«, murmele ich. Mein Hirn wird ganz wattig und rasch lasse ich etwas mehr Sauerstoff in meine Atemmaske.

»Mal nachschauen.« Silas stopft die Karte wieder in

die Jacke und führt uns die Straße runter, die Waffe an seiner Seite baumelnd.

Als wir näher kommen, kann ich durchs Gittertor einen Weg ausmachen. Ich quetsche mein Gesicht zwischen die Stäbe. »Der Weg macht eine Biegung. Wer weiß, was da hinten ist«, sage ich.

»Dann finden wir's doch raus«, sagt Dorian. Er winkt Song herbei und gemeinsam schieben sie das Tor auf. Silas hindert sie nicht und ich ebenso wenig. Doch das fehlende Schloss ist verdächtig. »Hoffentlich ham se den Tee schon aufgesetzt«, krächzt Maude. »Ich für meinen Teil würd nich Nein sagen.«

Der Weg ist völlig zugewuchert, überall liegen Flaschenscherben und alte Fahrräder rum, doch links und rechts verlaufen dicke Mauern, die wie neu aussehen. Silas hat wieder die Führung übernommen, ich bin direkt hinter ihm.

Plötzlich durchbricht eine Stimme aus dem Nichts die Stille. »Stopp! Der Weg ist vermint. Noch ein Schritt und das Bein ist ab.« Silas' Fuß bleibt in der Luft hängen. Er verlagert sein Gewicht in die linke Ferse und macht einen Schritt zurück.

»Wir kommen als Freunde!«, ruft er.

»Rebellen«, ergänzt Dorian.

»Freunde brauchen keine Waffen. Werft die Pistolen hin«, dröhnt die Stimme. Fragend blicken wir Silas an. »Legt die Waffen ab oder wir eröffnen das Feuer!« Silas legt seine Pistole vorsichtig hinter sich auf den Boden und wir tun es ihm nach. Instinktiv hebe ich die Hände über den Kopf.

Und plötzlich sind wir umzingelt. An die zwanzig Wachen in Sturmhauben, jedoch ohne Atemgeräte, und das ist der entscheidende Punkt. Sie springen auf die Mauer und richten ihre Gewehre auf uns.

Ein bulliger Soldat im hautengen Unterhemd und mit von Tribaltattoos bedeckten Armen lässt die Waffe sinken. »Wer ist euer Anführer?«, verlangt er.

Silas natürlich, aber er tritt nicht vor, weil das hier vielleicht nicht alle so sehen.

»Ich bin hier der Boss. Auf die Knie, Gewürm«, sagt Maude und gackert los. Ich werfe ihr einen warnenden Blick zu. Irgendwie bezweifle ich, dass der Typ da ihren Humor zu schätzen weiß.

»*Er* ist es«, sagt Dorian und weist auf Silas. Ob aus Feigheit oder Großmut, kann ich nicht beurteilen.

»Ach ja?« Der tätowierte Anführer springt von der Mauer runter. Die Kälte scheint ihn nicht zu stören. Die anderen, in grüne Arbeitsuniformen gekleidet, bleiben einfach stehen und zielen weiter auf unsere Köpfe. »Ihr habt unbefugt das Gelände betreten.«

»Wir kommen vom Hain. Wir sind Rebellen wie ihr«, sagt Silas.

Der Mann lacht. »Rebellen, die schon aus dem letzten Loch pfeifen?« Dorian zieht sich die Maske vom Gesicht und lässt sie sich am Hals baumeln. Ich knuffe Song in die Seite, damit er Dorians Beispiel folgt.

»Na und? Ein paar von euch können also atmen. Vielleicht haben sich Petras Methoden etwas gebessert, aber was uns angeht, liegt ihr falsch. Wir sind keine Rebellen. Wir wollen mit Typen wie euch nichts zu tun haben.« Er pellt sich die Sturmhaube vom Gesicht und stopft sie sich hinten in die Hosentasche, bevor er die muskulösen Arme vor der Brust kreuzt. Er sieht gut aus, trotz der großen, dunklen Narbe im Gesicht. Und so wie er mich mit zur Seite geneigtem Kopf ansieht, weiß er das auch. Mühsam schlucke ich und warte, bis sein Blick mich freigibt.

»Den Hain gibt es nicht mehr«, erklärt Silas.

»Du lügst.«

»Das Ministerium hat ihn zerstört. Wir können sonst nirgendwohin«, beharrt Silas und Scham steigt in mir hoch, weil mir bewusst wird, wie hilflos wir wirken müssen.

»Das ist kein Flüchtlingscamp hier. Im Hain waren Hunderte. Wir haben den Platz nicht. Ich schlage vor, ihr macht kehrt und richtet Petra aus, die Antwort ist Nein.«

Silas lässt den Kopf hängen. Dorian und Song sehen sich an. Maude und Bruce sinken in sich zusammen. Ich mache einen Schritt nach vorn. Der Mann versucht nicht, mich zurückzuhalten, sondern hebt fragend eine Augenbraue. »Wir sind keine Vorhut. Petra ist tot, ihre Leute sind tot und die Bäume sind vernichtet. Nur wir sind noch übrig.« Ich spüre die Augen der anderen auf mir. War es falsch, das laut auszusprechen?

Der Mann bleibt stumm. Er legt sich einen Finger hinters Ohr und nickt dann. »Die Tretminen sind deaktiviert«, sagt er. Er trägt einen Empfänger im Ohr – er ist gar nicht der Anführer. Die anderen Soldaten, alle bewaffnet, springen von der Mauer, kreisen uns ein und sammeln unsere Waffen vom Boden auf.

»Nimm deine Dreckspfoten von meinem Zeug!«,

kreischt Maude, doch der Soldat rammt ihr einfach ihre eigene Pistole zwischen die Rippen. Sie winselt vor Schmerz.

Silas reißt die Augen auf. »Sag deinen Affen, sie sollen sich benehmen«, bellt er.

Doch der Typ grinst nur schief. »Warum sollte ich?« Er schaut auf mein Atemgerät und dann in meine Augen, den einzigen unbedeckten Teil meines Gesichts. Er macht keinen Hehl daraus, wie sehr er meine Abhängigkeit verachtet.

»Wir sind keine Belastung. Wir sind gut ausgebildet«, sagt Song. »Ich bin Biochemiker. Ich kann bei der Entwicklung eines Sauerstoffspeichers helfen.«

»Hier müsst ihr nur eine Sache beherrschen«, meint der Mann. Er tritt vor und zieht mir die Maske vom Gesicht. Silas' Reaktion wird durch eine vorgehaltene Waffe schon im Keim erstickt. Der Mann umfasst mein Kinn und zieht mich näher zu sich heran. Ich weiche seinem Blick nicht aus, weigere mich einzuknicken, und schließlich lächelt er und schnallt mir die Maske wieder an, zurrt mir die Gummibänder vorsichtig am Hinterkopf fest. Ich nehme einen langen, tiefen Atemzug aus meinem schwindenden Sauerstoffvorrat.

»Lasst uns gehen und rausfinden, was Vanya mit euch vorhat«, sagt der Mann.

Dorian folgt ihm auf den Fersen, doch wir anderen bleiben zurück und schauen uns an.

»Sind wir hier am richtigen Ort?«, frage ich leise.

»Wir sind an dem Ort, der uns noch geblieben ist«, erinnert mich Silas.

Wir biegen um eine Kurve, wo eine weitere Mauer wartet. Die Ziegelsteine mögen alt sein, doch die Mauer ist weder vermoost noch zerfallen oder gar einsturzgefährdet. Sie wirkt wie frisch errichtet, der Zement hält die Steine säuberlich zusammen und ganz oben ist das Gestein mit bunten Glasscherben gespickt, damit niemand drüberklettern kann. Von beiden Enden aus zeichnen Kameras unsere Bewegungen auf, während wir im Gänsemarsch auf ein Stahltor zulaufen, vor dem bewaffnete Wachen positioniert sind. »Wir kommen jetzt rein«, verkündet der Tätowierte und die Wachen wuchten die quietschenden Türen auf.

Dahinter habe ich ein ehemaliges Gefängnis erwartet, eine verlassene Schule oder ein Krankenhaus, doch Sequoia ist nichts dergleichen. Es ist ein weißes Riesenpalais, praktisch unversehrt und von zwei funkelnden Gewächshäusern flankiert. Davor steht ein ausgetrockneter, mit Kupferengelchen verzierter Brunnen, hier und da winden sich säuberlich geharkte Kiespfade und Zierwege. Die meisten der palladianischen Prachtfenster sind noch intakt, mit Glas und allem, und die wenigen zerstörten sind mit weiß lackierten Sperrholzplatten bedeckt, damit sie nicht so auffallen. Mit den Schuttbergen der Großstadt hat das hier nichts gemein. Einen Augenblick lang werde ich in eine mir fremde Vergangenheit zurückgeschleudert, in die Zeit vor dem Switch. Doch nach Lächeln ist mir trotzdem nicht. Irgendwas fehlt hier.

Ich stupse Silas mit dem Ellbogen in die Seite. »Kein

Baum weit und breit«, raune ich. In meinem Hals beginnt es zu brennen. Erst kommt der Husten, dann muss ich mich auf Silas stützen.

»Dorian, deine Flasche«, ruft Silas, der mich mühsam aufrecht hält. Mein leeres Atemgerät wird mir vom Gürtel abgehakt und durch ein anderes ersetzt. Binnen Sekunden ist wieder Leben in mir. Ich blinzle Silas ins Gesicht. »Warum hast du mir nicht gesagt, wie knapp es schon war?«, schimpft er. Ich zucke die Schultern und er verdreht die Augen.

In einem unversehrten Säulengang warten schon die Soldaten auf uns, die meisten von ihnen scheinbar in Feierabendstimmung. »Komm schon«, sagt Silas.

Wir werden eine steinerne Außentreppe emporgeführt, durch ein eindrucksvolles Holzportal hinein in eine riesige Eingangshalle, dann mehrere Treppenaufgänge hinauf, vorbei an verblichenen goldgerahmten Porträts. Auch wenn das Gebäude äußerlich fast unbeschädigt wirkt, spürt man im Inneren die Kälte und sieht den Schimmel an der Decke.

Als wir im oberen Stockwerk angelangt sind, lässt der Tätowierte eine an der Wand befestigte Kiste aufschnappen und holt eine ausziehbare Atemmaske heraus. Er drückt sie sich ans Gesicht und atmet tief ein. Auf meinen Blick hin erklärt er: »Wir haben auf dem ganzen Gelände solche Oxyboxen installiert. Reiner Sauerstoff. Erspart uns das Einleiten in alle Räume.«

»Und was ist mit den Leuten, die mit so einem beschränkten Vorrat nicht auskommen?« Ich fummle an meiner Sauerstoffflasche herum.

»Solche gibt's bei uns kaum«, sagt er und reicht die Maske an einen anderen Soldaten weiter.

Vom langen Flur gehen zu beiden Seiten Türen ab. Über jeder befindet sich ein Schild: *Meditationsraum 6 – Yogastudio 10 – Testraum 1 – Testraum 2 – Arzneiausgabe – Fortpflanzung.*

Ich zupfe Silas am Ärmel, um ihn darauf hinzuweisen. Er nickt. Selbst wenn wir ihre Bäume noch nicht entdeckt haben, zeigen solche Räume immerhin, dass es hier nicht groß anders läuft als im Hain. Vielleicht sind wir hier doch in Sicherheit.

Als wir zwei Türen am Ende des Gangs erreicht haben, bedeutet der Mann den begleitenden Soldaten zu gehen. Dann wird sein Blick ernst. »Pinkelt ihr bloß nicht ans Bein«, sagt er.

Durch riesige Flügelfenster dringt Licht in den Raum und auf das abgewetzte Samtsofa davor, auf dem eine schlanke Frau mit einer sehr selbst gemacht wirkenden Kurzhaarfrisur ruht. Sie trägt ein schlichtes weißes Oberteil und eine Hose mit weitem Bein.

Sie blickt von dem altmodischen Pad hoch, auf dem sie gelesen hat, und rollt sich träge auf die Seite. »Maks«, grüßt sie den Mann mit den Tattoos, dann steht sie langsam auf. »Was sind denn das für jämmerliche Gestalten?«

Maks lacht. »Das ist noch freundlich gesagt, Vanya.«

Die Frau bleibt direkt vor Silas stehen. »Hallo«, sagt sie und fährt ihm mit den Fingern übers Gesicht. Er wendet den Blick ab. »Sag mir bitte, dass du das Ding hier nicht brauchst«, meint sie und tippt mit den Fingernägeln auf seine Sauerstoffflasche. Ihre Hände sind faltig, trotz ihres glatten Gesichts.

»Tun sie, aber wie«, sagt Maks. Er stellt sich hinter mich und legt mir eine Hand auf die Schulter. »Die hier hätten wir vor ein paar Minuten fast abschreiben können.« Ich winde mich, doch seine Hand bleibt, wo sie ist.

»Also, bei uns gibt's keine Atemgeräte«, sagt sie. »Wir sind nahe daran, so gut wie ohne auszukommen.«

»Ich kann auch ohne«, sagt Dorian. Er sieht derart selbstzufrieden aus, dass ich ihm einen Tritt verpassen würde, wenn ich nur etwas dichter bei ihm stünde. Bei den Rebellen hatte jeder seine Aufgabe. Silas und meine lag in der Kuppel. Nicht unsere Schuld, dass wir so viel zugesetzten Sauerstoff brauchen.

»Ich saug jetzt schon fünfzig Jahre Konservenluft und das werd ich jetzt bestimmt nich aufstecken. Ich bin, was ich bin, dafür schäm ich mich nich«, mischt Maude sich ein.

Vanya rümpft die Nase. »Ausgestoßene?«

»Eigentlich bin ich auf'm Laufsteg zu Hause«, krächzt Maude und wackelt mit den Hüften.

»Und was soll ich jetzt mit denen anfangen?«, fragt Vanya bissig. Maks nimmt die Hand von meiner Schulter und ich kann mich immerhin genug entspannen, um meine Sauerstoffzufuhr richtig einzustellen.

»Die wären doch eins a Stifter«, sagt Maks. Ich verstehe kein Wort, genauso wenig wie alle anderen, aber keiner fragt nach. Wir sind Publikum, sonst nichts.

Vanya schnieft und mustert mich von oben bis unten, als stünde ich hier zum Verkauf. Anstatt mich zu wehren, richte ich mich auf und beiße die Zähne zusammen, um zu zeigen, wie zäh ich doch bin. Wie verzweifelt muss man sein.

»Wir wollen bei euch mitmachen. Mithelfen«, sagt Silas.

Sie legt ihm die Hand auf die Brust. »Das klingt ja wunderbar«, gurrt sie. Maks feixt. Silas läuft rot an. Er schaut überall hin, nur nicht auf Vanya. »Aber wenn ihr einmal dabei seid, lasse ich euch nicht mehr gehen«, sagt Vanya. Ihre Hand liegt immer noch auf seiner Brust, doch jetzt sieht sie jeden von uns einzeln an, damit uns das auch allen klar ist. Sie mag mit Silas ihre Scherze treiben, doch hinter der Flirterei verbirgt sich tiefes Misstrauen. Und nichts anders hatte ich erwartet. Petra hätte nie Neuankömmlinge aufgenommen, ohne sie vorher in Todesangst zu versetzen. Wo man ständig um die eigene Lebensgrundlage fürchten muss, haben Gnade und Skrupel keinen Platz.

»Wir wären glücklich, bleiben zu dürfen«, sagt Dorian.

Vanya lächelt und macht einen Schritt zurück, weg von Silas. »Übergangsweise schicke ich euch mit Maks zu einer unserer Hütten. Morgen lernen wir uns dann etwas besser kennen.«

»Selbstverständlich«, nickt Dorian. Silas schaut ihn misstrauisch an. Diese Rumschleimerei ist mehr als nervtötend – sie ist schon hart an der Grenze zur Abtrünnigkeit.

»Sagt mir nur noch: Gibt es weitere Überlebende aus dem Hain?«

Mein Magen verknotet sich. Im Zimmer wird es mucksmäuschenstill. Wir schütteln die Köpfe und blicken zu Boden. Holly hat überlebt, aber das wird sie von uns nicht erfahren.

»Wir ham ihnen ja gesagt, sie soll'n abhauen«, sagt Maude. »Wir ham sie gewarnt. Keiner kann sagen, wir hättn's nich getan.« Wohl wahr, aber davon kann sich jetzt auch keiner was kaufen und Maude soll einfach nur die Klappe halten.

»Seid ihr *sicher*, dass sonst niemand entkommen ist?«, fragt Vanya.

»Als wir es zuletzt gesehen haben, ist das ganze Gebäude komplett in sich zusammengestürzt. Wir sind so lange geblieben wie irgend möglich«, sagt Silas.

»Das glaube ich gerne«, sagt Vanya. Sie kehrt uns den Rücken zu.

»Hier lang.« Maks führt uns raus auf den Flur. Er stiefelt vorneweg, einen deutlichen Abstand zwischen uns haltend.

»Wenigstens lassen sie uns hierbleiben«, sage ich.

Binnen Sekunden marschiert Song zwischen Silas und mir. »Wisst ihr, wer das war?«, flüstert er.

»Pssst«, macht Dorian mit Blick auf Maks.

»Wer?«, zische ich.

»Vanya ist Petras Schwester.«

»Ihre Schwester?« Ich hab noch nicht mal gewusst, dass sie eine hatte.

»Vanya hat wilde Drohungen ausgesprochen, bevor sie abgehauen ist. Die ist einfach raus ins Ödland und nie zurückgekehrt. Noch nicht mal ihren Namen durften wir erwähnen.«

»Was gibt's da zu flüstern?«, forscht Maks. Er bleibt stehen und wartet, bis wir aufgeholt haben.

»Ich hab nur deinen Arsch bewundert, Liebling«, sagt Maude und zwinkert ihm zu. Und wir lachen viel zu laut, um unsere Zweifel und unsere Panik zu überspielen. Warum hat Vanya nichts davon erwähnt? Und warum ist sie überhaupt aus dem Hain geflüchtet?

QUINN

Ich stelle mich unter eine verrottete Markise, um wenigstens kurz dem Regen zu entkommen, und ziehe die Karte hervor. Wie es aussieht, liegt Sequoia über hundert Kilometer von St. Pancras entfernt, und ich hab noch nicht mal die Hälfte davon zurückgelegt. Ich bin gerade mal ein paar Tage unterwegs und schon komplett im Arsch. Und hab zudem noch viel zu viel Sauerstoff verbraucht. Jazz hat gemeint, ich soll dem Fluss bis nach Henley folgen und dann die alten Straßen nehmen. Leichter gesagt als getan. Auf ihrer Suche nach dem Hain haben die Ministeriumsleute sich an der ganzen verdammten Stadt ausgetobt und die Strecke flussaufwärts wird alle paar Meilen von irgendwelchen Trümmerhaufen versperrt.

Was hab ich mir nur dabei gedacht? Bea hat niemanden außer mir und ich zieh einfach ab und lass sie sitzen. Jetzt bin ich alleine, Bea so gut wie, und beide haben wir keine Ahnung, wann wir uns wiedersehen.

Die Plane ächzt unter dem Gewicht des Wassers, das sich in einer Ecke sammelt, und ich flüchte schnell raus in den Regen, bevor ich alles abkriege. Die Straße ist eng und dunkel, die meisten Häuser völlig hinüber. Im Staub erkenne ich Spuren von Panzerraupen. Ich trete gegen einen einsamen Turnschuh auf der Straße, stelle mir den Mantelkragen auf und mach mich wieder auf die Socken.

Hinter einer Biegung endet plötzlich die Straße. Stattdessen stapelt sich ein Riesenberg rostiger Autowracks und schrottiger Lastwagen. Bleibt nur noch klettern. Meine Füße stütze ich in Wagenfenstern und auf Seitenspiegeln ab. Ich verliere den Halt und rutsche auf nassen Fahrzeugen aus, und als ich endlich oben ankomme, bin ich heilfroh, dass der Weg vor mir frei und der Fluss in Sichtweite ist.

Doch da bewegt sich was.

Und noch was.

Zwei Leute.

Sie bleiben schlagartig stehen und gucken zu mir. Hastig hangle ich mich auf der anderen Seite wieder hinunter, ducke mich und bleibe mit der Hand an einer hervorstehenden Metallkante hängen. Die Wunde ist nicht groß, aber tief. Ich wische sie an meiner Hose ab, und da ich sonst nichts zum Reinigen habe, lüpfe ich die Maske und spucke auf die Wunde. Es brennt wie Sau. Ich balle die Faust, um nicht loszubrüllen. »Kacke«, stoße ich aus.

Ich wende mich nach links zum Fluss und folge hastig seinem Verlauf. Bei einem Ufereinschnitt, der beiderseits von etwas flankiert wird, was wohl mal steinerne Löwen waren, bleibe ich stehen. Stufen führen zu einem Steg hinab und dort liegt ein Ruderboot befestigt. Es ist weder groß noch neu, doch immerhin schwimmt es.

Da gibt's nichts zu zögern. Ich sprinte die Stufen hinab.

Das Boot ist mit einem ausgefransten Seil vertäut, die Ruder liegen im Rumpf, außerdem ist eine Menge Kram am Boden verstreut: eine Trinkflasche, ein Atemgerät, ein Schlafsack, Socken, eine Pistole.

Weiter oben am Steg liegt ein weiteres Boot vertäut. Sie können mir also folgen, wenn sie mich ertappen, und im zweiten Kahn könnte auch eine Waffe liegen. Aber wie dem auch sei, wehren können muss ich mich. Ich springe ins Boot, das schaukelt und gegen den Steg wummert, bis seitlich Wasser reinläuft. Ich setze mich hin, um nicht im Fluss zu landen, schnappe die Pistole und schiebe sie mir in den Mantel. Dann öffne ich meinen Rucksack und stopfe den Schlafsack hinein.

Und erstarre, als ich Schritte höre. Da entdecke ich ein Mädchen, das hinter der Ufermauer in meine Richtung gerannt kommt.

Sie schießt die Stufen runter und bei meinem Anblick schreit sie: »In meinem Boot!« Als sie die untere Stufe erreicht, rutscht sie aus und bricht unten vor der Treppe zusammen.

Hastig löse ich den Knoten im Tau. »Nein!«, fleht das Mädchen. »Warte!« Sie sitzt vornübergebeugt, die Hände auf ihrem Bauch. Sie schiebt sich das Haar aus dem Gesicht und rappelt sich schwerfällig auf. Ich rudere los. Es ist schwieriger als gedacht, die Strömung hat es in sich. »Ich brauch die Sauerstoffflasche«, ruft sie. Sie trägt ohnehin schon eine und deshalb rudere ich weiter. Hat die sie noch alle? Wer bräuchte hier keine Sauerstoffflasche?

Sie reißt sich den Mantel auf. Ihr Bauch ist kugelrund. »Bitte«, schluchzt sie. »Ich bin schwanger.«

Sie kann nicht älter sein als sechzehn mit ihren Glasmurmelaugen. Ihre Jacke ist triefnass, das Haar klebt ihr im Gesicht. Ich kann kein schwangeres Mädchen berauben. So tief bin ich noch nicht gesunken.

»Du bist nicht allein hier«, stelle ich fest. Sie nickt und wirft einen Blick über ihre Schulter. Keine Ahnung, ob ich ihr trauen kann, aber ich höre auf zu rudern, um mich von der Strömung zu ihr zurücktreiben zu lassen. Ich werfe ihr das Tau zu und sie zieht es stramm und das Boot zurück zum Liegeplatz.

»Danke«, sagt sie, gerade als ein Typ in meinem Alter oben auf der Treppe erscheint. Er trägt kein Atemgerät und keucht wie verrückt. Als er näher kommt, werfe ich ihm die Flasche aus dem Boot zu. Er fängt sie auf, legt sich die Maske ans Gesicht und inhaliert ein paarmal. Seine geschwollene Unterlippe wird von zwei Veilchen gekrönt. Er sieht aus wie jemand, mit dem Silas sich verbünden würde.

»Raus aus dem Boot«, sagt er.

Ich will kein Risiko mehr eingehen: Meine Hand rutscht in den Mantel und legt sich um die Pistole. »Seid ihr Rebellen?«

»Raus aus dem Boot«, wiederholt er. Ich halte mich an einem Pfosten fest, die andere Hand immer noch an der Pistole, und ziehe mich auf den Steg.

»Ich muss westwärts«, verkünde ich.

»Wo willst du hin? Wie ein Ausgestoßener siehst du nicht aus. Und zu den Rebellen gehörst du auch nicht«, sagt das Mädchen. Sie meint wohl, dass ich aussehe wie ein verwöhntes Weichei.

»Ich muss zu einem Ort namens Sequoia.«

Das Mädchen starrt mich an und ohne ein weiteres Wort greift der Typ in seine Jacke und zieht eine Pistole raus. Ich bin völlig überfordert, deshalb schnappe ich mir meine eigene Waffe und ziele damit auf das Mädchen, eine wirklich idiotische Aktion. Es ist ja offensichtlich, dass ich nicht abdrücken werde. »Das ist echt unnötig«, sage ich.

»Wer bist du?«, knurrt er.

»Quinn heiße ich. Ich hab meine Freundin alleine mit einem sterbenden Kind in der Stadt zurückgelassen. Ich brauche einen Arzt.«

»Woher weißt du von Sequoia?«

»Im Hain hat mir wer davon erzählt«, sage ich.

»Killt ihr euch jetzt gegenseitig?«, fragt das Mädchen und platziert sich zwischen uns.

»Verzieh dich, Jo«, faucht der Junge. Der würde mich wohl wirklich töten, wenn's drauf ankommt.

»Wir sind auch unterwegs nach Sequoia. Du kannst mitkommen.« Sie dreht sich zu dem Jungen und bedeutet ihm, die Waffe zu senken, aber er hält sie immer noch auf mich gerichtet. »Er sollte mit uns kommen«, wiederholt sie.

»Dein lila Tattoo«, sagt der Junge. »Du bist Premium-Gesocks.«

Ich berühre mein Ohrläppchen. »Das war ich, ja.« Ich stecke mir die Pistole wieder in den Mantel. »Jetzt glauben sie, ich bin tot.«

»Ach ja?«, sagt er. »Von mir glauben sie das auch.« Jo tritt zur Seite, als er endlich seine Waffe wegpackt und mir widerwillig die Hand hinstreckt. »Ich bin Abel«, sagt er.

TEIL 2

DIE ENTSCHEIDUNG

ALINA

Ein energisches Klopfen an der Hüttentür reißt mich aus dem Schlaf. Ich rolle aus dem Stockbett und mache auf.

»Schön geschlafen?«, fragt Maks. Er blickt zu meinen bloßen Füßen und lässt seine Augen dann ganz ungeniert über meinen Körper gleiten. Jedem anderen würde ich dafür eine knallen. Aber Maks ist ein Riese. Und wir sind nur Gäste.

»Danke, gut.« Ich verschränke die Arme vor der Brust und glotze einfach zurück.

Er späht über mich hinweg zu den anderen. »Vanya hat Frühstück geordert. Sie will, dass ihr mitesst. Eure komischen Greise müsst ihr nicht anschleppen. Weißt du noch den Weg zu ihrer Suite?«

»Ja«, sage ich, obwohl meine Erinnerung an gestern völlig vernebelt ist. Maks grinst und verzieht sich und ich drücke rasch die Tür zu, um die Kälte draußen zu halten, unentschlossen, ob das jetzt ein Flirt sein sollte oder reine Verarsche.

»Was für ein Schwachkopf.« Silas setzt sich im Bett auf und räkelt sich.

Bald sind alle auf den Beinen. Dorian und Song verbringen je ein paar Minuten an der Oxybox, während Silas und ich unsere Atemgeräte runterregeln.

»Passt denen unsere Nase nich?«, beschwert sich Maude. »Wenn ihr zurückkommt, schmor'n wir schon im Kochtopf, das sag ich euch. Mag hier wer keinen Fußpilz?«

»Wahrscheinlich vertrauen sie Ausgestoßenen einfach nicht«, sage ich. »Gestern hat sie ja auch in die Richtung gemotzt. Aber ihr gehört zu uns und das werden wir denen schon klarmachen. Keine Sorge.« Maude schaut mich durchdringend an. Bea war diejenige, die sie gerettet und der sie vertraut hat. Aber würde sie mich kennen, wüsste sie, dass sie mir genauso vertrauen kann, weil wir jetzt auf derselben Seite sind und ich Kameraden niemals verrate.

Wir folgen dem Kiesweg von der Hütte zum Hauptgebäude. Ein Wachposten spricht in ein Funkgerät und winkt uns dann durch. Kaum sind wir drinnen, übergeben wir Silas das Ruder und lassen uns die dunklen Flure und Stufen hinaufführen, bis er stehen bleibt und den Finger ausstreckt. »Das war die Tür, ziemlich sicher«, sagt er und will noch etwas hinzufügen, als ein gedämpfter Schrei uns erstarren lässt.

Mir sträuben sich alle Haare. »Was war das?«, frage ich.

»Weiter oben«, flüstert Song.

»Psst, lasst mal horchen.« Ich hoffe, dass jetzt ein Lachen folgen wird oder noch besser gar nichts. Aber noch ein Schrei ertönt – lauter und länger.

»Wir müssen rausfinden, woher das kommt«, flüstert Silas.

»Wir können hier doch nicht einfach so herumschnüffeln«, zischt Dorian.

»Sollen wir lieber weghören?« Silas tritt auf ihn zu.

Ich lege beiden eine Hand auf den Arm. Wir dürfen uns jetzt nicht selbst zerfleischen. »Es muss nichts bedeuten«, sage ich zu Silas. »Aber wir sollten trotzdem nachsehen, nur zur Sicherheit«, ergänze ich an Dorian gerichtet.

Beide nicken und wir folgen den Schreien weiter treppauf. Oben drücke ich vorsichtig ein paar Türklinken, bis eine schließlich nachgibt. Dahinter folgt eine weitere schmale Treppe. »Ich schieb hier unten Wache«, erklärt Dorian.

Ganz oben betreten wir einen Gang mit spitz zulaufender Decke, finster bis auf einen schmalen Lichtstreifen am Ende. Auf Zehenspitzen gehen wir darauf zu, als wieder ein Schrei erschallt. Vor der Tür zögern wir.

»Wollen wir das wirklich wissen?«, flüstert Song. Natürlich will ich es nicht wissen. Ich will, dass Sequoia unsere Zuflucht ist. Unser Zuhause. Trotzdem drücke ich die Klinke langsam nach unten.

Ein kehliger Klagelaut nimmt uns in Empfang. Und ein verschwitztes Mädchen in einem weißen Hemd. Als sie uns sieht, schiebt sie sich die Haare aus dem Gesicht und beugt sich nach vorne, die Augen zusammengekniffen, als würde sie uns für Erscheinungen halten. Sie trägt eine Atemmaske und atmet hechelnd und stoßweise. Am anderen Ende des Zimmers steht ein Mann mit dem Rücken zu uns. Er hat uns nicht reinkommen hören, doch das Mädchen verrät uns nicht. Der Raum ist sauber, hell und ganz leer, bis auf das Bett und eine Arbeitsfläche an der Wand.

Das Mädchen rollt sich auf die Seite, umklammert ihren Bauch und grunzt.

»Zähl die Abstände zwischen den Wehen«, sagt der Mann unbewegt, ohne sich auch nur umzudrehen.

»Ich brauch was für die Schmerzen«, fleht sie und genau da machen wir kehrt. Ohne die Tür richtig zuzumachen, rasen wir den Flur wieder hinunter und purzeln am Fuß der Treppe fast übereinander.

»Und?«, fragt Dorian.

Silas blickt zu Boden. Er sieht aus, als würde er jeden Moment aus den Latschen kippen. Und das Mädchen kreischt weiter durch jede Wehe.

Als wir schließlich Vanyas Zimmer betreten, blickt sie auf die Uhr auf dem Kamin. »Bei uns gibt's keine Spätaufsteher«, sagt sie heiser. Maks sitzt in einem rosa Sessel. Er hat nur Augen für mich. Ich stelle mich aufrechter hin.

»Wir haben uns verirrt«, sagt Silas.

»Nun, jetzt seid ihr ja hier.« Vanya weist auf einen Tisch, auf dem sich das Essen türmt, wir setzen uns hin und greifen zu. Die Auswahl ist nicht so groß wie im Hain – kein Brot, kein Obst –, aber es gibt jede Menge synthetischer Gerichte und verschiedene Sorten gekochter Kartoffeln. Ich schiebe mir ein Häufchen von etwas in den Mund, das wie versengte Zweige und Baumrinde aussieht. Salzig und ziemlich knusprig.

»Schmeckt's?«, grinst Vanya. »Unser ganzer Stolz.«

»Reines Eiweiß«, fügt Maks hinzu.

»Erst sind nur ein paar durch die Küche gewuselt und jetzt haben wir Abertausende davon«, sagt Vanya. »Wir züchten sie in der Hütte ganz nahe bei eurer. Kakerlaken.« Prompt muss ich husten und bekomme fast einen Erstickungsanfall. Noch nie habe ich ein anderes Lebewesen gegessen. Eigentlich sollte ich mich ekeln, doch ganz unwillkürlich schiebe ich das Insekt in meinem Mund herum und versuche staunend, mir das lebendige Tier vorzustellen. Hat es acht Beine? Flügel?

»Die haben überlebt?«, fragt Song. Er nimmt eine Kakerlake zwischen die Finger und kaut darauf herum.

»*Wir* haben überlebt«, sagt Vanya. Sie sitzt am Kopf des Tischs und Maks am anderen Ende, direkt neben mir. Seinen Fuß hält er gegen meinen gedrückt und ich bin total verkrampft. »War's bequem in der Hütte?«, fragt Vanya. Wir nicken. »Und als ihr euch verirrt habt, sind euch vermutlich ein, zwei Dinge aufgefallen.«

»Nicht viel«, erklärt Silas. »Aber ich hoffe, wir können uns hier nützlich machen oder zumindest lernen, uns einzugliedern.«

»Du wirst eine echte Bereicherung sein, kein Zweifel«, sagt Vanya und berührt Silas' Gesicht. Als sie sich wieder zurücklehnt, steckt sie sich einen Finger in den Mund, als könne sie ihn schmecken.

Silas steigt die Hitze ins Gesicht, aber er wehrt sich nicht gegen Vanyas Geflirte, genau wie er sich nie gegen Petras Launen und ihre Gewalttätigkeit gewehrt hat. Unterordnung ist etwas, das der Hain uns gelehrt hat.

»Warum brauchst du das?« Vanya deutet auf mein Atemgerät. Jetzt bin ich die mit dem roten Gesicht. Obwohl ich nichts dafür kann, schäme ich mich für meinen hohen Sauerstoffbedarf. Ich blicke auf meinen Teller. »Silas und ich haben in der Kuppel gelebt und Setzlinge rausgeschmuggelt. Dort pumpen sie immer noch fünfunddreißig Prozent rein, deshalb dauert die Umgewöhnung bei uns halt etwas länger.«

Vanya nippt an ihrem Wasser und beäugt mich argwöhnisch. Doch ich bin mindestens genauso misstrauisch. Wo sind die Bäume? Und warum erwähnt hier keiner das Mädchen, das genau in diesem Moment ein Kind gebiert? Ist das kein Grund zum Feiern? Ich hab das schreckliche Gefühl, dass sich hinter Sequoia mehr verbirgt, als Vanya uns sagen will. »Und bei welchem Sauerstoffanteil seid ihr jetzt?«, fragt sie.

»Zwölf«, sagt Silas.

Ich blicke auf meine Anzeige, die momentan auf vierzehn steht. »Zwölf«, sage ich.

Vanya macht ein missbilligendes Geräusch. »Dreht runter auf zehn. Wenn ihr mehr braucht, nehmt die Oxyboxen. Habt ihr die gesehen?«

»Wie funktioniert das?«, fragt Song.

»Im Hain gab es so etwas nämlich nicht«, ergänzt Dorian.

»Ich weiß genau, was ihr im Hain hattet und was nicht.« Vanya lehnt sich in ihren Stuhl zurück. »Tu nicht so, als würdest du mich nicht erkennen, Dorian, denn ich erkenne dich sehr wohl. Du warst völlig besessen von Petra, als wär sie eine Göttin oder so. Dabei hatte sie nichts im Kopf als ihre geliebten Bäume. So was von armselig.«

Zorn kocht in mir hoch. Die Baumzucht war nicht irgendein Hobby, sondern unser Schlüssel zur Freiheit – zum Überleben. Mein Protest liegt mir schon auf der Zunge, als ich Silas' Augen auf mir spüre. Sein Kopfschütteln ist so diskret, dass man ganz genau hinsehen muss, um es zu bemerken. Also halte ich die Klappe.

Dorian legt das Messer ab und wischt sich die Hände an der Hose ab. »Wir dachten, du wärst tot, Vanya.«

»Seh ich tot aus?«, gurrt sie.

»Nein.«

»Also, dann erzählt mal: Galt am Schluss immer noch Petras Beziehungsverbot?« Silas nickt. »Gott, wie grottenlangweilig.« Sie erhebt ihr Glas und lacht. »Was soll so aus der Menschheit werden?« Ihr Grinsen mag breit sein, aber in ihrer Stimme liegt auch etwas Ernstes.

»Warum hast du den Hain verlassen?«, fragt Song.

»Schwierig. Wie bei allen Familien«, sagt sie. »Ich würde ja gerne ins Detail gehen, aber wer garantiert mir, dass ihr keine Spione seid? Vielleicht steht der Hain ja noch und meine Schwester hat euch zu mir geschickt, um meine Leute zu stehlen. Oder damit ihr mich umbringt.«

Schön wär's, denke ich.

Silas senkt den Kopf. »Ich versichere dir, den Hain gibt es nicht mehr«, sagt er bedächtig.

»Nun, das lass ich lieber mal selbst nachprüfen. Maks, wenn du so nett wärst.«

Maks gießt sein Glas voll und wedelt es so vor unserer Nase, dass es beinahe überläuft.

»Und was machst du in der Zwischenzeit mit ihnen?«

Vanya reibt sich die Schläfen, als wäre sie auf einmal ganz schrecklich müde. Dann klappt sie ein Auge wieder auf und fährt fort. »Wir fangen erst mal mit den Eisenpräparaten an, mit Immunabwehr und den EPOs.«

»EPOs?«, fragt Song.

»Nichts, was Petra je gestattet hätte. Die erhöhen die Anzahl roter Blutkörperchen und senken euren Sauerstoffbedarf«, erklärt Vanya.

»Doping«, sagt Song.

Vanya erhebt sich und verlässt den Tisch. »Okay, dann bring sie mal in die Ambulanz für die Tests«, sagt sie, uns den Rücken zugekehrt.

»Was sind das für Untersuchungen?«, fragt Silas.

»Eingangsuntersuchungen«, sagt Maks. Sein Grinsen wirkt flach. »Alle bereit?«, fragt er im Aufstehen.

Sind wir nicht, aber das war auch keine echte Frage.

BEA

Drei Kieselsteine, ein Flaschendeckel, eine Metallplakette und eine Haarspange. Mit einem hohlen Klimpern lasse ich sie in den Brunnen zurückfallen. Sechs Objekte, aber ich bin mir ziemlich sicher, dass wir schon länger hier sind als sechs Tage. Hab ich einen Tag nicht mitgezählt? Hab ich ein paar verschlafen?

Jazz will einfach nur vor sich hin dösen, sonst nichts, und essen mag sie auch nicht mehr.

Ich kehre zu ihr zurück, gehe in die Knie und berühre ihre Stirn. Sie glüht stärker als je zuvor und zum Fiebersenken habe ich nichts als nasse Kleider, die ich ihr auf die Haut lege. Ihr Bein wage ich nicht anzugucken. Das letzte Mal war es gerade am Anschwellen. Wie lange wird das so gehen? Eine Woche? Länger? Oder ist es schon zu spät?

»Ist Quinn wieder da?«, fragt sie mit schwacher Stimme

Ich streichle ihr die Wange und bemühe mich um einen lockeren Tonfall. »Quinn ist ja immer spät dran, aber er wird kommen. Konzentrier du dich mal nur aufs Ausruhen.« Sie starrt zu mir hoch und verzieht den

Mund – sie ist ein Kind, kein Idiot. »Kann ich irgendwas für dich tun?«, frage ich.

»Noch was von der Medizin da.« Sie deutet auf die Alkoholflasche, die ich zum Betäuben benutzt habe.

»Ich hab auch noch so was hier.« Ich breche ein Stück vom Energieriegel ab und versuche, ihn ihr zwischen die Lippen zu schieben. Sie schüttelt den Kopf und ich greife zur Flasche. Angeekelt nimmt sie einen Schluck. Gut schmeckt es ihr nicht, aber es beruhigt sie.

Mein Blick schweift zum Brunnen. Wenn ich ein paar Tage übersprungen habe, werden wir vielleicht bald gerettet.

Bitte, lieber Gott oder liebe Erde oder was auch immer da draußen sein mag, bitte lass uns bald gerettet werden.

Bitte.

QUINN

Nach ein paar Stunden unruhigen Schlafs brechen wir im Morgengrauen nach Sequoia auf. Jo und ich rudern das eine, Abel das andere Boot. Wir kämpfen gegen Strömung und Wind und schon nach einer Stunde brennen meine Arme wie Hölle, von der Hand mit der Schrottautowunde von gestern ganz zu schweigen. Meine Hose ist durchweicht von Regen und Flusswasser und das *wie weit noch* liegt mir schon schwer auf der Zunge, als Abel ausruft: »Da rüber!«

Er weist auf einen Kai, während Jo ihm winkend signalisiert, dass sie verstanden hat.

Abel vertäut erst sein eigenes Boot und zieht dann unseres heran. Jo geht als Erste an Land, reckt sich und stöhnt. »Mir tut alles weh«, sagt sie.

»Ich dachte schon, ich bin hier der Einzige, der schwächelt«, gestehe ich beim Rausklettern.

»Der Wind ist zu stark. Es ist leichter zu Fuß«, meint Abel.

Die Häuser hier sind kleiner, weniger verwüstet vom ministerialen Amoklauf der vergangenen Wochen.

»Jetzt fällt mir wieder ein, wo wir sind«, sagt Jo. An ihrem Gesicht kann ich genau ablesen, dass Sequoia in weiter Ferne ist, genau wie jede Hilfe für Jazz und Bea.

Abel springt zurück ins Ruderboot und wirft seine Vorräte auf den Kai.

»Warum seid ihr so weit weg von zu Hause?« Das ist die erste Frage, die ich ihnen stelle, und wenn man bedenkt, was so alles in meinem Kopf rumschwirrt, noch eine ziemlich harmlose.

»Ich war auf einer Mission«, erklärt Abel sachlich. »Als Spion. Ist nicht ganz so gelaufen wie geplant.«

»Hast du in der Kuppel spioniert?«

»Für die Rebellen, aber ich war in der Kuppel. Ich hab gehofft, es irgendwie in den Hain zu schaffen, aber das Ministerium hat mich erwischt und halb totgeprügelt.« Er berührt sein zugerichtetes Gesicht und schielt dann ohne merkliche Gefühlsregung auf mein tätowiertes Ohrläppchen. »Wenn die Aufstände nicht begonnen hätten, wäre ich jetzt wahrscheinlich tot. Das war das reinste Chaos dort und da hat mich irgend so ein hohes Tier zur Hintertür rausgekickt, weil er wohl gemeint hat, ich ersticke da draußen.« Sein Blick fällt auf Jo und sie lächelt. Ein gutes Gefühl, dass wenigstens ein Mensch von den Aufständen profitiert hat, und ich würde ihm gerne anvertrauen, dass ich dafür verantwortlich bin. Aber zu viele Leute haben durch mich ihr Leben verloren, deshalb bleibe ich stumm.

»Ich bin aus Sequoia weggerannt«, erklärt Jo ungefragt. »Ich hab den Hain gesucht, genau wie Abel, kaum dass er raus war. Dort sind wir uns über den Weg gelaufen. Zwischen den Ruinen. Ich hab gehört, was Petra vorhatte. Tut mir leid, dass sie tot ist.« Ich verrate ihr mal nicht, was für ein durchgeknalltes Höllenweib Petra war.

»Und jetzt ist Sequoia wohl das Nächstbeste«, sage ich. Warum ist sie geflüchtet?

»Es ist das Nächste«, korrigiert sie. »Dort gibt's Sauerstoff, dort gibt's Ärzte – und beides brauche ich. Wenn ich zurückkomme, werde ich bestraft. Aus Sequoia geht man nicht weg. Die verstehen da keinen Spaß.«

»Ich bin ja dabei«, sagt Abel. Er klettert zurück auf den Steg, zieht ein Fach in seinem Rucksack auf und holt einen Eiweißriegel heraus, den er entzweibricht und unter uns aufteilt.

»Hast du deshalb Probleme gekriegt?«, frage ich und weise auf ihren Bauch. Sie blickt auf ihn hinunter.

»Gewissermaßen.«

»Sollen wir?«, ruft Abel.

Wir trotten den Kai entlang, eine kurze Straße hoch und finden uns plötzlich inmitten Hunderter rostiger Autos wieder, die in säuberlichen Reihen hintereinander aufgestellt sind. Wir schlängeln uns hindurch bis zu einer größeren Straße, völlig frei bis auf den gelegentlichen abgebrochenen Laternenpfahl oder den obligatorischen umgestürzten Bus. Abel legt einen Zahn zu, Jo und ich folgen langsamer.

»Ist Abel der Vater des Babys?«, frage ich, als er außer Hörweite ist.

»Abel? Nein.« Sie holt tief Luft. »Der Vater ist in Sequoia. Er ist eine ziemliche Sau.«

»Wie die meisten Väter das so an sich haben«, sage ich.

Jo bleibt abrupt stehen und packt mich am Arm. »Das ist kein Witz. Wenn du Maks in die Quere kommst, bringt er dich um.«

Sie lässt mich los und geht schneller, um sich bei Abel unterzuhaken. Ich schaue ihnen zu und bin ein bisschen eifersüchtig auf ihre Zweisamkeit.

Bea fehlt mir.

OSCAR

Die Straße ist eine einzige Matschpampe, garniert mit Zementblöcken, Glasscherben und verformten Metallpfosten. Ich würde sie ja für ein Werkstück fotografieren, aber jetzt ist wohl weder die Zeit noch der Ort für künstlerische Erwägungen.

Kaum war Jude verschwunden, habe ich mir erst mal einen Augenblick gegönnt, um die Einsamkeit zu genießen. Ich war vorher noch nie alleine. Nie so richtig. Und es war schön: ein Gefühl von Raum, Freiheit und Himmel. In der Kuppel ist man nie weit von jemand anderem entfernt, nie weiter als eine Atemlänge. Doch inzwischen ist das Gefühl schon ziemlich überstrapaziert, obwohl ich erst einen Tag unterwegs bin. In Wahrheit ist das Ödland kein Ort des Friedens, sondern ein Friedhof. Es gibt nichts als menschliche Knochen und überall Zeichen des Verfalls: verrottende Matratzen, angeschlagene Teekannen, ausgetrocknete Stifte und verschrumpelte Baumstümpfe.

Ein lächerlicher Gedanke, sich hier zu verstecken. Wie sollte ich hier atmen, wenn mein Sauerstofftank erst leer ist? Wie sollte ich mich ernähren? Mit wem reden? In ein paar Monaten wäre ich entweder irre oder tot.

Deshalb suche ich nach Quinn, denn meine einzige Chance bleibt Judes Angebot – seinen Sohn zu finden und als Second zu leben.

Das wird besser sein als der Tod.

Das muss besser sein als der Tod.

Oder etwa nicht?

ALINA

Die Krankenschwester, zu der sie mich geschickt haben, sieht aus wie künstlich in die Länge gezogen, groß und dürr. Selbst ihre Nase ist ungewöhnlich lang. Sie reicht mir einen Wasserbecher und drei Tabletten: eine weiße ovale und zwei winzige rote Pillen. »Schlucken«, befiehlt sie.

»Was ist das?«

»Zwingend vorgeschrieben ist das.«

Ich nippe am Wasser und gebe vor, die Tabletten zu schlucken, während ich sie mir heimlich unter die Zunge schiebe und sofort in die Hand spucke, als die Schwester sich umdreht. Rein in die Hosentasche damit.

»Hier rauf«, sagt sie. Ich steige auf einen Tisch und lege mich hin. Sie bindet mir ein Gummiband um den Arm und reicht mir einen kleinen Ball. »Kneten«, befiehlt sie. Sie klopft mir ein paarmal in die Armbeuge, und ehe ich reagieren kann, sticht sie mit einer Nadel zu. Ich fahre auf und unterdrücke einen Protestschrei. »Hör auf zu zappeln«, giftet sie mich an, bevor sie das Band löst und eine Ampulle Blut abzapft.

Als sie schließlich fünf Ampullen voll hat, fährt sie herum. Ihre Gummisohlen machen ein ekliges Geräusch auf dem Boden, als sie mein Blut auf einem Träger im Kühlschrank deponiert. Dann greift sie in einen Schrank und zieht ein Fläschchen klarer Flüssigkeit heraus.

»Und jetzt der Booster.« Sie schüttelt die Flasche, drückt eine Nadel durch den Deckel und hält die Spritze dann ins Gegenlicht, um ein paarmal mit dem Finger dagegenzustupsen. Sie prüft den durchsichtigen Tropfen, der in die Spitze hochgeschossen kommt. Diese EPO-Spritze soll also den Anteil roter Blutkörperchen erhöhen und unseren Sauerstoffbedarf senken. Genau das Gegenteil von dem, was die vorgeschriebenen Impfungen in der Kuppel bezweckt haben, aber für mich macht das keinen Unterschied. Ich will mir nichts injizieren lassen. Hier nicht. Und auch sonst nirgendwo.

Ich überlege, mich einfach zu weigern, was der Schwester nicht entgeht und mir einen Blick über ihren Brillenrand einbringt. »Irgendein Problem?« Sie tupft meinen Arm mit Alkohol ab. Ich schließe die Augen und sie sticht mit der Nadel zu.

Das war's dann wohl hoffentlich, denke ich und stütze mich auf die Ellbogen, aber weit gefehlt. Lächelnd wirft die Schwester mir eine kratzige Decke zu. »Mach dich untenrum frei und leg dir die über den Schoß. Ich bin gleich zurück.« Sie schließt die Tür hinter sich und ist verschwunden. Ich blicke auf die Decke runter, dann auf die Ansammlung fremdartiger Metallinstrumente, die auf dem Tisch liegen, stehe auf und tigere durchs winzige Labor.

Der Gedanke, mir von irgendwem den Unterleib untersuchen zu lassen, ist in mehr als einer Hinsicht erniedrigend. Nicht nur, dass ich Schiss habe, mich von der Schwester beglotzen und mir von ihr Gegenstände reinschieben oder irgendwas wegschaben zu lassen – meine Haare riechen, als hätte jemand draufgekotzt, und gestern beim Stiefelausziehen haben meine Füße gestunken. Ich mag gar nicht drüber nachdenken, wie wohl der Rest von mir riecht.

Ich bin keine Heulsuse, aber zum ersten Mal seit Ewigkeiten spüre ich, wie es mir hinter den Augen prickelt. Als Rubbeln nichts hilft, verpasse ich mir selbst eine Ohrfeige. Die sticht und genau das habe ich gebraucht. »Krieg dich ein, Alina«, sage ich zu mir selbst.

Ich kicke meine Stiefel in eine Zimmerecke und starre auf meine ausgeleierten, feuchten Socken, die ich anlassen werde. Ich steige aus der Hose, dann aus der Unterhose, und schleudere beides zu den Stiefeln. Als die Tür aufgeht, springe ich auf den Tisch und ziehe mir die Decke über die Beine.

Die Schwester schnappt sich eine Maske von der Arbeitsfläche, die sie sich über Mund und Nase zieht. Es ist keine Atemmaske, sondern reiner Schutz vor Krankheitserregern, in meinem Interesse und vor allem in ihrem.

Sie setzt sich auf einen Hocker und zupft an zwei in den Tisch eingelassenen Laschen. »Steck da die Füße durch und leg dich auf den Rücken.«

»Wofür ist das?«, frage ich. »Ich meine, die Blutprobe verrät Ihnen doch ohnehin alles, was Sie wissen müssen. Ich bin kein Krankheitsträger, wenn Sie das meinen. Ich komme aus der Kuppel, wissen Sie. Da gibt es ständig vorgeschriebene Gesundheitschecks. Ich bin sauber.«

Die Krankenschwester schneidet eine Grimasse. »Sauber würde ich dich nicht gerade nennen. Jetzt leg dich hin.«

Ich bleibe sitzen. »Wofür ist das?«

Sie schnalzt missbilligend mit der Zunge. »Soll ich Vanya holen, damit sie's für dich ausbuchstabiert? Oder lieber Maks?«

Ich schüttle den Kopf. Womöglich wollen die dann noch bei der Untersuchung zuschauen. Nein danke.

Ich lege mich hin. »Schieb den Po bis runter zur Kante«, sagt die Schwester. Sie hebt die Decke und reißt mir die Knie auseinander. »Das wird jetzt etwas drücken«, sagt sie, aber Druck ist das nicht, das ist – Schmerz, als würde man mich aufschneiden. Ich klammere mich an die Tischkante und summe vor mich hin. *Alles okay*, beruhige ich mich. *Das bringt dich auch nicht um.*

Ein paar Augenblicke später zieht sie die Decke zurück über meine Beine und befreit mich von den Laschen. »Du kannst aufstehen.«

Auf wackligen Beinen schlinge ich mir die Decke als eine Art Schurz um die Hüften und stütze mich auf die Arbeitsfläche, den Kopf zwischen die Ellbogen geklemmt. Ein sonderbares Gefühl, diese Hilflosigkeit, und ein nicht gerade schönes obendrein.

»Abschlussfrage: Beginn der letzten Regel?« Sie pult sich die Latexhandschuhe von den Händen und wirft sie in den Müll, während ich mir eilig die Unterhose hochziehe. Ich bin schwer versucht, ihr irgendwas aufzutischen, weil es sie null Komma null angeht, doch ich kann diese Untersuchungen ebenso wenig einschätzen wie die Konsequenzen, die sie aus den Ergebnissen ziehen wollen. Und so sage ich die Wahrheit. »Vor neun Tagen.« Ich schlüpfe wieder in Hose und Stiefel.

Sie nickt. »Und wie viele Blutungstage?«

»Sechs«, sage ich.

Sie notiert sich die Daten auf einem Uraltpad und öffnet die Tür. »Geh zu Zimmer 28. Den Flur runter, erste links und dann die vierte Tür rechts.« Gähnend stellt sie ihr kaum mehr vorhandenes Gebiss zur Schau. »Brauchst du ein Tuch fürs Blut?«

»Ach, lass mich doch in Ruhe.« Damit schlage ich die Labortür hinter mir zu und mache, dass ich davonkomme. Als ich nach links abbiege, renne ich beinahe in Maks rein. Er schaut auf mich herab, die Arme vor der Brust verschränkt, um mit seinen Muskeln anzugeben. »Fertig mit der Untersuchung?«

Ich werde rot. »Ja.«

Er lächelt mit zusammengepressten Lippen und schiebt mir eine lose Strähne hinters Ohr. Ich zucke zusammen und hasse mich dann selbst dafür, wie leicht ich mich von ihm in die Enge treiben lasse.

»Also, dann hast du den schlimmsten Teil schon hinter dir. Bravo fürs Durchhalten.« Ist das jetzt Sarkasmus oder nicht? Er streichelt mein Kinn, lächelt und marschiert davon. In seinem Hosenbund steckt eine Pistole.

Und wir haben unsere Waffen abgegeben.

Ich spähe durch das runde Fenster von Zimmer 28.

Drinnen stehen Schreibtische und dahinter Silas, Dorian und Song. Ich husche hinein und alles dreht sich zu mir. »Was macht ihr hier?«, frage ich.

»Irgendeine schriftliche Prüfung«, sagt Silas.

»Immerhin besser als noch eine Untersuchung«, meint Dorian gleichmütig.

»Ich hab Angst, dass wir abgehört werden«, sagt Silas.

Song steht auf und untersucht die Wände, Sockelleisten und jeden einzelnen Schreibtisch. »Schwer zu sagen.«

»Geht's dir gut?«, fragt Silas.

Ich knete meine Hände. »Alles klar.«

»Hast du überall mitgespielt?«, fragt Silas.

»Ja. Bis aufs Tablettenschlucken.« Ich klopfe mir auf die Tasche und blicke zu Boden.

»Egal, wie war's bei euch?«

Silas, Dorian und Song wechseln Blicke. »Ich weiß nicht, was die hier so treiben, aber mit dem Hain hat das nicht viel zu tun«, sagt Silas. Song sucht immer noch unter jedem Stuhl und fummelt an den Steckdosen und der Oxybox herum. »Die wollen *Proben* von uns«, fährt Silas fort. Mir klappt die Kinnlade runter. Er braucht gar nicht weiter ins Detail zu gehen: Was für Proben das sein sollen, kann man sich angesichts meiner Untersuchung mühelos denken.

»Wie sollen wir das anstellen?«, meint Song. »So auf Befehl.«

»Ich hab's gemacht«, gibt Dorian unumwunden zu.

»Was?«, sagt Silas.

»Wir haben gesagt, wir kooperieren, also habe ich kooperiert.« Er reibt sich die Nase.

»Kooperiert?« Silas beißt die Zähne zusammen, versucht mühsam, nicht in die Luft zu gehen. Er kratzt sich heftig am Kopf.

»Wo sollen wir hin, wenn die uns rausschmeißen? Petra hat erst mal jeden für ein paar Wochen in die Zelle geworfen. Ist das hier so groß anders?«, sagt Dorian.

»Die Krankenschwester hat mich ziemlich gründlich untersucht«, murmle ich. Dabei kann ich keinem der Jungen ins Auge sehen.

»Oh, Alina«, stöhnt Silas.

»Das muss für irgendwelche Gentests sein«, sage ich.

Song schüttelt den Kopf. »Die genetische Information bekommt man aus Blutproben und davon haben sie mehr als genug.«

»Was wollen die dann damit?«, frage ich.

Song atmet tief durch die Nase ein. »Ich glaube ... ich glaube, die wollen rausfinden, wie fruchtbar wir sind.«

BEA

Bei meinem zweiten Trip zur Apotheke habe ich nach endlosem Herumwühlen ein paar uralte Schmerztabletten gefunden und die stopfe ich Jazz jetzt alle sechs Stunden rein, ob sie nun wirken oder nicht. Sogar im Schlaf jammert sie leise.

»Werd ich sterben?«, wimmert sie, als sie endlich zu sich kommt.

»Ach was, Dummi«, sage ich, wohl nicht ganz ehrlich. Selbst wenn Quinn nach Sequoia finden sollte, muss er immer noch wieder zurückkommen, und das wird Wochen dauern.

Und noch mehr Angst macht mir das Schwinden meiner Hoffnung. Jeden Tag ein bisschen weniger vom Einzigen, das mich noch aufrecht hält.

Für meine Eltern konnte ich nichts mehr tun und jetzt für Jazz auch nicht. Ich versuche, die Erinnerungen an ihre leblos daliegenden Körper wegzuschieben, an die quellende Blutwolke unter ihnen, während die Menschenmenge die Bühne stürmte. Und ich konnte nur zusehen, auf Old Watsons Mattscheibe, weit weg von dort, wo man mich gebraucht hätte. Wenigstens für Jazz kann ich jetzt da sein. Und Stärke zeigen und abwarten, bis das Schlimmste geschieht – oder ein Wunder.

Ich bette Jazz' Kopf in meinem Schoß und summe eine klagende Melodie, denn die fröhlichen wollen mir nicht mehr einfallen. Eigentlich soll es sie beruhigen, doch ich habe es mindestens genauso nötig – wenn ich jetzt nicht summe, flenne ich los und das sollte Jazz nicht mitkriegen.

»Bist du müde?«, fragt sie und linst zu mir hoch. Ich kuschle ihren Kopf noch enger an mich. Da hat sie solche Schmerzen und sorgt sich trotzdem noch um mich. »Ich bin dann mal still, dann kannst du dich ausruhen«, sagt sie und beißt die Zähne zusammen.

»Ich muss nicht schlafen«, versichere ich ihr. Mit einer Hand streichle ich ihr sommersprossiges Gesicht, mit der anderen umklammere ich das Messer, doch meine Augen brennen schon vor Erschöpfung. Meine Schultern sacken ab. Mein Kopf ist so schwer. »Vielleicht doch ein paar Minuten«, sage ich.

»Bea!« Jazz' drängendes Flüstern reißt mich aus einem verschwommenen Traum, den ich in dem Moment vergessen habe, in dem ich die Augen aufschlage.

»Bist du okay?«, frage ich.

»Ich hab versucht, mich zu bewegen. War ein Fehler. Tut noch weh.« Sie hat sich aufgesetzt und zittert. Ihre Hände sind eiskalt.

»Schon in Ordnung. Entspann dich nur.« Ich fische nach den Tabletten. Idiotisch von mir, mein ganzes Leben mit Wissenschaft und Philosophie und der Theorie des besseren Lebens zu verplempern, wo ich stattdessen das Überleben in der wirklichen Welt hätte lernen können. Wenn nur Alina hier wäre. Sie würde wissen, was zu tun ist, und Jazz hätte vielleicht den Hauch einer Chance.

Jazz stupst mich an und kreischt auf. Aus ihrer Wunde suppt es gelb heraus. Ich beuge mich vor, um das Bein genauer zu unter die Lupe zu nehmen. »Nein! Guck mal!« Ich folge ihrem Zeigefinger von ihrem Bein zu ihren Füßen, über den gefliesten Bahnhofsboden bis ganz hinten, wo ein Stiefelpaar erschienen ist.

Ein Junge.

Ich reibe mir die Augen für den Fall, dass ich noch träume. Dann schnappe ich mir das Messer und springe auf, fuchtle damit in der Luft herum.

Was muss ich denn noch alles durchmachen? Wenn Jazz nicht wäre, würde ich das Messer fallen lassen und mich einfach ergeben. Aber so schwinge ich eben noch mal die Klinge. »Hau ab!«

»Lass uns reden«, sagt der Junge. »Ich will doch nur mit dir reden.« Gelassen lädt er seinen Rucksack ab und reckt die Hände in die Luft. Eine Hand hält eine Pistole.

Jazz schreit panisch auf.

Und ich auch.

ALINA

Kaum sind wir mit den Tests durch und wieder in der Hütte, lüpft Maude ihre Röcke. Ihre Knie sind blutig, die Hände schlammverkrustet. »Was sagste nun, Frau Superhirn?«

»Was ist passiert?«, frage ich.

»Was soll das heißen, was is passiert? Wo wart ihr den ganzen Tag?« Maude tritt mich gegen das Schienbein und Bruce zieht sie rasch zurück. Doch mir ist mit meinen Kopfschmerzen ohnehin nicht nach Zurückschlagen.

»Sie kann nix dafür, Maddie«, sagt Bruce. Maude zieht die Stiefel aus und pfeffert sie gegen die Wand, haarscharf an Silas' Kopf vorbei.

»Haben die euch nicht untersucht?«, fragt Silas, sich die Schläfen reibend. Wir haben Stunden in diesem schmuddeligen Raum hinter uns, in denen wir in Mathe, Naturwissenschaften und Logik geprüft wurden und sogar Fragebogen ausfüllen mussten, in denen es um Begabungen und Hobbys ging. Keiner von uns ist noch besonders energiegeladen.

Bruce sitzt auf seinem Bett und reibt sich die nackten

Schmutzfüße. »Kaum wart ihr weg, hieß es Gartenhandschuhe an und buddeln«, sagt er.

»Keine medizinischen Tests?«, fragt Dorian.

»Natürlich nicht. Nicht, wenn meine Vermutung stimmt«, sagt Song. Ich will, dass er unrecht hat mit dem Fruchtbarkeitsscreening, aber wie erklären sich sonst diese intimen Untersuchungen?

»Was woll'n die denn wissen? Was geht hier ab?«, quäkt Maude. »Ich will nich für die ranklotzen. Als Ausgestoßene hast es nich leicht, aber wenigstens kommandiert dich keiner rum.«

Ohne anzuklopfen stößt Maks die Hüttentür auf. Im Gegenlicht sieht man nur seine ausladende Silhouette. »Abendessen«, verkündet er beim Eintreten.

»Die beiden sind völlig erledigt«, sage ich mit einer Geste zu Maude und Bruce. »Warum habt ihr sie so schuften lassen? Sie sollten meditieren und lernen, sich an schlechtere Sauerstoffverhältnisse anzupassen. Wollt ihr sie umbringen?«

Maks kneift die Augen zusammen. »Wenn wir sie umbringen wollten, hätten wir sie ihr eigenes Grab schaufeln lassen statt Gemüsebeete.« Silas zupft mich am Pulli, um mich präventiv zurückzupfeifen. Maks nickt triumphierend und zieht ab.

»Ich glaube, wir sollten uns einen anderen Ort zum Leben suchen«, meint Silas.

»Meinst du, die lassen uns einfach so wieder gehen, wie wir gekommen sind? Das hätte Petra auch nicht zugelassen.«

Song inhaliert einmal tief an der Oxybox. »Und das

ist eine ganz schöne Festung hier. Die haben das ganze alte Geröll und Gestein neu verbaut. Das hält was aus.« Er trommelt mit den Fingerknöcheln gegen die Hüttenwand, um ihre Stabilität zu demonstrieren.

»Wisst ihr, was komisch ist?«, sagt Bruce. »Die haben gar kein Wäldchen. Wir sind heute kreuz und quer übers Gelände, an die fünf Morgen, und nix.«

»Kein einziger Baum?«, frage ich. Das ergibt doch keinen Sinn. »Wahrscheinlich habt ihr sie einfach nicht gesehen.«

»Klar, Eichen, Erlen und Konsorten, die übersiehste leicht mal«, stänkert Maude.

»Vielleicht fürchten sie, dass Bäume das Ministerium auf sie aufmerksam machen«, sagt Dorian und knöpft sich die Jacke zu.

»Woher kommt dann die Luft?«, fragt Song.

»Gewächshaus«, sagt Maude. »Mordsding, hinterm Nebengebäude. Paar kleine Bäumchen. Apfel, Birne, die Richtung. Ansonsten fast nur Gemüse. Und Tomatenstauden.«

»Die werden's wohl kaum bringen«, sage ich. Der ganze Sinn unserer Rebellion gegen das Ministerium liegt doch darin, die Erde wieder in ihren ursprünglichen Zustand zurückzuversetzen. Wohl eher ein Jahrtausendprojekt, aber irgendwo müssen wir ja anfangen.

»Ich schlag vor, wir verschieben die Diskussion und gehen erst mal essen«, sagt Dorian. »Die warten sicher schon.«

Wir nicken alle zustimmend. Unangenehm aufzufallen ist jetzt nicht angezeigt.

Der rote Ziegelanbau wurde aus alten Baustoffen neu errichtet. Wir reihen uns ein wie alle anderen und suchen uns Sitze am Ende der langen Tafel, so weit wie möglich vom Podest vorne entfernt. Bis auf Becher und Wasserkaraffen sind die Tische leer, doch als wir uns setzen, stoßen Servierplatten tragende Diener die Schwingtüren auf. Zunächst bleiben wir für uns. Die anderen stellen sich paarweise in einer Schlange auf und nehmen dann ihre angestammten Sitzplätze ein. Ich will schon aufstehen – vorauseilender Gehorsam und so –, als sich ein junger Mann mit Lockenmähne zu mir setzt, gefolgt von einigen Mädchen.

»Ich sehe, ihr habt den Losertisch gefunden«, lacht der Mann. »Ich bin Terry.« Er hält mir die Hand hin. »Die Masken könnt ihr ablegen. Hier wird ein bisschen Luft eingeleitet, damit man bequemer essen kann.«

»Alina.« Ich ziehe mir die Maske runter und schüttle seine Hand.

Mir gegenüber sitzt ein Mädchen mit schmalen Brauen und eisblauen Augen, das sich als Wren vorstellt. Um den Kopf trägt sie ein eng gewickeltes schwarzes Tuch, das ihr Haar komplett verbirgt. »Das hat's noch nie gegeben, dass eine ganze Gruppe zu uns gekommen ist. Immer nur Einzelne. Es geht das Gerücht, dass der Hain zerstört wurde. Stimmt das? Meint ihr, es kommen noch andere nach?«, fragt sie.

Maude langt über den Tisch und schnappt sich ein Stück Kuchen von der Platte. Terry füllt zuvorkommend alle Wasserbecher.

»Das bezweifle ich«, sagt Silas. »Sie sind alle tot.«

»Oh.« Wren leert ihren Becher in einem Zug und hält ihn Terry zum Nachfüllen hin. »Das Ministerium will uns allesamt umbringen, oder? Wenn man mich fragt, sollten wir sie zuerst erledigen.« Wrens Blick verhakt sich mit meinem. Terry und die anderen nicken und ich falle ein. Wenn es eine Möglichkeit gäbe, das Ministerium loszuwerden, wäre ich schwer daran interessiert.

Mit dem Erscheinen von Vanya und Maks senkt sich Schweigen über den Speisesaal und alles erhebt sich. Vanya nimmt ihren Platz in der Mitte des Podests ein, Maks an ihrer Seite. Er sucht meinen Blick durch den ganzen Raum und zwinkert mir zu. Ich übersehe ihn geflissentlich und konzentriere mich nur auf Vanya. »Auf das Leben!«, ruft sie. Unter allgemeinem Jubel werden die letzten Servierplatten verteilt.

»Wir haben noch nicht Dank gesagt«, meint Song. Sein Teller ist unberührt. Stattdessen starrt er befremdet auf die anderen, die schon längst losgelegt haben.

»Iss einfach«, sagt Silas.

»Ich kann nicht zweimal am Tag, ohne Dank zu sagen ... oder zumindest zu erinnern«, sagt Song.

»Was meint er?«, fragt Wren unter freundlicher Zurschaustellung ihres kompletten Mundinhalts.

Er meint, dass wir uns bewusst machen sollen, woher dieses Essen kommt, aber das scheint mir nicht der wahre Grund für sein Unbehagen. »Weißt du, keiner von uns hat Holly vergessen«, sage ich zu ihm. Ich lege ihm die Hand auf den Arm und streiche behutsam darüber.

Nach Abels Verschwinden hat das niemand für mich getan und sie hat mir sehr gefehlt, diese kleine Geste der Verbundenheit.

»Song hat recht«, meint Silas sanfter. »Wir sollten unsere Traditionen lebendig halten.«

»Wir danken der Erde«, sagt Song. Ich lege mein Besteck ab und Silas und Dorian tun es mir nach. Terry und Wren schauen schweigend zu. »Wir danken dem Wasser. Wir danken den Pflanzen und den Bäumen – den Wurzeln, Blättern, Früchten und Blumen. Wir danken unseren Weggefährten. Wir danken den Geistern derjenigen, die für uns gestorben sind. Im Namen der Erde erbieten wir euch unsere Zuneigung und Hingabe. Wir grüßen euch.« Ich presse meine Handflächen auf Herzhöhe zusammen und neige den Kopf.

»So sei es«, schließen wir im Chor.

»Ist das Voodoo, oder was?«, lacht Wren.

»Wir machen uns nur wieder bewusst, dass die Natur mächtiger ist als wir«, erklärt Dorian.

Terry wischt sich den Mund mit dem Handrücken ab. »Aber die Menschheit steht im Mittelpunkt«, sagt er. »Na ja, nicht die Menschheit. Wir. Ihr.«

»Kennt ihr schon eure Verpaarung?«, fragt Wren. Sie leckt sich die Lippen.

»Wren«, faucht Terry in genau dem Moment, als es am anderen Ende der Tafel zu rumoren beginnt, und Vanya anfängt zu winken und zu rufen. »Miliz zu den Toren!« Keiner fühlt sich angesprochen.

Maks hüpft vom Podest. »Miliz!«, bellt er. »Zu den Waffen!« Er prescht an unserem Tisch vorbei zur Tür hinaus. An die fünfzig Mann rappeln sich mühsam auf und galoppieren ihm hinterher.

»Was ist jetzt da los?«, fragt Silas im Aufspringen.

»Wir scheinen noch mehr Besuch zu kriegen«, sagt Terry.

OSCAR

Ganz langsam und vorsichtig gehe ich auf das Mädchen mit dem Messer und das hyperventilierende Kind zu, versuche, ihre Gesichter im schwindenden Licht auszumachen.

Bea Whitcraft erkenne ich sogar hinter ihrer Atemmaske. Zwar bin ich ihr noch nie begegnet, aber seit der Pressekonferenz gab es keinen Bildschirm, auf dem das Fahndungsfoto nicht hundertmal täglich aufgepoppt wäre.

Videoaufzeichnungen wurden natürlich nicht gezeigt. Ich musste die Sekretärin aus dem Pressebüro persönlich darum bitten, als Gefallen quasi. Ich musste wissen, wie es dazu gekommen war, und deshalb zwangsläufig Zeuge werden, wie mein Vater Beas Eltern kaltblütig abknallte. Und jetzt nennen sie Bea eine Terroristin, auch wenn sie eher wie eine Ausgestoßene aussieht. Auf dem Boden liegen leere Flaschen und blutige Lumpen verstreut.

»Kann ich euch helfen?«

Bea schwingt das Messer. »Was willst du hier?«

»Wen interessiert's? Stich ihn ab«, murmelt das Kind.

Sie ist erschreckend bleich und scheint sich nicht vom Fußboden rühren zu können. Eines ihrer Hosenbeine ist aufgerissen, die umliegenden Fliesen sind blutverkrustet. Sie weint und auch über Beas Gesicht rinnt eine Träne.

»Ich tu euch nichts«, versichere ich. »Ich habe Geräusche gehört, mehr nicht. Ich wollte nur nachschauen.« Niamh hat sich mal über Quinns peinliche Klammerei an Bea beschwert, wie sie es nannte. Jetzt, wo ich sie gefunden habe, ist vielleicht auch er nicht weit.

Ich verstaue die Pistole in meiner Tasche und komme vorsichtig näher. Bea zuckt bei jedem Schritt zusammen, und als keine Armeslänge mehr zwischen uns liegt, erstarrt sie völlig. »Verschwinde«, sagt sie. Sie führt das Messer bis auf ein paar Zentimeter vor mein Gesicht. Ihre Augen sind groß vor Angst, Erschöpfung, Wahnsinn – vielleicht alles auf einmal.

»Das Mädchen ist schwer verletzt«, sage ich. Vorsichtig schiebe ich Beas Hand und das Messer aus meiner Gesichtsnähe. Doch sie schwingt es zurück in meine Richtung und drückt mir die Spitze so fest gegen den Hals, dass es die Haut ritzt. Damit habe ich nicht gerechnet, ich springe zurück und wische mir das Blut ab. Entschlossen reckt sie den Arm nach vorne. »*Hau ab*, hab ich gesagt«, droht sie.

Ich könnte ihr das Messer leicht entwinden, aber da sie mich vielleicht zu Quinn führen kann, muss ich ihr Vertrauen gewinnen. So gehe ich lieber auf Abstand und krame eine Taschenlampe aus meinem Rucksack, um auf das Bein des Kindes zu leuchten. Es ist rot und geschwollen, die Haut gespannt, der lange Schnitt gelb verfärbt. Mein Magen meldet sich. Bea lässt mich nicht aus den Augen.

»Wie lange ist das schon so?«, frage ich.

»Ich weiß nicht. Eine Woche vielleicht?« Ihr Kinn zittert. Dem Kind bleibt nicht mehr viel Zeit, nicht ohne anständige medizinische Versorgung.

»Verstehe«, sage ich. Ich könnte lügen, aber ich hab keinen Grund dazu. »Ich kann Hilfe für sie organisieren. Ich bin Oscar Knavery.«

Sie schaut auf mein Ohrläppchen und hält dann das Messer wieder hoch. Ihre Züge sind versteinert. »Dein Vater hat meine Eltern ermordet«, zischt sie. Das kann ich nicht leugnen, so oft wie ich mir die Videoaufzeichnungen angesehen habe, und so nicke ich. Aber wenn sie mich schon wegen der Tat meines Vaters hasst – wie würde sie erst auf das reagieren, was ich bei der Zerstörung des Hains angerichtet habe? Den Gedanken an all die Menschen und Bäume, die ich gefällt habe, kann noch nicht mal ich selbst ertragen.

Wir betrachten einander wortlos, bis sie schließlich die Nase hochzieht. »Du siehst aus wie dein Vater«, sagt sie. Das habe ich schon öfter gehört, als Kompliment sozusagen, aber sie meint es beleidigend. Sogar ihr Zähneknirschen kann ich hören.

»Ich weiß«, sage ich. »Aber ich bin nicht er. Und es tut mir wirklich leid, was dir passiert ist.« Ich spreche ganz ruhig, behutsam, immer in der Hoffnung, dass sie meine Aufrichtigkeit heraushört.

»Dann schätz ich mal, du willst mich jetzt zurückbringen und aufknüpfen lassen.«

»Nein. Ich suche jemand anderen.«

Sie verzieht keine Miene. »Bis auf uns ist keiner übrig.«

Ich halte den Atem an. »Wovon übrig?«, frage ich, obwohl ich genau weiß, was jetzt kommt.

»Vom Hain. Dem Ort der Zuflucht, den dein Vater dem Erdboden gleichgemacht hat.«

Als wir den Hain verließen, war er gerade im Einsturz begriffen, aber habe ich dort nicht Überlebende flüchten sehen? Oder mache ich mir da aus reinem Selbstschutz was vor? Haben wir sie *alle* vernichtet? Die Menschen *und* die Bäume?

Und Quinn? Wo steckt er?

Bea beäugt mich schweigend.

»Eigentlich war *Quinns* Vater verantwortlich für die Mission«, wage ich mich vor.

»Quinn?«, murmelt das halb bewusstlose Kind, was ihr ein *Psssst* von Bea einbringt.

Also kennt die Kleine Quinn, was bedeuten könnte, dass er hier war. Und vielleicht zurückkehrt. Ich beobachte Bea noch ein paar Augenblicke, aber ihr Gesicht gibt nichts preis. Wie soll ich wissen, ob das Mädchen ihn nicht einfach im Hain kennengelernt hat, als er angeblich Gefangener der Rebellen war?

Ich wühle wieder in meinem Rucksack und ziehe eine Packung Penizillin heraus, drücke eine Tablette durch die Folie und halte sie ihr hin. »Antibiotika.« Misstrauisch beäugt sie meine Hand. »Wenn ich ihr wehtun wollte, hätte ich die Waffe genommen«, sage ich. »Jetzt steck das Messer weg … bitte.«

Das Messer immer noch in der Hand, greift Bea mit der anderen nach der Tablette. Kurz erwäge ich, sie zu entwaffnen, halte mich jedoch zurück. Ich lasse die Tablette in ihre Hand fallen und mache wieder ein paar Schritte rückwärts. Sie hebt die Kleine sanft in Sitzposition und schiebt das Medikament zwischen ihre Lippen, bringt sie dazu, einen Schluck aus der Wasserflasche zu nehmen. Das Mädchen schafft es, die Tablette zu schlucken, bevor ihre Augen wieder zurückrollen. Gegen die Erschöpfung kommt sie nicht an.

In unserer Ausbildung wurden wir vor Terroristen gewarnt und mein Kopf war voll mit Bildern von breitschultrigen Kerlen mit Gewehren beim Granatenwerfen. Etwas derart Klägliches wie das hier habe ich mir nie vorgestellt: ein Kind, in den Tod geleitet von einem hohlwangigen Mädchen, das mit seinem verdreckten Solar-Atemgerät selbst um jeden Atemzug ringt.

»Ich kann die Kuppel anfunken«, sage ich. An Judes Hilfsbereitschaft hab ich so meine Zweifel, aber sie ist nur ein Kind, dem geholfen werden muss. Das ist noch das Geringste, nach allem, was ich ihrem Zuhause angetan habe. Waren ihre Eltern im Hain? Hat es sie auch erwischt?

»Ein Versuch, hier irgendwas zu funken, und ich zersäbel dich«, sagt Bea.

Ich halte die Hände hoch. »Schon verstanden.«

Da explodiert sie: Sie springt auf und rammt mir ihre Hände in die Brust. »Wie kannst du das sagen? Nichts verstehst du!«

Ich starre sie an und lehne mich nach hinten. »Mein

Vater ist auch bei den Aufständen ums Leben gekommen.«

»Das ist ja wohl kein Vergleich. Meine Eltern waren gute Menschen. Dein Vater war… er war…«

»Er war ein Arschloch«, sage ich und sie blinzelt. Ich warte ab, denn ich möchte nichts Unwahres sagen. »Aber ich wünschte, ich hätte ihn mehr geliebt.«

Ihr steigen Tränen in die Augen. »Wenn man wen verliert, wünscht man sich immer, man hätte ihn mehr geliebt.« Sie wischt sich über die Augen und schnieft. Und dann heult sie los, das Gesicht gegen den Arm gedrückt, um die Schluchzer zu dämpfen.

So habe ich noch nie geweint. Meine Mutter hat unendliche Tage hustend und stöhnend im Bett verbracht, bis sie eines Morgens weg war und die Geräusche durch Stille ersetzt wurden. Nur ein einziges Mal habe ich um sie geweint – ganz leise, alleine in meinem Zimmer. Warum habe ich ihr nicht die letzte Ehre erwiesen und richtig um sie getrauert?

Ich krame noch mal in meinem Rucksack und ziehe das Funkgerät raus. Bea blickt auf. »Nein«, sagt sie, schon wieder in Angriffshaltung.

»Du schaufelst bald ihr Grab, wenn sie nicht in ein Krankenhaus kommt.«

»Die bringen sie um.«

»Sterben wird sie so oder so.«

Bea kaut sich auf ihren Lippen rum.

Ich drehe mich um.

»Wo gehst du hin?«, fragt sie.

»Ich will vermeiden, dass sie aufwacht und vielleicht

losschreit, während ich spreche. Die sollen glauben, ich hätte meine Zielperson gefunden.«

Beas Widerstand verpufft. »Sie heißt Jazz«, sagt sie.

Das Grollen des Motors eilt dem Geländewagen meilenweit voraus. Vorsichtig löst Bea jeden von Jazz' festgekrallten Fingern einzeln von ihren Arm. »Bald geht's dir besser«, sagt sie, fast, als würde sie selbst dran glauben. Sie drückt ihr einen kleinen Kuss auf die Stirn und steht dann auf, um ihre Sachen einzusammeln. »Was wirst du denen erzählen?«, fragt sie mich.

»Dass ich sie völlig verlassen und verängstigt aufgelesen habe.« Jazz nickt, um zu signalisieren, dass sie mitspielen wird. »Jetzt such dir ein Versteck und komm erst raus, wenn du den Geländewagen wegfahren hörst«, sage ich.

Bea wendet sich an Jazz. »Du bist gar kein so blödes Balg, wie ich geglaubt habe«, stößt sie lachend hervor.

»Tschüss«, sagt Jazz. Sie muss die Tränen zurückhalten. Bea lässt ihre ebenso wenig zu. Sie nickt noch mal und verschwindet in der Dunkelheit.

Ich sehe ihr nach und schleppe dann Jazz zum Straßenrand, wo wir zitternd unter dem leuchtenden Sternenhimmel und der schmalen Mondsichel sitzen. Ihr verwundetes Bein wird kaum noch zu retten sein, so angeschwollen, wie es ist. Hoffentlich kann wenigstens sie selbst gerettet werden.

»Kannst du dir vorstellen, wie die hier draußen vor dem Switch gelebt haben? So viel Platz.« Ich rede eher mit mir selbst als mit Jazz, die kaum die Augen aufhalten kann. Ich drücke sie fester an mich. »Da sind die Leute kreuz und quer durch die ganze Welt gereist. Keiner ist nur in seinem eigenen Land geblieben. Jetzt kommen nicht mal Ausländer irgendwohin. Wir sind doch alle gefangen. Gefangen in der Kuppel, gefangen auf dieser Rieseninsel. Ist doch überall das Gleiche.« Jazz nimmt meinen Daumen in ihre kalte Hand und schließt wieder die Augen, als sich der Geländewagen mit seinen gleißenden Scheinwerferaugen aus der Dunkelheit schält.

Ich stehe auf, Jazz in meinen Armen. Der Geländewagen bremst ab und bleibt stehen. Jude steigt aus und postiert sich vor der Kühlerhaube. Im Gegenlicht der Scheinwerfer bleibt er ein Schattenriss in der Finsternis.

»Wer ist das?«, grollt Jude. Statt Uniform trägt er eine schlabbrige Hose und einen alten Pulli wie ein ganz gewöhnlicher Durchschnittsmann. Ein Dad. »Wo ist Quinn?«

»Ich hab ihn nicht gesehen.« Für eine RATTE hätte Jude sich nie herbemüht und deshalb habe ich ihn beim Funkgespräch angelogen: ihm vorgemacht, ich hätte Quinn gefunden.

»Was zum Henker ...« Er bricht ab, macht einen Schritt nach vorne und beäugt Jazz. Er wischt ihr das Haar aus dem Gesicht. »Was soll ich mit ihr anfangen?«

»Sie braucht einen Arzt.«

»So haben wir aber nicht gewettet.« Er macht auf dem Absatz kehrt.

»Ich hab schon eine Spur zu Quinn. Und ich will dein Angebot annehmen. Ich werde ein Second, wenn das bedeutet, dass ich nicht noch mehr unschuldige Leute abschlachten muss.«

Jude fährt wieder herum. »Das waren nicht nur Unschuldslämmer«, sagt er mit Blick auf Jazz, die ihm nur knapp entwischt ist. »Und wer garantiert mir, dass du die Wahrheit sagst?«

»Ich hab das von Quinn nur erzählt, um ihr zu helfen. Und ich glaube kaum, dass ich noch mehr Rettungsbedürftige finden werde«, sage ich mit Gedanken an Bea.

Er breitet die Arme aus. »Gib sie her«, sagt er kühl und mustert ihr Bein ohne merkliche Gefühlsregung.

»Alles in Ordnung mit Niamh?«, frage ich.

»Sie ist immer noch stinksauer. Ganz die Tochter ihres Vaters, deine Schwester«, sagt er. »Du allerdings ... hast nicht viel von ihm.«

»Nee, und Quinn hat auch nicht viel von dir.« Er soll sich nur nicht einbilden, dieser Anfall von Gewissensbissen und unerwarteter Fürsorge für seinen Sohn würde ihn jetzt zum Helden machen oder so. Jude starrt mich an, während Jazz sich in seinen Armen windet.

Ich trete aus dem grellen Scheinwerferlicht heraus, zurück in die Dunkelheit. »Die Ausgestoßenen hier kennen nichts. Nimm dich bloß in Acht vor denen«, sagt Jude auf dem Rückweg zum Wagen.

Vorsichtig bugsiert er Jazz auf den Rücksitz und steigt wieder hinters Lenkrad. Ein grobes Wendemanöver auf dem Geröll, und weg sind sie.

Ich kehre zum Bahnhof zurück. »Bea!«, rufe ich. Binnen Minuten steht sie wieder schlotternd vor mir. Mir wird leichter ums Herz. Ich hatte schon befürchtet, sie sei fortgelaufen, denn alleine würde ich es hier draußen nicht länger aushalten.

»Glaubst du, sie kommt durch?«, fragt sie.

»Könnte sein«, sage ich.

Die oberen Knöpfe ihres Mantels und ihrer Bluse sind offen, entblößen spitze Schlüsselbeine und weiße Haut. Ich trete auf sie zu und sie streckt die Hand aus. »Danke«, sagt sie. Ich ergreife ihre Hand und schüttle sie und endlich wölbt sich ihr Mund zu einem schmalen Lächeln.

»Ich bin froh, dass du uns gefunden hast«, sagt sie.

»Das bin ich auch.«

ALINA

Auf Vanyas Befehl hin wird weitergegessen – die Wache hat alles unter Kontrolle. »Aber was, wenn es das Ministerium ist? Die haben den Hain bombardiert. Warum nicht auch das hier?«, frage ich. Ist es möglich, dass man hier drinnen vor lauter Geplapper den Lärm der Zips und Panzerketten nicht hört?

»Garantiert nichts, was Maks nicht im Griff hätte«, sagt Terry. Er löffelt etwas weißes Pulver aus einer Schale und streut es über seinen dampfenden Nachtisch, um dann die Schale zu mir rüberzuschieben, doch mein Magen streikt vor Anspannung. Gibt es denn nirgendwo Sicherheit? Ich bin völlig am Ende, ich will nicht mehr weglaufen, ich möchte in Sequoia bleiben und es mein Zuhause nennen. Ist das zu viel verlangt?

Energisch reibe ich mir übers Gesicht, um mich aus den sinnlosen Tagträumereien zu reißen, als plötzlich wieder Bewegung in den Saal kommt. Vanya steht auf und Terry erklimmt vorne das Podest, um selbst nachzuschauen. Da stößt er einen Freudenschrei aus und wirft sich in die ständig wachsende Menschentraube.

Plötzlich bricht der ganze Saal in Jubelrufe aus.

»Kann man hier nich mal in Frieden futtern?«, beschwert sich Maude, die ungerührt weiterisst.

»Kommt alle rauf«, ruft Vanya. Die Menge schlingert vorwärts und der Erste auf dem Podium ist Maks. In einer Hand hält er die Waffe, in der anderen die Sturmmaske. Vanya legt ihm eine Hand auf die Brust.

Er hat ein Mädchen im Schlepptau. Als sie sich zur Seite dreht, wird offensichtlich, dass sie mindestens im siebten Monat schwanger sein muss, obwohl sie keine fünfzehn sein kann. Ihre Haare sind fettig, die Klamotten zerlumpt. Sie trägt immer noch ihre Atemmaske, die Vanya ihr abreißt und zu Boden schleudert.

»Jo!«, brüllt jemand an unserem Tisch.

»Willkommen zurück«, sagt Vanya unter allgemeinem Applaus. »Und ein weiterer Neuankömmling. Sei auch du uns willkommen.« Eine zweite Gestalt steigt aufs Podium. Aber das kann doch nicht sein. Ich schiele rüber zu Silas, der nickt, ohne mich überhaupt anzugucken.

»Wer bist du?«, fragt Vanya.

»Quinn«, sagt er laut. Vor meinen Augen beginnt es zu flirren. Warum ist er hier? Und wo ist Bea?

»Und noch einer«, sagt Vanya und zieht den letzten Besucher aufs Podium. Ist das Bea? Ich schließe die Augen. Ich kann gar nicht hinsehen.

»Mach die verdammten Augen auf.« Silas schüttelt mich. »Er lebt.« Und als ich sehe, was er sieht, verschlägt es mir den Atem.

Dort auf dem Podium steht nicht Bea, sondern Abel. Abel lebt. Sein Blick schweift durch den Saal und unsere Blicke treffen sich. Sein Mund klappt auf. Ich winke ihm verhalten zu und er schüttelt ungläubig den Kopf. Er ist zusammengeschlagen worden, das verrät sein gelb-lila geflecktes Gesicht, doch da steht er. Das Ministerium hat ihn doch nicht erledigt.

»Ich fass es nicht. Er ist verdammt noch mal am Leben«, stößt Silas hinter den Zähnen hervor.

»Ja«, sage ich. Ich muss lächeln. Zum ersten Mal nach langer, langer Zeit bin ich glücklich, egal, was die anderen denken.

Und dann wird mir klar, dass Maks Abels Blick gefolgt ist. Er schaut zu Abel, dann zu mir. Abel und ich. Und obwohl der ganze Saal jubelt, zieht Maks ein Gesicht.

Er ist nicht besonders erfreut über Abels Heimkehr. Nicht mal ansatzweise.

Ohne große Absprache haben Silas und ich beschlossen, unser Wissen über Abel für uns zu behalten. Dorian hat wieder vergessen, was ich ihm im Hain über Abel erzählt habe. »Wenigstens *er* hat überlebt«, flüstere ich, als wir wieder in der Hütte sind. Silas wäscht sich mit kaltem Wasser das Gesicht.

»Du tust ja gerade so, als sei das was Gutes«, gibt er zurück. Nicht zu Unrecht: Wir wissen bereits, dass Abel keiner von uns Rebellen war, uns belogen hat, aber sein Motiv bleibt ein Rätsel. »Und du solltest dich nicht zu früh freuen.«

»Was willst du damit sagen?«, frage ich.

»Nur weil er plötzlich aus der Versenkung auftaucht, muss das noch lange nichts mit dir zu tun haben. Verlier nur nicht wieder den Kopf, Alina.«

Ich nicke verlegen und Silas klopft mir linkisch auf den Rücken, streckt sich in seinem Bett aus und zieht die sich die Decke über die Schultern. Aber Maude ist in Panik. »Wenn *Quinn* hier is, wo steckt dann Bea?«, will sie wissen.

»Morgen früh finden wir's raus«, beruhige ich sie und widerstrebend steigt sie ins Bett.

In meinem Kopf dreht sich alles, an Schlaf ist nicht zu denken. Nicht, bevor ich nicht weiß, was Abel vorhat, wie Quinn hierherkommt und was mit Bea passiert ist. Ich liege wach und lausche Maudes und Bruce' einträchtigem Geschnarche. Dorian liegt im Bett neben mir, murmelt irgendwas vor sich hin, hustet und strampelt unruhig herum. Von Silas und Song höre ich nichts.

Ich schwinge die Beine über den Bettrand, streife Socken und Hose über und binnen Sekunden bin ich angezogen und aus der Tür.

Die Hütten, Nebengebäude und das Haupthaus sind dunkel, doch kaum bin ich auf dem Kiesweg, springt das Flutlicht an.

Ein bewaffnetes Mädchen tritt mir entgegen. Sie richtet ihre Schusswaffe nicht auf mich, sondern verstellt mir nur den Weg. »Wo willst du hin?«, fragt sie und tritt näher. »Oh, du bist eine von den Neuen. Irgendwer hätte dir sagen sollen, dass ihr nachts drinbleiben sollt.«

»Das wusste ich nicht«, antworte ich möglichst dümmlich.

»Na, jetzt weißt du's.«

»Wo sind Abel und Quinn?«, frage ich.

Sie blickt kurz zum Hauptgebäude. »Abel ist wahrscheinlich in seinem alten Zimmer. Diesen Quinn kenn ich nicht.« Sie weist mit dem Gewehrlauf auf meine Hütte.

Ich schlurfe bedächtig zurück. Kaum zieht sie in die Gegenrichtung ab, sprinte ich aufs Hauptgebäude zu. Die Flutlichter erlöschen und um mich wird es zappenduster.

Ich umrunde das Hauptgebäude, um einen Eingang zu ertasten, doch alle Türen sind verriegelt. Eine Ecke weiter sitzt die junge Wachfrau auf einer Bank und liest mit der Taschenlampe in einem alten Papierbuch. Sie blickt kurz auf, lässt den Lichtkegel umherschweifen, und liest dann ungerührt weiter. Aus einer Tür hinter ihr tritt eine weitere Wache heraus.

»Schon so spät?«, fragt die Erste, lässt das Buch in ihrer Jacke verschwinden und streckt sich.

»Du bist herzlich eingeladen, meine Schicht zu übernehmen«, meint die andere. Sie lachen. »Irgendwas los gewesen?«

»Ziemlich ruhig. Von den Neuen ist mir wer in die Arme gelaufen, ist aber zurück ins Bett.«

»Welcher denn?«

»Das Mädel, auf das Maks ein Auge hat. In deren Haut möcht ich nicht stecken.«

»Echt nicht? Ich schon.« Die beiden lachen wieder und schlendern plaudernd aufs Nebengebäude zu. Dabei aktivieren sie das Flutlicht und sofort ist es überall gleißend hell. Ich schaue ihnen hinterher und versuche, nicht darüber nachzudenken, was es heißen mag, Maks' Interesse geweckt zu haben.

Die Tür, aus der die Wache getreten ist, steht noch offen, doch die beiden sind keine fünfzehn Meter entfernt und bereits auf dem Rückweg. Trotzdem eile ich über den Hof, witsche durch die Tür und breche mir beinahe den Hals auf ausgetretenen Stufen.

Ich rapple mich auf und taumle einen endlosen Flur entlang bis zu einer weiteren Tür. Mit einem vernehmlichen Quietschen geht sie auf und ich ziehe beim Durchgehen den Kopf ein. Dahinter folgt ein breiterer, beidseitig von Türen gesäumter Flur. Im Vorbeischleichen lese ich die Schilder: *Arzneiausgabe – Forschungslabor 4 – Forschungslabor 5 – Screening – Bibliothek.* Ich eile Treppen hoch, bis ich einige unbeschilderte Türen entdecke. Das müssen die Schlafzimmer sein.

In der Hocke drücke ich mein Ohr ans erste Schlüsselloch, um Bewegungen oder eine vertraute Stimme zu erlauschen. Doch das Haus bleibt in Stille gehüllt. Ich prüfe die zweite Tür. Nichts. Und so fahre ich fort, Tür auf Tür, ein paar Momente horchen und dann weiter. Am Ende des Gangs angelangt habe ich an zwanzig Türen gelauscht. Ich lehne mich an die Wand und komme mir plötzlich dämlich vor. Wie genau habe ich mir das vorgestellt?

Gerade will ich meinen Rückzug planen, als ich Glas zerspringen höre. Stocksteif vor Schreck erwarte ich schon Blinklichter und Alarmsirenen, bevor ich mich zusammenreiße und über den Flur auf und davon mache. Ich husche um eine Ecke und knalle voll in jemanden rein, der aus der Gegenrichtung herbeigestürzt kommt. Beide wirft es uns zu Boden, doch ich bin als Erste wieder auf den Füßen, die Hände zu Fäusten geballt. Der andere blickt auf und zieht sich die Atemmaske zurecht.

»Quinn?«

»Alina?«

Ich helfe ihm auf. »Was machst du in Sequoia?«

»Nach euch suchen«, flüstert er. Er wirkt, als wolle er mich umarmen, doch dann besinnt er sich anders. »Jazz ist übel gestürzt. Wir müssen zurück und ihr helfen.«

»Jazz?« Das ist kaum zu glauben. Bei unserer Flucht war der Hain gerade im Zusammenbruch und Jazz auf einen Baum geklettert, der komplett mit giftigem Schaum bedeckt war.

»Ja«, versichert er hastig. In einem der umliegenden Zimmer hustet wer und Quinn bedeutet mir, ihm zu folgen. Auf Zehenspitzen schleichen wir den Flur hinunter und stehlen uns in ein Zimmer.

Er deutet auf den Boden, auf dem Glascherben glitzern. »Pass auf. Ich hab den Hocker umgeschmissen und dabei ist das Wasserglas kaputtgegangen.« Das Fenster steht sperrangelweit offen, die Vorhänge sind nicht zugezogen, doch der wolkenverhangene Mond gibt nur fahles Licht ab. In einer Ecke sehe ich ein Bett, daneben den umgeworfenen Hocker. Ein schneidender Wind peitscht die flatternden Vorhänge gegen die Wand.

»Was hast du vor?« Ich weise aufs offene Fenster.

»Einen Weg nach draußen suchen. Ich dachte, so sieht mich vielleicht keiner. Scheint aber eher eine Methode, sich den Hals zu brechen.« Gemeinsam lugen wir übers Fenstersims. Drei Stockwerke runter auf einen gepflasterten Weg. »Wir müssen hier weg«, sagt er. Er sieht so aus, als habe er seit Ewigkeiten weder geschlafen noch gegessen, nicht im Entferntesten wie der Junge, den ich vor nicht allzu langer Zeit in der Impfwarteschlange kennengelernt habe. Wie kann sich alles so schnell ändern? Eigentlich unvorstellbar.

»Wo ist Bea?«

»Sie passt auf Jazz auf. Ist Silas hier? Glaubst du, er würde mitkommen? Wir werden ihn brauchen.«

Der Knoten in meinem Magen löst sich. »Ich hab gewusst, das Bea durchkommt«, sage ich.

»Aber wenn wir nicht bald bei ihr sind, ist sie geliefert. Und Jazz auch.« Er guckt aus dem Fenster, als sei Springen doch keine so schlechte Idee. Ich drücke ihn aufs Bett und lasse mir alles berichten, vom dem Augenblick an, wo er den Hain verließ, bis zu seiner Ankunft in Sequoia. Er verhaspelt sich ständig, überspringt wichtige Details und immer wieder muss ich nachhaken, ihn erklären lassen.

»Können wir jetzt gehen?«, fragt er schließlich.

»Vielleicht wird Vanya uns helfen«, sage ich.

Er kratzt sich am Kopf. »Ich hab vorhin versucht, es ihr zu erzählen, aber sie hat nur so komisch vor sich hin gelächelt. Irgendwas ist faul mit diesem Lächeln, Alina. Nach dem, was Petra mit mir abgezogen hat, will ich's lieber nicht herausfordern.«

Ich versuche, ihn zu beruhigen. »Wir sprechen morgen noch mal mit ihr.«

»Was ist das hier überhaupt? Ich hab keinen einzigen Baum gesehen«, meint er. Vor ein paar Wochen wär ihm das nicht mal aufgefallen. Wenn Quinn sich derart wandeln kann, besteht noch Hoffnung für uns alle.

»Ich durchschau auch nicht wirklich, was hier läuft, aber die Kuppel schneidet im Vergleich gar nicht mehr so schlecht ab«, lache ich.

Quinn starrt mich an. »Soll das ein Witz sein?«

Ich schüttle den Kopf, denn eigentlich ist es genau das Gegenteil. »Ich versprech dir, wir werden Vanya irgendeine Art von Unterstützung rausleiern«, wiederhole ich.

»Und was ist mit Bea?«

»Hat sie Luft und Wasser?«, frage ich.

»Ja«, sagt er, »aber …«

»Es geht um eine einzige Nacht«, versichere ich ihm, obwohl in einer Nacht alles passieren kann.

Ich gehe zur Tür. »Wie hast du Abel getroffen?«, frage ich, die Hand auf der Klinke.

»Purer Zufall. Kennst du ihn?«

»Ein bisschen. Ist er der Vater des Babys?«

»Laut Jo nicht. Wieso?« Eine Welle der Erleichterung überspült mich, gefolgt von Scham, an so was überhaupt einen Gedanken zu verschwenden, wo es so viele andere, größere Sorgen gibt.

Im Hauptgebäude ist es immer noch dunkel. Langsam schleiche ich den Flur hinunter und will gerade runter ins Erdgeschoß, als ein Poltern ertönt.

»Du tust mir weh!«, ruft eine Stimme. Vorsichtig lehne ich mich übers Geländer und schaue direkt von oben auf zwei Köpfe. Es sind Maks und Jo. Sie versucht, sich seinem Griff zu entwinden. »Vanya hat mir ein anderes

Zimmer zugeteilt. Warum kannst du mich nicht einfach in Ruhe lassen?«

»Du hast mich lächerlich gemacht«, schnaubt er. Jo schrumpft in sich zusammen.

»Lass mich alleine schlafen, Maks, bitte«, sagt sie.

»Und wie weiß ich, dass du nicht morgen wieder über alle Berge bist? Glaubst du, ich lass dich noch ein einziges Mal aus den Augen? Du kommst mit mir!«

»Ich bin nicht dein Eigentum«, sagt sie, entreißt ihm ihren Arm und weicht vor ihm zurück. Ihr Nachthemd ist dünn, die Füße nackt.

Ohne ein weiteres Wort verpasst Maks Jo eine schallende Ohrfeige. Schwerfällig krümmt sie sich am Boden zusammen. »Aber du trägst Vanyas Eigentum in dir und das heißt, du gehörst nach Sequoia und zu mir. Glaubst du, ich weiß nicht, wieso du weggelaufen bist?« Sie blickt zu ihm auf und hat mich entdeckt, bevor ich mich ducken kann. Doch sie verrät mich nicht, streckt nur die Hände aus und lässt sich von Maks auf die Beine helfen.

»Entschuldige«, sagt sie. Sie legt Maks die freie Hand auf die Brust, geht auf die Zehenspitzen und küsst ihn auf den Mund. »Ich hab solche Angst gehabt. Geht's voran mit den Versuchen? Sind die Babys okay?«

»Er will dich nicht, nur dass du's weißt«, sagt er und fängt ihr Kinn zwischen Daumen und Zeigefinger. »Ich oder keiner, Jo.«

Sie lässt sich von ihm am Arm fortführen, nicht ohne mir vorher einen warnenden Blick zuzuwerfen. Als ob das noch nötig wäre.

Vor der Tür finde ich keine Wache vor – nur einen leeren Stuhl und auf dem Boden daneben einen Becher. Ich stehle mich raus in die Nacht, zurück in die Hütte.

»Wo zum Teufel warst du?«, fragt Silas, als ich in voller Montur wieder ins Bett steige.

Bruce und Maude schnarchen immer noch. Song liegt mit offenem Mund da wie eine Leiche. Dorian hat mir den Rücken zugekehrt.

»Quinn meint, Bea und Jazz sind in Schwierigkeiten«, sage ich.

»Jazz ist noch am Leben?«, fragt Silas.

»Vor einigen Tagen war sie's noch.«

BEA

Oscar und ich sitzen in aufgeplatzten Ledersesseln unter einer dicken Schicht aus Decken, Schals und Mänteln auf dem Balkon des ehemaligen Bahnhofsrestaurants. Die Ruinen ringsum verstellen uns den Sonnenaufgang. Oscar zeigt mir ein verschwommenes Foto auf seinem Pad. »Möchtest du nicht lieber ein scharfes Bild?«, frage ich. Ich schraube am Ventil meiner Sauerstoffflasche herum. Es wäre deutlich schlauer, mich weiterhin ans Solargerät zu halten und Luft zu sparen, aber das Riesenteil hat einfach nicht durch die schmale Balkontür gepasst.

»Mir geht's nur um die Farben. Ich bearbeite es dann, wenn ich zurück bin.« Er zögert. »Darf ich auch eins von dir machen?«

»Wofür?«

»Damit ich's ans Ministerium weiterleiten und die Belohnung einsacken kann. Du bist ein guter Fang.« Er lacht, aber der wahre Kern dahinter lässt mich automatisch wegschauen. Da ist es allerdings schon geschehen.

»Lösch das wieder!« Ich versuche, ihm das Pad zu entreißen.

»Nein«, sagt er.

»Was, wenn das wer sieht und mich wiedererkennt?«

»Das ist genauso unscharf wie das andere. Und außerdem interessiert sich keine Sau für Künstlerfotos.« Er mustert das Foto, dann mich in Fleisch und Blut. »Warum bist du im Ödland, Bea?«, fragt er.

»Weil dein Vater mich in die Finger kriegen wollte, tot oder lebendig, schon vergessen?«

»Aber warum bist du überhaupt den Rebellen beigetreten? War's für Seconds in der Kuppel echt so unerträglich?«, fragt er. Typisch Premium. Wie blind und selbstzentriert muss man sein, um gar nicht zu bemerken, wie die restlichen fünfundneunzig Prozent von uns leben?

»Warst du überhaupt jemals in Zone Drei?«

»Ein paarmal«, sagt er verschämt.

»Wenn ich von innen heraus irgendwas hätte bewirken können, dann hätte ich das getan«, sage ich.

Er schweigt eine ganze Weile lang, in seine Fotos versunken. »Es muss doch einen Weg geben, allen gerecht zu werden. Na ja, nichts ist unmöglich«, meint er schließlich.

»*Du* kannst versuchen, in der Kuppel was zu erreichen. Ich setz da nie wieder einen Fuß rein. Und außerdem warte ich auf jemanden.« Quinn habe ich immer noch nicht erwähnt. Das Ministerium hält ihn für tot und niemand sollte etwas anderes vermuten.

Oscar starrt in die Ferne und schließt dann die Augen.

Seine Lider zucken, Schlaf lullt ihn ein. Doch dann klappt er ein Auge auf und richtet es auf mich. »Schläfst du auch oder willst du mir nur zugucken?«

Meine Wangen werden heiß. »Hier draußen? Es ist unter null Grad.«

Er fasst nach unten, zieht eine leichte Decke aus seinem Rucksack und wirft sie mir zu. »Versuch's mal mit der.« Ich zieh sie mir übers Kinn und schiebe mir die Füße unter den Hintern. »Besser?«, fragt er. Ich nicke und lasse meine Augen zufallen.

Oscar rüttelt mich wach. »Bea, steh auf«, flüstert er. »Bea.« Ich gähne.

»Wie lang hab ich geschlafen?«

»Völlig egal jetzt. Beweg dich!«

»Was ist los?« Ich will erst mal auf die Beine und mich strecken, aber er hält mich um die Hüfte gepackt und so wird nichts draus.

»So können die dich sehen«, sagt er.

Ich rutsche vom Sessel auf den Balkonboden. »Sind die vom Ministerium?«

Oscar schüttelt den Kopf. »Keine Ahnung, wer das ist. Die müssen uns entdeckt haben.«

Plötzlich ist mir weniger kalt. Meine schmerzenden Glieder werden leichter. Das müssen Quinn und Alina und irgendwer aus Sequoia sein, um mich zu retten. »Da sind sie ja endlich«, sage ich und versuche, einen Blick auf die Straße zu erhaschen.

»Jede Wette, dass die nicht die Richtigen sind«, sagt er. »Da lang.« Widerstrebend gleite ich hinter ihm durch die Balkontür ins Restaurant, in dem Dutzende weiterer Sessel herumstehen. »Halt den Kopf unten«, sagt er, selbst ebenfalls in Duckhaltung. Wir nähern uns einem Fenster.

»Wartest du etwa auf *die da?*«, fragt er. Durch die verdreckte Scheibe kann man kaum was erkennen. Ich wische mit dem Ärmel drüber und drücke mein Gesicht dran. Drei bärtige, zerlumpte Männer durchstöbern den Bahnhof. Alle tragen Waffen: eine Mistgabel, ein Baseballschläger und der dritte ein fettes Metallrohr. Auf dem Rücken schleppen sie riesige Solar-Atemgeräte. »Ausgestoßene«, sagt Oscar. Er zieht seine Schusswaffe und lädt sie mit einer Handvoll Munition.

»Was soll das? Das sind keine Monster.« Maude jedenfalls nicht und auch nicht die, die laut Jazz bei der Verteidigung des Hains geholfen haben. Ich will mir Oscars Waffe schnappen, doch er schubst mich so hart, dass ich auf dem Arm lande und ihn mir verdrehe. Ich stöhne, bekomme aber weder eine Entschuldigung noch eine helfende Hand.

»Psst«, macht er, findet eine eingeschlagene Fensterscheibe und zielt.

»Bitte, gib ihnen eine Chance«, sage ich. Ich krieche zum Fenster. Die drei Männer umrunden den Bahnhof, den Blick unverwandt nach oben gerichtet.

»Die sind eindeutig auf dem Kriegspfad. Sei doch nicht naiv, Bea.« Sein herablassender Tonfall macht mich fuchsteufelswild.

»Keine zwei Sekunden aus der Kuppel und schon der Experte. Schau mal her, da kannst du was lernen.«

»Wo willst du hin? Komm zurück. *Komm sofort zurück!*«

Ich marschiere aus dem Restaurant, die Stufen hinunter und nach draußen, wo ich neben dem Eingang stehen bleibe.

Gerade will ich einen der Männer ansprechen, als der mit dem Baseballschläger dem Bahnhof den Rücken zukehrt: »He, Brent, biste sicher, dass es das Haus da war? Ich hör keinen Mucks.« Er schlurft weg und lehnt sich auf der anderen Straßenseite gegen einen Kleinlaster.

»Mach dich locker, Earl. Da steckt Fleisch drin, hundertpro. Ich hab's letzte Nacht quietschen hören.«

»Egal, notfalls futter ich halt dich.«

Brent stößt Earl mit seinem Metallrohr in die Brust und lacht höhnisch. Selbst von hier kann ich sein schwarzes Gebiss erkennen.

Earl hat sich rasch erholt und rammt seinen Baseballschläger gegen Brents Knie. »Pass auf, sonst mach ich noch 'n paar Probeschläge mit deinem Schädel.« Das klingt nicht nach Angeberei; die beiden würden sich mit größtem Vergnügen gegenseitig lynchen.

Das war ein Fehler von mir.

Ich weiche von der Straße zurück, hinein in den Bahnhof, doch als ich herumwirble, steht der dritte Mann mit seiner Mistgabel direkt hinter mir und glotzt. »Ja, sieh mal einer an. Da ham wir ja ganz was Feines«, sagt er und reibt sich den Bauch.

Als er nach mir ausholt, ducke ich mich hastig zur Seite. Zum Glück ist er halb verhungert, hat das schwere Solargerät auf dem Rücken und ist einfach nicht flink genug. Ich rase die Stufen hoch, rein ins Restaurant. »Oscar! Oscar?«, brülle ich.

Doch er ist nicht mehr da.

»Komm wieder runter, dumme Schnalle!«, röhrt einer der Typen. Die anderen johlen.

Ich springe über kaputte Sessel und umgeworfene Tische, zerschmetterte Teller und Gläser und werfe mich schließlich gegen die Küchentür. Doch die weigert sich aufzuschwingen. Irgendwas blockiert von der anderen Seite. Mein Blick schweift durchs Restaurant. Kein Versteck weit und breit, mir bleibt nur noch der Sprung vom Balkon. Ich finde eine zerschlagene Flasche und umklammere ihren Hals, als die Männer mit glühendem Blick in die Tür treten.

Unter allgemeinem Grinsen schwingt Earl seinen Baseballschläger. Als er näher kommt, versuche ich, an ihm vorbeizuwieseln, doch er hat dem Mistgabelmann einiges voraus. Er stürzt sich auf mich und schubst mich zu Boden. Dann zerrt er mich an den Haaren hoch. Sein Gesicht ist narbenübersät, das dünne Haar klebt ihm fettig am Kopf. »Lästig«, sagt er, »aber knackig. Was meinste, Getty?«

Der Mistgabelmann lässt die Waffe fallen und tritt vor. »Die wird's schon tun«, sagt er. Er knöpft meinen Mantel auf und begafft mich.

Brent kommt herbeigeschlurft. »Das Atemgerät nehm ich«, sagt er und will es mir schon abschnallen.

»Wart bis danach!« Getty schubst ihn beiseite.

Ich will mich losreißen, doch Earl reißt an meinen Haaren und legt mich lahm. »Stillhalten«, krächzt er.

Es ist nur zu offensichtlich, was diese Barbaren mit mir vorhaben, und das halte ich nicht aus. Alles, nur nicht das. Alles.

Ich winsele auf. Wieso habe ich Oscar nicht einfach schießen lassen? Wo steckt er jetzt? Und wo ist Quinn?

Getty hält mein Gesicht fest und leckt über meine Wange. Trotz Maske klebt mir sein fauliger Atem in der Nase. Über mein Geschrei lachen sie nur. »Bitte nicht«, sage ich und schaue ihm in die Augen, die mich schon längst nicht mehr als Menschen erkennen können.

Er wirft seine versiffte Jacke ab und schabt mir mit den Fingernägeln am Schlüsselbein entlang.

»Erster«, sagt er. Und in diesem Moment beschließe ich, einfach dichtzumachen, an Quinn zu denken und meine Eltern und an Maude und überhaupt an alles, was nicht das Jetzt und Hier ist.

»Bereit?«, fragt Earl.

Ich schließe die Augen. »Quinn!«, brülle ich. »Quinn!«

Doch er hört mich nicht.

Keiner tut das.

QUINN

Ich träume von Bea und wache schweißgebadet auf, den Schädel voll mit Bildern ihres Körpers auf alten Bahngleisen und hungrigen Ausgestoßenen mit Schnabelmündern, die sich an ihr satt picken. Der blanke Horror.

Ich packe gerade meinen Rucksack, um Alina zu suchen, als Vanya in mein Zimmer geprescht kommt. »Wie war die Nacht?«

»Ein Albtraum«, sage ich, immer noch fest darin gefangen.

»In fremden Betten schlafe ich immer schlecht«, sagt sie mit diesem irren Grinsen im Gesicht. Sie wuselt an mir vorbei und zerrt die Vorhänge auf. »Was für ein herrlicher Tag!«

»Nicht für meine Freunde. Die brauchen Hilfe, und zwar schnell.« Ich gehe zur Tür. »Habt ihr einen Geländewagen?«

»Einen Geländewagen? Na klar haben wir einen Geländewagen, Quinn. Wir sind hier ja nicht im Hain.« Sie setzt sich ans Ende des Betts und klopft einladend neben sich. Ich bleibe, wo ich bin.

»Da draußen verblutet ein Mädchen«, sage ich und deute aus dem Fenster.

»Klingt ernst.« Sie verlagert ihr Gewicht, dass die Sprungfedern quietschen. Je gefasster sie ist, desto ungeduldiger werde ich. Wenn sie nicht helfen will, was will sie dann?

»Gibt's hier einen Arzt oder eine Krankenschwester? Ich brauche einfach nur einen Wagen und einen Sanitäter ... *bitte.*« Ich bin es nicht gewohnt, um irgendwas betteln zu müssen, aber jetzt würde ich ohne zu zögern vor ihr auf die Knie sinken und ihr die Füße lecken, wenn sie mir nur helfen würde. Eigentlich würde ich alles tun, absolut.

»Hier kommt keiner mehr raus.« Dabei grinst sie, als sei das ein Witz statt eine Sache von Leben und Tod.

»Ich lass aber meine Freunde nicht verrecken!«, brülle ich.

Auf ihrem Weg zur Tür drängt sie sich widersinnig dicht an mir vorbei und erklärt mir ganz langsam und überdeutlich: »Wir sind kein Hotel hier, Quinn. Du kannst nicht eben mal vorbeischauen und dann frisch geduscht, vollgefressen und ausgeschlafen wieder deiner Wege gehen. Das hätte Abel dir klarmachen sollen. Ich hab für heute Nachmittag ein paar Tests für dich anberaumt. Wenn du hier leben willst, schlage ich vor, du ziehst einfach mit. Diese ganzen Querschläger hier gehen mir langsam schwer auf die Nerven.«

»Ich versauer doch nicht hier, während die anderen noch da draußen sind. Wie durchgeknallt bist du eigentlich?« Ich packe sie am Arm und sie wirbelt herum und scheuert mir eine, wären wir hier in der Wildnis oder so. Sie ist stärker, als sie aussieht.

»Fass mich nie wieder an«, faucht sie.

Ich drücke mich an ihr vorbei, raus in den Flur. »Wo soll's denn hingehen?«, fragt Maks.

Vanya lässt ihre Fingerknöchel knacken, in ihrem Hals pulsiert eine Ader. »Schaff ihn in die Zelle. Verpass ihm ein paar Beruhigungspillen und check ihn ordentlich durch.« Und damit macht sie kehrt.

»Du bist schlimmer als Petra«, sage ich.

Vanya fährt herum. »Das nehm ich mal als Kompliment.«

»Und das war's dann also. Soll Jazz halt draufgehen, oder was?« Ich schiebe Maks von mir weg und weiche zurück. Er mag ein Koloss sein, aber ich bin schnell. Wenn ich renne, hab ich eine Chance.

»Jazz?«, fragt Vanya zögerlich.

»Ja. Sie ist nur ein Kind.«

»Na, das ändert die Sache. Komm mit.«

Während ich wertvolle Zeit in Vanyas Boudoir vergeude, werden Maks irgendwelche Aufträge zugeteilt. Vanya ist nicht mehr eiskalt und gruselig, sie ist völlig aus dem Häuschen. Ununterbrochen feuert sie irgendwelche Fragen auf mich ab: »Wer ist diese Bea? Wie alt ist das Kind? Wo wurde sie geboren? Wer sind die Eltern? Wie ist sie im Hain gelandet?« Fragen, die ich nicht beantworten kann – und je weniger von mir kommt, desto unruhiger wird Vanya.

Schließlich schleift Maks Alina und Dorian ins Zimmer. »Was wird das hier?«, fragt Alina.

»Ihr habt erzählt, alle im Hain seien umgekommen. Das war gelogen«, sagt Vanya.

»Die haben alles plattgemacht«, sagt Dorian. Er schielt zu Maks, der jetzt ihn zum Prügelknaben erkoren zu haben scheint, nachdem ich ihm durch die Lappen gegangen bin.

»Quinn hat erzählt, es gab noch mehr Überlebende«, sagt Vanya.

»Wie sollen wir das wissen?«, giftet Dorian. »Sein Vater war derjenige, der den Hain zerstört hat. Was hat der hier überhaupt zu suchen?«

Alina rammt Dorian ihren Ellbogen in die Seite. Maks grinst schief. »Auf Quinn ist Verlass«, sagt sie. »Wenn er sagt, es gibt Überlebende, dann ist das auch so. Wir haben's nur einfach nicht gewusst.«

Vanya geht zur Oxybox an der Wand und inhaliert tief. »Also waren noch Leute drinnen, als ihr getürmt seid?«

»Wir haben alles versucht, Petra rauszuschaffen«, sagt Dorian. »Sie hat sich geweigert. Sie ist auf einen Baum geklettert und einfach nicht runtergekommen. Wir haben keine Ahnung, was mit den anderen passiert ist, weil wir alle an unterschiedlichen Orten postiert waren. Aber Petra – sie war einfach wild entschlossen zu sterben.« Dorian redet jetzt ohne Punkt und Komma, völlig atemlos.

»Quinn hat ein Kind aufgelesen«, sagt Vanya. »Wer könnte das sein?«

Mit dieser Frage haben Alina und ich schon gerechnet, aber sie gibt trotzdem vor, drüber nachzudenken.

»Das einzige Kind im Hain war Jazz«, betont sie. »Wir haben versucht, sie zu retten, aber sie wollte Petra nicht zurücklassen.«

Vanya trommelt sich aufs Kinn und mustert mich scharf. »Das gefällt mir alles gar nicht«, sagt sie.

»Hilf mir, sie zu finden«, beharre ich.

Vanya wendet sich an Maks. »Mach die Zip startklar.«

»Danke.« Ich seufze auf.

»Ich mach das nicht für dich«, sagt Vanya. »Nur für meine Tochter.« Sie marschiert ins Badezimmer nebenan und lässt uns alle fassungslos zurück.

Maks hat eine Hand auf Dorians, eine auf Alinas Schulter. Er schiebt sie beiseite und stürmt Vanya hinterher. »Jazz ist deine Tochter?«, fragt er.

»Ja«, ruft Vanya aus dem Bad. »Und jetzt geh und finde sie.«

OSCAR

Als ich den Bahnhof durch den Hintereingang verlassen und ihn einmal umrundet habe, um die Ausgestoßenen zu überraschen, sind sie verschwunden. Genau wie Bea. Bestimmt weggerannt. Ich hoffe nur, sie war schlau genug, wieder in den Bahnhof zu flüchten, das einzige Gebäude weit und breit, das nicht jederzeit einstürzen könnte. »Bea!«, schreie ich, springe über die Krater im Asphalt und stürze durch die Türen.

Ich höre ihre tierischen Laute, bevor ich sie sehen kann. »Mach schon, Brent, zier dich nicht so. Wenn du keinen Bock hast, lass mich zuerst ran.« Ich umklammere meine Pistole und erklimme die Stufen. Ein Blick durch das Fenster in der Restauranttür zeigt mir, dass sie Bea auf dem Balkon festhalten und sie betatschen. »Nicht«, piepst sie. »Ich geb euch alles, was ihr wollt.«

»Na klar tust du das.« Gejohle. Bea schluchzt. Ihr Hemd ist verschwunden. Sie zittert in Unterhose und BH.

Ich schleiche mich ins Restaurant. Die mach ich kalt, bevor sie wissen, wie ihnen geschieht. So sieht zumindest der Plan aus, doch in der Eile schaue ich nicht auf den Boden und schon knirscht das Glas unter meinen Füßen. Die Männer wirbeln herum. Sie zögern keine Sekunde. Zwei von ihnen stürzen sich auf mich und kommen erst ins Nachdenken, als ich die entsicherte Pistole auf sie richte.

»Jetzt keine Fehler machen, Sportsfreund«, sagt einer.

»Lass uns drüber reden«, schlägt der andere vor.

»Auf den Boden«, sage ich. Sie feixen, als hätten sie nie was Dämlicheres gehört.

»Knall sie ab«, sagt Bea mit unnatürlich beherrschter Stimme. Der Kerl, der sie festhält, schlägt ihr ins Gesicht. Beas Knie geben nach und ich drücke ab.

Der eine Mann kollabiert ohne ein Wort. Ich schieße noch mal, um sicherzustellen, dass er nie wieder aufsteht, und die anderen schnappen sich ihre Waffen. Der Typ neben Bea drückt ihr seine Mistgabel an den Hals.

»Versuch das bei mir, du kleiner Scheißkerl, und ich schlitz sie auf«, bellt er. »Jetzt gib Earl deine Waffe.« Der Ausgestoßene mit dem Baseballschläger kommt auf mich zugeschlendert.

»Bleib, wo du bist«, zische ich.

»Gib sie ihm nicht. Dann sind wir beide erledigt«, sagt Bea. *»Knall ihn ab.«*

»Kannst du der nicht das Maul stopfen?«, krächzt Earl mit Blick nach hinten. Der Kerl mit der Mistgabel rammt Bea seinen Handballen an die Schläfe.

Ich kneife ein Auge zu, nehme die Stirn von Beas Peiniger ins Visier und drücke ab. Der Rückstoß wirft mich nur minimal zurück. Der Ausgestoßene sinkt zu Boden und in dem Moment hat sich Bea schon die Mistgabel gekrallt und geht auf den verbleibenden Mann los. Er fährt herum, doch da ist es schon zu spät: Das Letzte, was er auf Erden sieht, ist Bea, wie sie ihm die Zacken der Mistgabel in die Brust treibt.

Sie lässt die Waffe fallen, sieht ihn zu Boden gleiten und bricht in sich zusammen. Die zarte Hügellandschaft ihrer Wirbelsäule zeichnet sich durch ihre weiße Haut überdeutlich ab.

Beas Bluse und Pulli liegen auf dem Teppich, beim Ausschütteln klammern sich Glas und Schmutz hartnäckig in die Fasern, rasiermesserscharfe Erinnerungen, die einfach nicht loslassen wollen.

Ich werfe die Teile zur Seite, schlüpfe aus dem Mantel und ziehe mir meinen eigenen Pulli über den Kopf.

Tief aus ihrem Bauch kommt ein Schluchzen, als ich sanft ihren Rücken berühre. Sie hält die Arme schützend über ihre Brust. »Hier«, sage ich und wende mich ab.

»Ich hätte auf dich hören sollen«, sagt sie. »Ich wollte stark sein. Jetzt bin ich eine Killerin.«

Ich drehe mich wieder zu ihr und gehe neben ihr in die Hocke. »Das war Notwehr.«

»Ich dachte, du wärst weg. Ich hab gedacht, ich wäre alleine.« Mehr bekommt sie nicht raus. Sie weint zu heftig.

»Ich hätte dich nie alleingelassen«, sage ich. Ich sehe ihr zu und atme in die Todesstille des Bahnhofs. Meine Pistole ist noch warm. Ich lasse die Sicherung wieder einschnappen. Die Männer, die ich umgebracht habe, liegen schlaff auf dem Teppich. Irgendwo sollte mich das wohl berühren, aber Fehlanzeige.

Jetzt geht's nur noch darum, zurück in die Kuppel zu kommen. Und Jude wie auch immer dazu zu bringen, Bea zu helfen statt Quinn.

Denn sie sollte nicht hier draußen leben müssen.

Niemand sollte das.

BEA

Oscar führt mich zu einem der grünen Sessel und dreht ihn zum Fenster, weg von den Ausgestoßenen. Er öffnet ein bis zum Rand mit Protein- und Energieriegeln gefülltes Rucksackfach und zieht mir einen heraus. Ich schiebe das Mundstück zur Seite und nehme einen kleinen Bissen, mehr schaffe ich einfach nicht. »Du musst bei Kräften bleiben«, sagt er.

Jedes Mal, wenn unsere Augen sich treffen, sehe ich Mitleid und Grausen vor dem, was hätte passieren können. Und ich schäme mich. Da habe ich uns reingeritten. Ich wollte mir selbst beweisen, wie stark ich doch geworden bin. Und ich wollte Oscar beweisen, dass all sein Wissen über die Ausgestoßenen falsch war. Aber falsch lag hier nur ich.

»Was treibst du überhaupt hier im Ödland, Oscar? Wartet zu Hause nicht irgendein Diener auf dich, um dir ein Bad einzulassen und dir dein Essen zu kochen?«

»Schon«, sagt er. »Aber ich hab dir ja erklärt, dass ich nach jemandem suche.« Er zögert. »Nach Quinn Caffrey.

Sein Vater hat mich hergeschickt. Hast du eine Ahnung, wo er ist?«

So sehr ich ihm vertrauen möchte, es sogar sollte nach alldem, was er eben für mich getan hat – Mr Caffrey auf Quinns Fährte kann nichts Gutes verheißen. »Quinn hab ich seit der Kuppel nicht mehr gesehen.«

Oscar mustert mich. Er weiß, dass ich lüge. »Also, ich muss ihn jedenfalls finden«, sagt er. »Hilfst du mir?«

»Ich wünschte, ich könnte es.«

»Ich bin bei der Spezialeinheit, Bea. Ich war im Hain dabei. Ich weiß, was das Ministerium getan hat, weil ich dort für sie gekämpft habe.«

Ich setze mich auf, halte mit einer Hand die Maske fest, zerre mir seinen Pulli über den Kopf und schleudere ihn in seine Richtung. Wie konnte er nur all die Bäume vernichten? Und so viele Leute umbringen?

»Du – kotzt – mich – an«, sage ich und stürme zurück ins Restaurant, wo die drei Männer immer noch den Teppich vollbluten.

Oscar rennt hinter mir her und zwingt mich, ihm ins Gesicht zu schauen. »Ich hatte keine Ahnung, was da abläuft, bis es zu spät war. Ich weiß, was das Ministerium für ein Scheißladen ist. Ich will da raus und Jude hat gemeint, er hilft mir. Wenn ich Quinn für ihn finde, dann verschafft er mir eine neue Identität und ich kann raus aus der Spezialeinheit. Das Gleiche gilt für Quinn … und für dich sicher auch.« Aber allzu sicher klingt er nicht. Kein Premium-Vater würde wollen, dass sein Sohn was mit Leuten wie mir zu tun hat.

Ich kratze mir Jazz' getrocknetes Blut von der Hand.

»Ich will aber nicht zurück«, sage ich schlicht. »Und ich verstehe nicht, wie du es wollen kannst, wo du jetzt weißt, was da läuft.«

»Ich werde Zweitklassenbürger. Ich werd so sein wie du.« Er tut, als sei das die großartigste Geste der Welt. Ich kann gerade noch die Hände hinter meinem Rücken verschränken, um ihm nicht in seine Gockelbrust zu boxen.

»Hast du irgendeine Vorstellung davon, wie es sich so lebt als Second? Tanzt du gern oder rennst oder knutschst oder machst sonst was halbwegs Normales? Denn wenn du erst mal so bist *wie ich*, dann löhnst du für jeden Atemzug. Glaubst du, das ist ein Leben, das ich gerne zurückhätte oder das ich Quinn wünsche? Raus aus der Spezialeinheit und rein in Zone Drei macht überhaupt nichts besser. Du versteckst dich, sonst nichts. Versteckst dich wie ein Feigling.« Ich klappe den Mund zu. Vor lauter Gebrüll hab ich schon Halsweh. Oscar sieht aus wie ein geprügelter Hund, obwohl ich ihn nicht mal angerührt habe.

»Ich will einfach niemandem mehr wehtun«, flüstert er, ohne mich anzuschauen.

»Dann kämpf, damit sich was bessert.«

Jetzt ist er es, der explodiert. »Und wie soll ich das bitte anstellen? Die Rebellen haben Jahre gebraucht, um Setzlinge zu stehlen und eine neue Welt aufzubauen. Ich bin ganz alleine. Tu nicht so, als könne ich einfach die Regierung stürzen.«

Vielleicht nehme ich ihn zu hart ran, aber das hat seinen Grund: Nur Leute in seiner privilegierten Position können etwas verändern. »Was, wenn wir die Regierung stürzen *könnten?*«, frage ich.

Er stampft auf eine Glasflasche und zermahlt sie zu Splittersand. »Wie denn?«, fragt er.

Da bin ich noch überfragt. Aber er ist bereit dazu, das weiß ich jetzt. Und wo ein Wille ist, ist auch ein Weg.

QUINN

Die Zip aus dem Sequoia-Arsenal sieht aus wie ein unter Hängen und Würgen aus dem Sumpf geschleiftes Urzeitvieh. Der Lack ist abgeblättert, die Flügel verrostet. Ich bezweifle schwer, dass sie es überhaupt in die Luft schafft, geschweige denn zur Stadt und wieder zurück, und in jedem anderen Fall würde ich mich weigern, einen Fuß reinzusetzen. Maks deutet meine Miene richtig und tätschelt die Maschine. »Das Prachtstück hier hab ich in einer alten Royal-Air-Force-Kaserne gefunden«, sagt er.

Ich klettere hinten rein, neben so einen Typen mit völlig abgekauten Fingernägeln. Als er mich sieht, krallt er sie schnell außer Sichtweite ums Gewehr.

Maks setzt sich neben den Piloten. »Hier«, sagt er und wirft zwei Paar Riesenkopfhörer nach hinten. »Alles bereit«, krächzt seine Stimme heraus.

In die Zip kommt Leben, die Propeller rotieren so heftig, dass ich durchgeschüttelt werde. Der Pilot zieht die Nase hoch und sagt: »Kontrollturm Sequoia. Startrichtung null-sieben. Planflughöhe achthundert Fuß. Unmittelbar startbereit.«

»Hier Sender Sequoia. Durchsage verstanden. Startfreigabe erteilt«, höre ich.

»Verstanden.« Der Pilot drückt den Schubregler nach vorn und die Zip hebt sich vom Asphalt. Es quietscht wie tausend ungeölte Türscharniere und ich klammere mich am Sitz fest, gelähmt vor Panik, dass das Ding in der Luft in all seine Einzelteile zusammenfällt.

Der Pilot schiebt den Steuerknüppel vor und die Nase der Zip reckt sich unter noch größerem Geruckel und Gequietsche himmelwärts. Doch bald sind wir in den Wolken und schauen runter auf ein Land voll grauer und schwarzer Geröllberge und unwegbarer, ruinierter Straßen. Der Anblick ist völlig neu für mich und ich will alles in mich aufsaugen, doch die Angst um Jazz und Bea verbietet mir das. Hoffentlich kommen wir nicht zu spät.

Ein Schlingern nach links und ich muss mich am Türgriff festhalten, um nicht quer über die Sitze zu taumeln. Wir zischen über einen breiten Fluss und ein überspültes Dock.

»Nur bisschen windig. Kein Problem«, sagt der Pilot und bringt die Maschine wieder auf Kurs.

Maks windet sich in seinem Sitz und schaut mich an. »Schiss?«, fragt er. Ich schüttle den Kopf. *Nein.* Er hebt die Augenbrauen. »Solltest du aber. Ich würde nicht gern in deiner Haut stecken, wenn Vanyas Kind hopsgegangen ist.« Lachend dreht er sich weg. Ich schaue runter auf die Felder und denke an Jazz. Ihr Bein war schon bei meinem Aufbruch entzündet. Und jetzt ist es mehr als wahrscheinlich, dass sie daran gestorben ist, und in dem Fall haben Bea und ich Vanyas Zorn nichts entgegenzusetzen.

Wie wird Bea bloß mit der Einsamkeit fertig? Ob sie im Bahnhof geblieben ist? »Wie lang brauchen wir noch?«, frage ich, aber meine Kopfhörer haben kein Mikro und bei dem Propellerlärm hört mich sowieso keiner.

Mir bleibt nur warten. Sonst nichts.

BEA

Seit einer Stunde bewegen Oscar und ich uns jetzt im Kreis. Raus auf den Balkon, rein ins Restaurant, Ideen sammeln für den Sturz des Ministeriums. Doch auf jede Idee kommen hundert Schwachstellen. Nach allem, was geschehen ist, brauchen wir einen wasserdichten Schlachtplan.

»Das bringt nichts«, sagt er schließlich und lässt sich in einen der Balkonsessel fallen. »Wenn's eine Möglichkeit gäbe, wäre längst vor uns wer draufgekommen.«

Das kann ich nicht unterschreiben. Nur weil es bisher niemand geschafft hat, heißt das nicht, dass es auch in Zukunft unmöglich sein wird. Ich mag eine Niete in Nahkampf und Schießen sein, aber auf mein Hirn ist Verlass. Und deshalb wird mir etwas einfallen.

»Du hast mir erzählt, dass die Armee seit dem Hain ziemlich dezimiert ist.« Ich setze mich neben ihn und konzentriere mich ganz auf ein eingeschlagenes Fenster im gegenüberliegenden Gebäude.

Er schüttelt den Kopf. »Nicht genug, um die Kuppel

verwundbar zu machen. Und außerdem ist Jude schon wieder am Rekrutieren.«

Irgendwie hat es eine Gabel hier rausgeschafft. Ich hebe sie auf und schleudere sie über die Straße, wo sie durchs Loch in der Fensterscheibe verschwindet. Oscar lacht. »Spitzenwurf«, sagt er.

Da regt sich irgendein Samenkörnchen in mir. Ich stehe auf und stütze mich aufs Geländer. »Wenn es stimmt, dass Jude so was wie ein Wendehals ist, dann müssen wir bei ihm ansetzen«, sage ich.

Oscar zuckt die Schultern. »Der ist genauso eine Marionette wie ich.«

»Aber er ist eine mächtige Marionette. Die vertrauen ihm immerhin ihre Armee an, oder?« Ich warte ab und sehe Oscar an. Die Lösung kommt ... da kommt sie schon ...

Und da ist sie.

Ich schnappe mir Oscars Hand und zerre ihn hoch. »Du hast gemeint ...« Ich hole tief Luft. Ich habe Angst, die Idee könne wieder verschwinden, wenn ich sie nicht gleich in Worte fasse. »Du hast gemeint, Jude ist am Rekrutieren. Was wenn ...« Könnte das klappen? Würde Quinns Vater da mitspielen? »Was, wenn er nur Seconds mit Sympathie für die Rebellen rekrutiert? Er könnte sie ausbilden und ihnen Waffen und Insiderinformationen verschaffen. Das könnte funktionieren, Oscar. Oder nicht?«

Einen Augenblick lang denkt er nach, dann drückt er meine Hand, starrt mich an und beginnt zu lächeln. »Oh verdammt ... das könnte klappen.«

Gerade will ich ihn umarmen und ihm verraten, dass Quinn schon auf dem Weg ist und wir deshalb einfach nur abwarten müssen, als mir plötzlich ein nur allzu vertrautes Geräusch die Nackenhaare aufstellt. Der ganze Bahnhof vibriert, ein heftiges Donnern am Himmel wie bei einem schrecklichen Gewitter. »Du hast Zips gerufen.« Ich lasse seine Hand fallen und weiche zurück.

Oscar schüttelt wie wild den Kopf. »Das hab ich nicht. Ehrenwort!« Auf einmal wirkt er völlig überfordert.

»Zieh die Klamotten aus«, weise ich ihn an. Er begreift sofort, denn kaum steige ich aus meinen Kleidern, macht er es mir nach. Ich schnüre meine Stiefel auf. »Wir müssen kalt sein, damit die Thermosensoren uns nicht aufspüren.«

»Ja ja. Aber zerschneid dir nicht die Füße«, warnt er mich. Ich löse die Schnürsenkel und rupfe mir die Hosenbeine über die Stiefel. In Unterwäsche hat er mich schon gesehen, doch das Schamgefühl bleibt. Ich schlucke meine Verlegenheit runter und konzentriere mich aufs Überleben.

Draußen auf dem Balkon reibe ich mich mit einigen Handvoll Dreck ein, der noch gefroren in den Ecken klebt, und Oscar folgt meinem Beispiel. Keine Chance, nicht zu bemerken, wie muskulös sein Körper ist. Und wie gebräunt. Neben ihm wirkt meine Haut bleich und dürr. Zitternd reibt er sich mit Schnee ein.

Und da kommt schon die Zip, schlängelt sich im Anflug zwischen den Gebäuden hindurch. Sie ist viel kleiner als die, die ich mit Alina und Maude gesehen habe, und sie fliegt tief. »Die kommt von Westen«, brüllt Oscar über den Motorenlärm. »Die Kuppel liegt östlich.« Das heißt, sie kommt aus der falschen Richtung.

»Wer ist es dann?«, schreie ich. Könnten das Quinn und Alina sein? Sie hat schließlich schon einen Panzer gestohlen – warum nicht auch eine Zip? Aber wie sollte sie die fliegen?

Wir hasten rein und wie ein Trottel halte ich mir schützend die Hände über den Kopf. Das Dröhnen der Propellerblätter wird schwächer, dann wieder stärker, als sie über uns ihre Kreise ziehen. »Die wissen, dass wir hier drinnen sind«, brülle ich.

»Hier lang!« Wir haben keine Zeit, uns wieder anzuziehen, und so stopfen wir alles in Oscars Rucksack und hasten die Stufen hinunter. Es ist ohrenbetäubend laut hier. Die Zip landet auf der Straße, die wirbelnden Propeller verteilen Schutt in alle Richtungen. »Beeil dich!«, drängt Oscar. Ich folge ihm durch den Bahnhof, springe über menschliche Knochen und raus auf die Straße. Oscar steuert auf eine Turmuhr zu, die ihre Zeiger eingebüßt hat.

Er rennt voraus, der Abstand zwischen uns wird immer größer. Als der Lärm der Zip endlich verhallt und alles ruhig ist, bleibe ich stehen. Oscar winkt mir, ihm zu folgen, doch mein Herz rast zu sehr für Worte und so holpere ich mühsam auf ihn zu und lasse mich von ihm an der Hand weiterschleifen. »Was ist los?«, flüstert er.

»Ich war kein Premium.« Verwirrt fasst er sich ans Ohrläppchen. Ohne meine Hand loszulassen, zieht er mich eine Gasse hinunter.

»Ganz langsam atmen«, sagt er. Ich halte an und hole

ein paarmal tief Luft, während er wieder in Hose, Hemd und Mantel steigt.

»Hier!«, ruft eine Stimme ganz in unserer Nähe. Oscar nimmt mich wieder bei der Hand und wir verstecken uns hinter einer stinkigen alten Mülltonne. Er hält seinen Mantel auf und zieht mich mit darunter. Ich spüre seine Brust an meinem Rücken und lasse mich tiefer in seine Wärme sinken. Er legt seine Hand samt Pistole auf meinen Bauch.

»Okay?«, flüstert er. Mir klappern die Zähne. Mir ist viel zu kalt zum Nicken.

Als jemand die Gasse entlangstreicht, zieht Oscar mich noch enger an sich heran. Knirschende Stiefelsohlen zerquetschen den Müll. Ein Pistolenlauf wird sichtbar. Und ein Gesicht.

Quinn.

»Bea?« Da bin ich, dicht an Oscar gekuschelt, und Quinn fallen die Augen aus dem Kopf.

Wieder hören wir Schritte, dann eine Stimme in der Gasse. »Siehst du was?«

Quinn wendet den Blick ab. »Nichts. Ich schau noch dort hinten. Weit können sie ja nicht sein.« Die Schritte entfernen sich.

Ich befreie mich aus Oscars Umklammerung und werfe die Arme um Quinn. Er steht stocksteif da. »Quinn«, flüstere ich, bücke mich und ziehe mir Oscars Pulli über den Kopf. Meine Beine sind nackt. Quinn kann nicht hinschauen, ebenso wenig wie Oscar. Ich spüre Tränen in meinen Augenwinkeln, doch ich wische sie mir rasch mit dem Handrücken weg.

»Oscar Knavery?«, sagt Quinn. »Und wo ist Jazz?«

»Dein Vater hat sie abgeholt«, sagt Oscar. »Sie ist in Sicherheit.«

»Mein Vater?«

»Er will, dass du zurückkommst. Er wird dich schützen«, sagt Oscar.

Quinn schaut ihn feindselig an. Er traut Oscar genauso wenig über den Weg wie ich am Anfang. »Lass uns gehen, Bea«, sagt er und nimmt mich bei der Hand.

»Wo willst du hin?«, fragt Oscar.

»Nicht dein Bier.« Quinn will mich wegzerren, doch ich bleibe einfach stehen.

»Ich glaube, dein Vater sucht echt nach dir, Quinn.« Ich drücke meine Hand an seine Wange, damit er mich ansieht.

Und es funktioniert. »Du glaubst ihm?«, fragt er. Doch hier geht's nicht darum, ob ich Oscar glaube oder nicht, hier geht es um Quinn und seine Chance auf eine Versöhnung mit seinem Vater. Wenn mir irgendwer so was in Aussicht gestellt hätte, dann hätte ich ihn zumindest ausreden lassen.

»Wir haben einen Plan, wie wir das Ministerium loswerden, wenn wir deinen Vater zum Mitmachen überreden können.«

»Dir hört er ganz bestimmt zu, da bin ich mir sicher«, sagt Oscar.

»*Mir?* Der hasst mich. Geh einfach nach Hause, Oscar.« Quinn klingt gönnerhaft. Aber das hat Oscar nicht verdient. Er war einfach nur freundlich und ohne ihn wären wir nicht mehr am Leben, Jazz und ich.

»Komm zurück in die Kuppel und wir packen die Veränderungen gemeinsam an«, sagt Oscar und lässt eine Faust in seine Hand fallen. »Warum sich hier draußen abquälen?«

Quinn lacht. »In der Kuppel wird sich höchstens was verändern, wenn einer dieser Minister den Löffel abgibt«, sagt er.

»Dann lasst uns da doch etwas nachhelfen«, entgegnet Oscar.

Damit hat er Quinns Aufmerksamkeit. Er stupst Oscar in die Brust. »Als ob du dein schickes Haus und dein Atelier für jemanden wie Bea aufs Spiel setzen würdest.«

»Er meint es ernst«, sage ich, obwohl ich dafür auch nicht die Hand ins Feuer legen kann. Ich weiß nur, was er mir erzählt hat.

»Wo stecken die denn?«, ruft jemand hinten auf der Straße. Quinn blinzelt und schaut mich an.

»Die Ausgestoßenen würden weder dem Sohn von Jude Caffrey noch dem von Cain Knavery über den Weg trauen. Ich brauche euch beide«, sagt Oscar.

»Vanya hackt dir die Leber raus und verspeist sie zum Abendessen«, ruft die Stimme.

Quinn umfasst mein Gesicht. Oh, er hat mir so gefehlt. »Besteht der Hauch einer Chance, dass das funktioniert?«, fragt er.

Ich nicke. »Dein Vater hat Jazz mitgenommen. Ich glaube, bei ihm tut sich was, Quinn. Wenn auch nur eine vage Möglichkeit besteht, dann sollten wir die beim Schopf packen, oder?«

»Vanya ist völlig übergeschnappt. Wenn wir da ohne Jazz wieder antanzen, sind wir geliefert. Sie ist Vanyas Tochter«, sagt Quinn mehr zu sich selbst als an uns gerichtet. Plötzlich packt er Oscar am Mantelkragen. Oscar nimmt es gelassen. »Ich kann dir nur raten, dass das keine Falle ist«, sagt er und steigt hinter die Mülltonne, außer Sichtweite von der Straße. »Jetzt müssen wir nur noch hier rauskommen«, sagt er.

»Hier lang«, sagt Oscar ohne weitere Diskussion und rennt bis zum Ende der Gasse. Wir folgen ihm, doch als wir ihn einholen, dreht er sich leicht panisch zu uns um.

»Da kommt man nicht durch«, sagt er und lädt Munition nach. »Der einzige Weg hier raus führt vorbei an deinen Begleitern.«

»Quinn, wir müssen los. Wo steckst du?«, ruft die körperlose Stimme.

Oscar führt einen Finger an die Lippen und zückt die Pistole.

»QUINN!«

Quinn blickt auf Oscars Waffe. »Wenn er nicht genau ins Schwarze trifft, gibt das hier 'ne Katastrophe«, flüstert er mir zu. Ich mache gerade den Mund auf, um ihm zu versichern, wie gut Oscar schießt, als Quinn meine Hand loslässt. »Geh mit Oscar zurück in die Kuppel und ich komme nach. Wenn das hier funktionieren soll, müssen wir alle zum Mithelfen zusammentrommeln. Ich hole die anderen und dann stoßen wir zu euch.«

Mir wird ganz schwindlig im Kopf. »Ich brauch dich«, sage ich zu Quinn. Hoffentlich ist ihm klar, wie ernst mir das ist. Schon als wir nur Freunde waren, habe ich ihn gebraucht.

»Wir brauchen Alina und Silas auf unserer Seite. Das ist ihr Kampf«, meint er. »Außerdem sind sie diejenigen mit der Ausbildung und dem Netzwerk.«

»Aber ...«

»Versteck dich.« Er stößt mich Richtung Wand, wo ich hinter einem Müllhaufen in Deckung gehe. »Du auch«, befiehlt er Oscar, der den Kopf schüttelt und die Waffe im Anschlag hält. »Pass auf Bea auf«, sagt Quinn. Oscar zögert noch kurz und geht dann neben mir auf Tauchstation. Ich scheine regelrecht zu hecheln, denn er legt seine Hand über das Luftauslassventil meiner Maske.

Quinn knöpft seinen Mantel bis oben zu und hängt sich das Gewehr richtig um. »Bleibt da unten«, sagt er.

»Was gefunden?«, erschallt die Stimme.

»Nö«, ruft Quinn.

»Dann lass uns abhauen. Die Ausgestoßenen müssen sie erwischt haben. Das wird Vanya überhaupt nicht gefallen. Bin ich froh, dass du das ausbaden darfst.« Der Mann mit der Stimme schnaubt.

Quinn steht da wie festgefroren, doch kaum ist der Typ weg, schaut er zu mir. Meine Hände sind immer noch mit Jazz' Blut verkrustet. Mein Körper ist magerer denn je und hat seit Ewigkeiten kein Wasser mehr gesehen. Ich sehe genauso aus wie jemand, den man beschützen muss. »Ich liebe dich, Bea«, sagt er, und ehe ich protestieren oder ihm sagen kann, dass ich ihn auch liebe, ist er schon die Gasse hochgegangen und verschwunden.

ALINA

Vanya wollte mich nicht mit Quinn in der Zip fliegen lassen und so heißt es abwarten. Maude und Bruce müssen im Gewächshaus schuften. Wir anderen sind im Cardio-Fitnessraum und machen Intervalltraining mit einem Mädchen und einem Typen, die wir nicht kennen.

Terry, unser Tischnachbar von gestern, betritt den Raum mit einem Stoß Papieren in der Hand. »Nur für die Neuen«, sagt er. Wir steigen von den Laufbändern und er reicht jedem von uns eine auf festes graues Papier gedruckte Liste. Ich reibe sie zwischen meinen Fingern.

»Ist das Stein?« Song wendet die Liste in den Händen.

Terry nickt. »Wir haben endlich einen Stapel hingekriegt.«

»Kalk und Harz«, sagt Song. »Haben wir im Hain nie ausprobiert. Sind nicht dazugekommen wegen der Bäume.«

»Was ist das überhaupt?«, fragt Dorian beim Überfliegen.

»Euer Zeitplan für morgen. Die endgültigen kommen bald nach.«

Ich beäuge den Stundenplan. Die Vormittagsaktivitäten sind keine große Überraschung: Kardiotraining, Meditation, Essenspause. Doch das gesamte Abendprogramm besteht aus etwas, das sich Verpaarungszeremonie nennt.

Dorian wedelt mit dem Papier vor Terry herum. »Verpaarung?«

»Ihr bekommt eure Aufgabe und einen Partner zugeteilt und zieht dann ins Haupthaus. Jedenfalls die meisten von euch. Manche kriegen auch erst nur die Aufgabe und die Verpaarung erfolgt dann später.«

Silas, der nach fast einer Stunde Ausdauertraining ziemlich außer Atem ist, wiederholt Dorians Frage. »Verpaarung?«

Terry fingert an den Blättern herum, die er noch in der Hand hält. »Hat Vanya euch das noch nicht erklärt?« Silas schüttelt den Kopf. »Ihr bekommt feste Partner zugeteilt«, sagt Terry.

»Wie Arbeitskollegen«, sagt Song. »Ich hab gesehen, dass die Leute da paarweise zusammenarbeiten, und mich schon gewundert.«

»So in etwa.« Terry lächelt und will sich schon aus dem Staub machen.

Silas hält ihn zurück. »Also könnte ich der Partner von Alina werden?«

»Na ja, wohl kaum, weil ihr Cousin und Cousine seid«, sagt Terry und trippelt von einem Bein aufs andere. »Genetisch müsst ihr schon kompatibel sein, nicht wahr?« Silas verzieht das Gesicht. Dorian und Song, die nebeneinanderstehen, ziehen die Augenbrauen hoch.

Nach all diesen Untersuchungen, durch die sie uns gejagt haben, ist das auch kein großer Schock mehr. Nicht nur, dass Vanya darüber entscheiden will, wie wir den Rest unseres Lebens verbringen, sie will uns auch unsere Lebenspartner aussuchen. Ich sehne mich schon fast zurück in die Kuppel. Fast.

»Fortpflanzung wird sehr begrüßt und die meisten Paare werden Kinder zeugen, die hier eine echte Überlebenschance haben.« Terry wedelt mit dem Arm im Zimmer herum, meint aber das Große dahinter – die Erde. »Ganz natürliche Sache, denk ich mal.«

»Ganz natürlich?«, äfft ihn Silas zähneknirschend nach.

»Aber wo stecken denn die ganzen Kinder?« Ich versuche, meine Stimme unter Kontrolle zu behalten, als mir das Mädchen auf dem Dachboden wieder einfällt, die Angst in ihren Augen, und der Arzt, der sie unbeteiligt und kühl ihren Wehenabstand messen ließ. Ist das mein Schicksal, wenn wir hierbleiben – die Mutterschaft?

»Wir behalten sie in der Kinderstube und trainieren sie von Geburt an«, sagt Terry.

»Ihr nehmt den Mädchen ihre Babys weg?« Das Entsetzen in meiner Stimme ist nicht zu überhören.

»Ich hab nicht das leiseste Bedürfnis, mich fortzupflanzen. Und zwar *jemals*«, sagt Silas. Nachdem er Inger geliebt und verloren hat, überrascht mich seine Empörung nicht im Mindesten.

»Aber bei uns leben willst du durchaus. Und genau darum geht es bei uns«, sagt Terry schlicht.

Silas setzt sich ans Ende seines Laufbands und stützt den Kopf in die Hände. Wir kauern uns um ihn herum. Für weitere Fragen sind wir viel zu geplättet, und da Terry hier offensichtlich auch nichts zu melden hat, achtet keiner auf seinen diskreten Abgang. »Das ist eine Babyfabrik hier«, sagt Silas. »Kein Wunder, dass sie sich null für Maude und Bruce interessieren.« Er wirft einen Seitenblick auf das trainierende Paar bei uns im Zimmer. Sie triefen vor Schweiß und sind sicher viel zu erledigt zum Lauschen, aber Silas steht auf und winkt uns sicherheitshalber trotzdem rüber in die andere Ecke. »Wir müssen von hier verschwinden«, sagt er.

»Und wo sollen wir hin?«, fragt Dorian.

Silas funkelt ihn an. »Wen interessiert's?«

»Vielleicht werden wir ja mit jemand ganz Normalem gepaart«, sagt Dorian. Meint er das ernst? Hört der sich überhaupt zu, was er da von sich gibt?

»Ja, coole Sache. Vielleicht kriegst du eine ganz scharfe Braut ab«, sagt Silas. »Sieh das Ganze doch mal aus Alinas Perspektive.« Aber genau das möchte ich nicht – ich will nicht, dass ihre Entscheidung sich an meinem Geschlecht festmacht. Es muss für uns alle das Beste sein.

»Wir können hier nur weg, wenn sonst wirklich gar nichts mehr geht«, sagt Dorian. »Da draußen gibt's keine Luft. Da sind wir binnen einer Woche tot.«

»Nach dieser lächerlichen Zeremonie werden die uns zwingen, mit ...« Silas tritt gegen eine Wasserflasche am Boden. Ich drücke ihn an mich, damit er aufhört zu zittern. Er stößt mich weg. »Inger ist tot und ich soll da einfach drüber hinwegkommen und es mit irgendeinem Mädchen treiben?« Silas und Dorian stehen sich Aug' in Aug' gegenüber, bereit, aufeinander loszugehen. Song schiebt sie auseinander und baut sich zwischen ihnen auf.

»Solange wir nicht wissen, was mit Quinn, Bea und Jazz ist, können wir eh nichts machen«, sage ich.

»Dann warten wir ab«, meint Dorian.

Silas verdreht die Augen. »Wenn wir abwarten, haben wir vielleicht keine Chance mehr, drüber zu reden. Sorry, aber welchen Aspekt dieser widerlichen Angelegenheit hast du noch nicht geschnallt?«

Dorians Augen werden groß und er hebt die Faust, als wolle er Silas eine reinhauen, als die Tür wieder aufgeht.

Es ist Abel. »Bleibt da«, sagt er, blickt zu mir und schüttelt Silas die Hand. »Terry hat gemeint, ihr wärt hier und würdet euch ziemlich aufregen über das, was er euch erzählt hat.«

»Wir dachten, du wärst tot. Und sonst noch so einiges«, sagt Silas.

»Ihr kennt euch?«, fragt Dorian, die Hände immer noch zu Fäusten geballt.

»Weißt du noch, als ich in den Hain gekommen bin und dir erzählt habe, dass Abel umgebracht worden ist? Das ist er«, sage ich. Eine Sekunde lang kann ich Abel ansehen, dann muss ich meinen Blick wieder abwenden

»Aber du bist keiner von den Rebellen«, sagt Dorian zu Abel.

Abel beachtet ihn gar nicht. »Die hätten euch schon abgeknallt, bevor ihr überhaupt am Brunnen vorbei wärt. Außerdem, wo wollt ihr denn hin? Wenn ihr nicht erstickt, dann verhungert ihr halt. Und wenn ihr wieder angekrochen kommt, und so wird es sein, dann wird Vanya euch das Leben ganz schön zur Hölle machen.« Die Sache mit der Verpaarung macht mich fertig, aber ich kann mir den Gedanken nicht verkneifen, wie es wäre, Abel zugeteilt zu bekommen. Wenn ich die Gewissheit hätte – würde das was ändern?

»Genau das sag ich ja die ganze Zeit«, meint Dorian, als sei Abel sein bester Kumpel. Er kreuzt die Arme vor der Brust. Wir anderen schauen zu Silas. Wenn er und Dorian sich nicht irgendwie einigen, dann reißt es unsere Gruppe auseinander und dafür haben wir schon zu viele von uns verloren.

»Was auch immer wir machen, wir tun es gemeinsam«, sage ich.

»Dann bleiben wir«, sagt Dorian.

»Wir *gehen*«, verbessert Silas.

»Wartet eine Woche ab«, schlägt Abel vor. »Wenn ihr dann meint, dass ich unrecht hatte, helfe ich euch bei der Flucht.«

»Und was springt für dich dabei raus?«, fragt Silas.

Abel stutzt und blickt dann mich an. »Die Rebellen haben etwas durchaus Sinnvolles getan. Gemeinsam können wir Vanya vielleicht klarmachen, dass die Baumzucht auch etwas Gutes hat.« Ich beäuge ihn genau. Das klang gerade reichlich herablassend, oder?

Doch selbst wenn, Song stört sich nicht dran. »Aber Vanya hat ihre Meinung zum Thema Pflanzenzucht schon ziemlich deutlich gemacht, als sie aus dem Hain abgehauen ist«, sagt er.

»Dann müssen wir ihr zeigen, dass sie falschliegt«, sagt Abel.

Silas seufzt, lange und tief, und wirft den Kopf in den Nacken. »Drei Tage«, sagt er. »Aber wir müssen uns noch unterhalten, Abel.«

Das Haus erzittert und wir verstummen. »Die Zip ist wieder da«, sage ich.

QUINN

Der Sitz neben mir ist leer und in mir zieht sich alles zusammen, wenn ich daran denke, wie Beas Kopf an Oscar Knaverys Brust gelegen hat.

Die Zip sinkt polternd zu Boden, wir ziehen die Ohrschützer ab und springen aus dem Flugzeug.

Maks bringt mich zu einem Außengebäude und tritt die Tür auf. »Sag Vanya, wir sind wieder da«, trägt er dem Piloten auf, der hastig abdüst. Ich werde einen Gang hinuntergezerrt bis zu einem Raum, von dem vier Zellentüren abgehen. Ein Mädchen um die fünfzehn, sechzehn mit olivfarbener Haut sitzt in einer, in einer anderen ein etwa gleichaltriger Typ. Verängstigt blickt sie auf. »Wir haben nichts mitgehen lassen«, sagt sie.

»Warum sollten wir auch?«, fügt der Junge hinzu.

»Lass uns hier raus, bitte.« Sie drückt das Gesicht zwischen die Gitterstäbe.

»Schnauze«, sagt Maks und sofort flitzt das Mädchen von den Gitterstäben weg in eine Ecke. Er dreht sich zu mir und weist auf eine freie Zelle. »Da rein«, sagt er.

»Was hab ich verbrochen?«

Er hebt eine Augenbraue und bringt mich damit sofort zum Schweigen. Wenn er wollte, könnte er mich problemlos zu Mus machen.

Er hat noch nicht mal die Tür verriegelt, als Vanya hineingeprescht kommt und direkt auf meine Zelle zustürzt. »Wo ist sie?« Sie bohrt mir ihren Finger in die Brust.

»Sie sind wahrscheinlich entführt worden. Wir haben drei tote Ausgestoßene im Bahnhof gefunden. Sieht so aus, als hätte da vor Kurzem ein Kampf stattgefunden«, sage ich. Vanya presst den Verbindungsschlauch zwischen meiner Flasche und der Gesichtsmaske zusammen und kappt damit meine Sauerstoffversorgung. Ich reiße mir die Maske runter und versuche zu atmen. Sinnlos. Als würde ich kochendes Wasser schlucken. Ich huste und pruste, bis Vanya meinen Schlauch freigibt. Ich halte die Maske wieder über Mund und Nase und inhaliere, so tief ich kann.

»Ich bin *außerordentlich* enttäuscht«, sagt sie.

»Das war keine Lüge. Da waren wirklich drei Leichen im alten Bahnhof und Blut ohne Ende«, wendet Maks ein. »Erst kürzlich verreckt, würd ich sagen.«

Vanya reibt sich den Kopf und beginnt, im Kreis herumzutigern. »Lass mich eine Frage stellen. Ist es möglich, dass Jazz nie bei dir war? Könntest du gewusst haben, dass sie meine Tochter ist, und dir einen feinen Plan zurechtgelegt haben, mich auf die Suche nach deiner Freundin zu schicken?«

»Jazz hat als Einzige gewusst, wo's langgeht. Nur sie konnte uns führen.«

»Meine Tochter hat euch hierhergeführt«, sagt Vanya und ihre Augen werden etwas weicher. Maks geht auf sie zu und streichelt ihr sanft über den Rücken. Sie weicht ihm aus.

»Wenn du mir die Wahrheit erzählt hast, ist Jazz so gut wie tot und du bist völlig nutzlos für uns.«

»Er würde hier ganz gut reinpassen«, murmelt Maks.

»Würde er das?« Vanya dreht sich um und ist schon verschwunden.

Maks lässt die Tür zufallen und schiebt den schweren Riegel vor.

»Warum sperrst du mich ein?«, frage ich noch mal. Und für wie lange? Die anderen müssen erfahren, dass wir in die Kuppel zurückkehren und das Ministerium stürzen wollen.

Maks lacht. »Ob du jetzt hier pennst oder im Haupthaus ist völlig schnuppe. Du warst ein Gefangener, seitdem du hier einen Fuß reingesetzt hast.«

ALINA

Zur Explosion kommt es nach dem Abendessen in der Hütte. »Willst du mich erwürgen? Dann bitte, nur zu«, brüllt Dorian. Er reißt sich die Jacke vom Leib und schiebt seine Hemdsärmel hoch.

Song postiert sich wieder zwischen den beiden, damit sie sich nicht gegenseitig den Hals umdrehen. »Beruhigt euch«, sagt er.

Maude und Bruce liegen mit im Nacken gefalteten Händen in ihren Betten. »Wie wär's mit 'nem feinen, altmodischen Boxkampf. *Dingdong – erste Runde!*«, sagt Maude.

Bruce lacht, steht jedoch auf und postiert sich ebenfalls zwischen Dorian und Silas. »Keine Ahnung, was hier abläuft, Jungs, aber so übel wie wir werdet ihr's nicht erwischt haben«, sagt er und zeigt uns seine blasenbedeckten Hände. »Was soll das bringen, dieses gegenseitige Zerfleische?«

Silas geht zum Fenster und zieht das Rollo hoch. Es ist schon finster. »Der Laden hier bringt mich zum Wahnsinn.«

»Silas hat vergessen, dass eine Revolution nur dann gelingen kann, wenn jeder ein Opfer bringt«, sagt Dorian.

»Und Dorian hat vergessen, dass wir unsere Freunde nicht opfern«, schleudert Silas zurück. Er versucht, das Fenster aufzumachen, und als das nicht klappt, geht er zur Tür und zerrt an der Klinke. »Kriegst du die auf?«, fragt er Song.

Song geht in die Hocke und untersucht das Schloss.

»Wo willst du hin?«, frage ich und geselle mich zu Silas an die Tür.

»Die Zip ist wieder da, aber Quinn war nicht beim Abendessen. Und Bea und Jazz auch nicht. Ich werd nach ihnen suchen. Ich will wissen, was da läuft.«

»Du willst uns auf Teufel komm raus in die Scheiße reiten, oder?«, bellt Dorian.

»Tja, leider scheinen sie ja allen anderen hier am Arsch vorbeizugehen«, sagt Silas.

»He!« Ich gebe ihm einen Schubs. Wenn sich hier wer um Quinn und Bea sorgt, dann bin ich das; ich kenne sie besser als jeder andere hier und hab sie überhaupt erst in die Sache reingezogen.

»Ich begleite dich«, sage ich.

»Wart mal«, sagt Maude und springt vom Bett. Sie reicht Song eine Haarnadel. Er biegt sie gerade und steckt sie ins Schloss. Ein paar angestrengte Minuten später macht es klick.

Doch Song hat damit nichts zu tun. In der Tür steht Wren, das Mädchen aus dem Speisesaal mit den Eisaugen und dem Kopftuch. Sie trägt schwere rote Stoffbahnen über dem Arm.

»Ich komme mit Geschenken«, sagt sie, betritt die Hütte und wirft den Stoff auf mein Bett. Wir scharen uns um sie. Sie hebt ein Bündel auf und entfaltet es zu einer langen, roten Robe mit Schnallen vorne. »Für die Zeremonie. Einheitsgröße.« Sie reicht jedem von uns eine. Maude und Bruce beobachten uns genau. Von der Verpaarungszeremonie haben wir ihnen noch nichts erzählt.

»Und wann werd ich in den Adelsstand erhoben? Wenn, dann würd ich gerne in die königlichen Gemächer umziehen und einen Lakaien für mich buddeln lassen«, sagt Maude. »Außerdem soll mir wer die Füße massieren.«

Wrens Blick fällt auf Maudes knotige Füße und sie reicht ihr eins der Gewänder. »Für dich.«

Strahlend lässt Maude sich die Robe über den Kopf gleiten. Silas und ich wechseln einen Blick. Wenn sie auch eingeladen sind, kann es nicht nur um Fortpflanzung gehen. Silas' Miene entspannt sich ein wenig und er hält sein Festgewand prüfend auf Armeslänge.

»Haben Maks und Quinn irgendwen gefunden?«, frage ich Wren.

»Ich glaube nicht«, sagt sie. »Alle tot, wie's aussieht. Ermordet oder so.«

»Auch die Kleine? Und Bea?«, fragt Maude. Wren zuckt gelangweilt mit den Schultern. Ich presse meine Kiefer fest zusammen. Bea ermordet? Nach allem, was sie durchgestanden hat?

Das kann ich nicht glauben.

»Und wo steckt Quinn jetzt?«, fragt Silas.

»Den haben sie weggesperrt«, sagt Wren.

»Weggesperrt?«, drängt Silas.

»Jepp.« Ohne eine weitere Erklärung schreitet Wren zur Tür. »Ich hab heute auch endlich ein Festgewand bekommen. Kann's kaum erwarten, mein Gegenstück kennenzulernen.« Sie lässt ihre gelben Zähne aufblitzen, zieht die Tür hinter sich zu und schließt ab.

»Was für 'ne hässliche Ziege«, sagt Maude. »Ich hab ja wenigstens 'ne Ausrede, ich bin steinalt.« Sie kehrt zu ihrem Bett zurück und lässt sich fallen.

»Wir sollten drüber reden, Maude«, sage ich.

»Worüber? Ich hab nix zu sagen«, flüstert sie.

Bruce setzt sich neben Maude und küsst ihre Schläfe. »Maddie?«

»Jazz war ein nerviges Gör, aber sie war nur ein Kind«, sagt Dorian, der wieder mehr nach sich selbst klingt. Er faltet sein Gewand zusammen. »Wie viele von uns müssen noch sterben?« Obwohl er eher mit sich selbst spricht, nicken wir einhellig.

»Und jetzt halten sie Quinn gefangen«, meint Silas.

»Weil sie Jazz nicht gefunden haben und Vanya einen Prügelknaben braucht«, sage ich.

»Wir müssen mit ihm reden. Wir müssen rausfinden, was passiert ist«, beschließt Silas.

Song tritt wieder zur Tür. Noch mal versucht er sich mit der Haarnadel am Schloss. Als es nicht funktioniert, lässt er sich zu Boden gleiten. »Hoffnungslos«, meint er.

Maude liegt auf dem Rücken. Sie deutet nach oben: »Nehmt doch 's Dach.« Und als wir emporblicken, sehen wir alle, was sie meint: das Oberlicht.

BEA

Oscar und ich sind in einem Zimmer im Obergeschoss eines alten Hotels unweit des Bahnhofs. Die Dielen knarren und die Wände sehen aus, als könnten sie jeden Moment über uns zusammenbrechen. Oscar schiebt mit Zeigefinger und Daumen ein Guckloch in die schiefen Lamellenjalousien. »Was braucht er so lange?«, überlegt er.

Er lässt sich neben mich aufs Bett fallen. Die Taschenlampe haben wir uns gespart, damit nicht irgendein Ausgestoßener das Licht sieht und meint, hier sein Glück versuchen zu müssen, aber die Furchen in Oscars Stirn kann ich trotzdem erkennen.

Es ist schon wieder eiskalt und ich habe weder mein Schlottern noch meine Sorgen um Quinn im Griff. Wärme suchend rolle ich mich zusammen. »Wie sollen die aus Sequoia entkommen, wenn's da so schrecklich ist?«, frage ich. »Und wie stellt Quinn sich das überhaupt vor? Dass sie einfach zurück in die Kuppel spazieren und uns unter die Arme greifen können?«

Hätte ich nur stärker drauf gedrängt, dass er bleibt.

Ich habe ihn einfach weggehen lassen. Und Maude hat er nicht mal erwähnt. Heißt das, sie ist nie in Sequoia angekommen?

Oscar reibt sich die Augen. »Ich weiß nicht, Bea. Ich weiß nur, dass Jude Quinn will und ich ihm stattdessen ein krankes Kind und die vogelfreie Freundin seines Sohns geliefert habe. Wir sollten uns erst mal drauf konzentrieren, ihn auf unsere Seite zu bringen, und uns danach Gedanken um Quinn machen, okay?«

Er hat recht: Wenn ich Oscar irgendwie nützen und der Tod meiner Eltern irgendeinen Sinn gehabt haben soll, dann muss ich mich auf unsere Aufgabe konzentrieren. »Wir sagen ihm einfach die Wahrheit: Quinn war da und musste wieder weg. Jude Caffrey weiß, wie Quinn und ich füreinander empfinden, und er weiß, dass ich nicht in die Kuppel zurückkehren würde, wenn er mir nicht nachkommt.«

»Du wirkst ziemlich selbstsicher«, meint Oscar. Er steht auf und späht wieder durch die Jalousie.

»Das täuscht.« Ich habe eine Heidenangst davor, an den Ort der Ermordung meiner Eltern zurückzukehren und einen Pakt mit dem Mann anzustreben, der die unzähligen Toten im Hain auf dem Gewissen hat.

Doch wenn ich verhindern möchte, dass andere ihr ganzes Leben unter der Knute des Ministeriums verbringen müssen, bleibt mir nur eine Wahl – Zähne zusammenbeißen und kämpfen.

ALINA

Song macht mir eine Räuberleiter, doch die Luke will und will sich nicht rühren. »Da ist ein Riegel«, sagt Song.

Ich schiebe ihn nach links und jetzt lässt sich das Fenster tatsächlich öffnen. Dann ziehe ich mich hoch aufs Dach und halte den Kopf eingezogen, damit die Patrouille mich nicht entdeckt. Unten in der Hütte helfen Song und Bruce gerade Silas hoch. Seine Hände erscheinen rechts und links der Öffnung und schon hat er sich ebenfalls aufs Dach gezogen. Er kauert sich auf die andere Seite der Luke.

»Es muss nicht stimmen. Das mit Bea«, raunt er in die Nacht.

Mein Magen macht einen Satz. »Ich glaub schon.«

»Lass uns abwarten, was Quinn erzählt«, meint er. »Den Leuten hier glaub ich erst mal gar nichts.«

Ich möchte gar nicht groß drüber nachdenken. Warum auch? Was hätte Denken jemals verändert? Ich robbe zur Dachkante und lasse mich mit den Füßen voran langsam hinuntergleiten. Als ich meinen Griff löse, lande ich unsanft auf der Erde. Diesmal springt das Flutlicht nicht an und ich laufe geduckt in die Stille hinein. Wenige Sekunden später ist Silas neben mir.

Wir halten die Köpfe unten und schleichen uns hinter die Hütte. Wolken verhüllen den Mond, wir sind umgeben von völliger Finsternis. Silas packt zur Sicherheit meinen Jackenzipfel. Als wir bei der letzten Hütte angekommen sind und unsere Augen sich an die Dunkelheit gewöhnt haben, bleiben wir stehen. Der Anbau ist rechts von uns, vor dem Hauptgebäude, die übrigen Nebengebäude zu unserer Linken. Zwischen den Nebengebäuden und uns befindet sich eine große, offene Fläche. Wenn die mit Bewegungsmeldern gesichert ist, fliegen wir auf.

Die Wolkendecke bricht auf und der Mond spendet ein bisschen Licht. Silas lässt rasch den Blick umherschweifen. »Da müssen die Zellen sein. Schmale Fenster«, sagt er und deutet auf ein gedrungenes Gebäude in der Ferne. Gerade will er etwas hinzufügen, als wir gedämpfte Stimmen hören. Wir drücken uns platt an die Wand, als plötzlich Vanya und Maks erscheinen. Ruhig atmen, leise atmen …

»Tut mir leid mit deiner Tochter«, sagt Maks.

»Für mich war sie schon lange gestorben«, antwortet Vanya.

»Vielleicht ist sie's ja gar nicht. Ich trau keinem von denen über den Weg«, meint er. »Die haben es faustdick hinter den Ohren.«

Vanya lächelt. »Na und? Den anderen Verrätern hat ihr Hirn bei uns auch nicht groß was gebracht, oder?«

Während sie im Duett kichern, wird plötzlich alles in grelles Licht getaucht. Ich ziehe schnell den Kopf wieder um die Ecke und greife instinktiv nach Silas' Hand. Er legt einen Finger auf das Luftauslassventil meiner Maske. Als ob er mich noch ermahnen müsste, keinen Mucks zu machen.

»Was treiben die Idioten da?«, sagt Vanya. »Geh und schalt das Flutlicht wieder aus.« Maks nimmt die Beine in die Hand.

»Da ist Vanya«, sagt eine neue Stimme.

»Was treibt ihr da eigentlich? Was, wenn euch jemand sieht?«, zischt Vanya und die Flutlichter erlöschen. Ich schiebe mein Gesicht wieder um die Ecke. Silas drängelt sich hinter mich und späht über mich hinweg. Wo eben noch Maks stand, schleppen jetzt zwei Männer ein langes, in Plastik gehülltes Objekt. Sie legen ihre Last ab und keuchen vernehmlich.

»Der Geländewagen hat den Geist aufgegeben«, informiert einer der Männer Vanya. »Mussten's dann selber tragen.«

»Schaff diesen Müll einfach raus, wo er hingehört. Und wenn ich euch noch mal bei so was erwische, dann werdet *ihr* in Plastik eingewickelt.« Vanya tritt einmal heftig gegen die Rolle und dampft wutentbrannt ab, während die Männer ihr nachgucken.

»Hat die ihre Tage, oder was?«, flüstert der eine. Der andere kichert. Als sie ihr Bündel wieder hochheben, zupft mich Silas am Ellbogen. »Wir müssen ihnen nach«, flüstert er.

»Warum?«

»Willst du einen Tipp abgeben, was in dem Plastik steckt, oder soll ich?«

»Und was ist mit Quinn?« Wir müssen rausfinden, ob's ihm gut geht und was mit Bea passiert ist.

»Was, wenn das da Quinn *ist*?«, fragt Silas. Ich starre auf die Rolle. Wenn Silas recht hat, können wir keinen Tag länger bleiben, Abel hin oder her.

»Das glaub ich nicht«, flüstere ich.

»Er war nicht beim Essen.«

»Lass uns das checken.«

Wir folgen den Männern in gebührendem Abstand, geduckt und so dicht an den Gebäudewänden wie möglich. Sie plaudern unentwegt und stöhnen immer wieder unter ihrer Last. »Hätten bis morgen warten sollen«, sagt einer.

»Besser, wir bringen's hinter uns.« Schließlich haben wir die hintere Mauer erreicht, die Sequoia von der Außenwelt abgrenzt. Wie beim Haupteingang sind die oberen Ziegel mit Scherben gespickt. Seufzend lassen die Männer das Bündel fallen und scheinen aus dem letzten Loch zu pfeifen. »Ich brauch Luft«, hustet einer.

»Aber wie. Sobald wir das hier hinter uns gebracht haben, schlag ich mein Lager neben einer Oxybox auf.« Er wühlt in seiner Tasche herum und zieht einen schweren Schlüsselbund hervor, den er im Mondschein untersucht. »Hab ihn«, sagt er und zuckelt zu einer winzigen Stahltür in der Mauer. Der Schlüssel klappert im Schloss und die Tür geht auf.

Die zwei Männer atmen lange aus, bücken sich nach der Rolle und tapsen damit durch die Tür, einer im Rückwärtsgang, der zweite ihn vom anderen Ende her dirigierend.

Sofort sind auch wir bei der Tür. Kurz geprüft, ob die Männer auch wirklich weitergegangen sind, und schon stehlen wir uns raus aus Sequoia.

Ich schließe die Augen und hole tief Luft. »Schnell«, flüstert Silas.

Die Männer sind uns bereits weit voraus, trampeln schwerfällig über den unebenen Boden, vorbei an all den Müllhaufen, die sich hier jenseits der Mauer außer Sichtweite angesammelt haben.

Sie bleiben ein letztes Mal stehen und wir lassen uns hinter einem umgedrehten, fauligen Holztisch fallen. Silas knufft mich in die Seite. Ich hebe leicht den Kopf. Bei den Männern steht jetzt noch eine dritte Gestalt: ein magerer Kerl mit langem Bart und Atemmaske. »Nicht gerade tief, dein Loch«, beschwert sich einer der Träger.

»Erst mal schauen«, murrt der Bärtige und haut mit einem Spatengriff gegen das Bündel. Die Männer lassen es zu Boden fallen und wickeln es aus.

Ich recke mich noch höher, um besser zu sehen: Vor uns auf der Erde liegt ein Mann, leblos und steif. Sein Kopf ist angeschwollen, die Augen quellen hervor. Ich rutsche wieder hinter den Tisch und halte mir das Ventil zu.

»Nicht Quinn«, flüstert Silas, was mich minimal aufheitert.

»Der ist zu fett«, meint der Bärtige. Der Spaten fährt in die Erde, er erweitert das Loch. »Da drüben ist noch ein Spaten«, sagt er.

»Mach du deinen Job, Crab, wir machen unseren.«

Einen Moment ist es still, dann fragt einer der Männer: »Hunger?« Wir hören, wie etwas ausgepackt wird, dann Geschmatze. Ich muss würgen. Wie können die jemanden begraben und gleichzeitig ein Picknick veranstalten?

Und genau da fällt mir die Beschaffenheit des Geländes auf. Im Schein des Mondes wird mir klar, dass es nicht von Natur aus so uneben ist, es ist so geworden durch all die Toten, die hier verscharrt liegen.

Ich stoße Silas an. »Gräber *ohne Ende*«, flüstere ich.

»Wen zum Teufel verbuddeln die hier?«, fragt er. Wir können einander nur anstarren, die Worte sind uns ausgegangen.

»Da habt ihr's«, sagt Crab. Wir spähen über den Tischrand und sehen Crab die Schaufel hinwerfen.

Die zwei Leichenträger legen ihr restliches Essen beiseite und stehen auf. »Du nimmst das Ende da«, weist der eine an.

»Warum soll ich den Schädel anfassen?«, kläfft sein Kollege.

»Der wird dich schon nicht beißen.«

»Dann nimm du doch den Kopf.« Dumm gelaufen für den Ersten, jetzt müssen sie Enden tauschen.

»Eins, zwei, drei.« Damit packen sie den Toten bei den Armen und Beinen, schwingen den Körper hin und her und schleudern ihn in die Grube, wo er krachend aufschlägt.

Crab zwirbelt sich den Bart. »Auffüllen auch?«, fragt er mit einem Nicken Richtung Grab.

»Na, alles vollstinken soll er nicht.«

»Macht nur nicht groß Sinn, wenn dauernd ’ne neue Lieferung kommt.« Crab hebt seinen Spaten auf und steckt ihn in die aufgehäufte Erde.

»Wohl kaum deine Aufgabe, hier Buch zu führen, Crab«, sagt einer der Männer. Dann machen sie sich auf den Rückweg.

»Wir hätten schon vor Ewigkeiten aus Sequoia weg sollen«, flüstert Silas.

»Mit dem Hintereingang haben wir einen Fluchtweg. Von dem wussten wir bisher nichts.«

Silas reibt sich mit beiden Händen über den Kopf. Die beiden Männer sind bereits außer Sichtweite. Wenn wir sie noch einholen und vor ihnen durch die Tür wollen, müssen wir Dampf machen.

Hastig schlängeln wir uns durch den Müll, um die Männer unbemerkt zu überholen. Aber in der Dunkelheit ist alles schwer zu erkennen und wir sind so schnell, dass ich mehrmals stolpere und mit den Schuhen lautstark gegen alte Metallrohre rumple. Schließlich kommt die Mauer in Sicht, die Tür steht sperrangelweit offen und ist keine fünfzehn Meter entfernt, doch es ist zu spät. Die Männer kommen aus dem Gestrüpp geschlendert und sind innerhalb von Sekunden durch die Tür, die hinter ihnen ins Schloss fällt. Wir sprinten hin und packen die Klinke. »Abgeschlossen. Wir müssen über die Mauer klettern.«

»Wohl kaum möglich«, sagt Silas und ich will gerade etwas erwidern, als es einen Schlag tut und er am Boden zusammenbricht.

Ich schreie und ducke mich gerade noch rechtzeitig

zur Seite, als der Totengräber mir den Spaten überziehen will.

»Ausgestoßene!«, brüllt Crab und grapscht nach meiner Atemmaske. Ich trete ihn mit beiden Füßen in die Brust, er fällt zu Boden und das verschafft mir ein paar wertvolle Sekunden, um ihm die Maske runterzureißen. Ich zerre so fest, dass die Schläuche aus dem Tank mitkommen, und er schlägt wild in meine Richtung. Doch im Atmen kann er mit den anderen nicht mithalten und nach wenigen Sekunden gibt er auf und beginnt zu röcheln, als die mageren Luftverhältnisse seine Lungen angreifen.

»Maske her, du Drecksgör«, schnarrt er.

Ich rase zu Silas, schiebe seine Maske zurecht und schüttle ihn. »Wach auf!« Ich hebe seinen Kopf, um nach Wunden zu suchen, aber in der Dunkelheit kann ich kaum was erkennen und plötzlich raschelt es hinter mir und die Maske wird mir runtergerissen. Ich springe auf, wirble herum und habe auf einmal Crabs Hände um den Hals, er drückt zu, die Augen treten ihm fast aus den Höhlen.

Keiner von uns bekommt ausreichend Luft und so landen wir beide zusammengekrümmt auf dem Boden.

Seine Hände umklammern mich so fest, dass ich ihn nicht abschütteln kann. Es fühlt sich an, als wolle er mir das Genick brechen. Ich grabe ihm meine Nägel in die Hand und zerkratze ihm das Gesicht, kämpfe, kämpfe um mein Leben. Doch da fällt ein Schatten über uns.

Silas.

Crab gibt mich frei und startet einen Fluchtversuch, doch Silas hat den Spaten. Crab hält sich völlig sinnlos die Augen zu und Silas haut ihm mit der Schaufel über den Kopf. Lautlos sinkt Crab in sich zusammen. Ein Schaudern durchfährt mich, mein starrer Blick fällt auf Silas.

Der wirft mir seine Atemmaske zu, holt dann meine herbei und schiebt sie sich über Mund und Nase. »Er ist tot«, sage ich.

Silas hebt Crabs Kopf etwas an. »Ja«, meint er. Aus Crabs Kopf tropft eine dunkle, rote Flüssigkeit auf die Erde. So etwas wie Bedauern durchsickert mich, doch ich unterdrücke es sofort. Entweder er oder wir. So war es doch. Nicht wahr?

»Niemand darf ihn finden«, sagt Silas. Er zieht mich auf die Füße.

»Warum nicht?« Mein Hals tut immer noch weh.

»Sonst verdächtigen die noch uns. Ich will nicht der Nächste sein.«

Ich beuge mich runter und hebe Crabs Beine an. Silas übernimmt die Arme. Aus dem zerschmetterten Schädel des Totengräbers tropft das Blut.

Rasch schleppen wir Crab zu dem Loch, das er sich selbst ausgehoben hat, und werfen ihn auf die erste Leiche. »Ich hol den Spaten«, sagt Silas. Ich starre runter auf Crab und den anderen Toten, Wange an Wange, die Gliedmaßen völlig verzerrt.

Kaum ist Silas wieder da, beginnt er zu schaufeln, und als seine Muskeln verkrampfen, übernehme ich. Wir rackern uns ab, bis nichts mehr zu sehen ist. »Wir sind Mörder«, sage ich und wische mir die schweißnasse Hand an der Hose ab.

Auf dem Rückweg versuchen wir, Crabs Blutspur mit Steinen und lockerer Erde zu überdecken. »Lass uns die Sauerstoffflasche irgendwo lagern. Vielleicht brauchen wir die noch«, sagt Silas und lässt mich ein paar Minuten bei der Wand zurück, während er ein gutes Versteck sucht.

Bleibt nur noch das Problem, wie wir wieder reinkommen sollen. Hier am Hintereingang von Sequoia scheint es keine Kameras zu geben, doch die Mauern sind mit Scherben gespickt. Wenn wir rüberklettern, wird jeder beim Frühstück unsere Schnittwunden sehen.

»Alina«, murmelt Silas. Er hat sich hingekniet. »Da ist ein Weg hinein. Oder raus.« Ich kauere mich neben ihn und schaue hin.

Unter der Mauer hindurch hat jemand einen engen Tunnel gescharrt.

»Passt du da durch?«

Silas beantwortet meine Frage, indem er sich Kopf voran in den Tunnel zwängt. Er muss sich winden und quetschen, aber er schafft es, und bald bin ich auch hindurch, von Kopf bis Fuß mit Erde paniert. »Hoffentlich ist das Flutlicht noch aus«, sagt Silas.

Einen Mann umgebracht, mehr haben wir heute nicht erreicht, und als wir zur Hütte hasten, hallt ein Wort in Endlosschleife in meinem Kopf: *Mörderin. Mörderin.*

Genau das bin ich geworden.

QUINN

Gezänk weckt mich auf. »Lass mich in Ruhe«, stöhnt der Junge aus seiner Zelle.

»Wenn du die ganze Zeit schnarchst«, sagt das Mädchen.

»Kann ich nichts für.«

Ich drehe mich auf dem harten Betonboden um. Sie stehen sich gegenüber und rangeln durch die Gitterstäbe miteinander. Als das Mädchen mich entdeckt, hört sie auf.

»Was hast du denn angestellt?«, fragt sie. Ich stehe auf und bürste mir den Dreck ab.

»Nix«, sage ich. »Aber das scheint ja schon zu reichen hier.« Das Mädchen quietscht vor Lachen. Kichernd verpasst sie dem Jungen noch eine. Aber das ist kein echtes Lachen, das ist Hysterie. »Kommt man hier irgendwie raus?«, frage ich. Weiter oben bei der Decke gibt es ein ganz schmales Fenster, aber das war's auch schon.

»Fluchtaktionen kann ich eher nicht empfehlen«, meint der Junge. Er zieht sein Hemd hoch und zeigt mir seine grün und blau gefleckte Brust.

»Maks?«, frage ich.

Er nickt, schiebt seine Hände durchs Gitter und entblößt den Rücken des Mädchens. Ihre Haut trägt ein rotes Zickzackmuster. »Mich hat er verprügelt und sie ausgepeitscht«, sagt er. »Weil wir eine Sauerstoffflasche geklaut haben. Mehr nicht.«

Ich muss würgen. Sosehr Bea mir auch fehlt, ich bin heilfroh, sie hier nicht reingezogen zu haben.

Im Schloss klappert ein Schlüssel und Maks stößt die Tür auf. Der Junge und das Mädchen verdrücken sich nach ganz hinten in ihre Zellen und beobachten, wie er auf mich zusteuert. »Tolle Neuigkeiten. Vanya hat dir verziehen und das heißt, du hast ein volles Tagesprogramm. Untersuchungen.«

»Untersuchungen?«

»Jetzt komm in die Gänge«, sagt Maks, zerrt die Zelltür auf und packt mich am Nacken. Ich wehre mich nicht, denn dann könnte ich dran sein. Außerdem ist außerhalb dieser Zelle die Wahrscheinlichkeit größer, Alina zu finden und hier rauszukommen, zurück in die Kuppel.

Der Junge und das Mädchen schauen mir hinterher. Panik im Blick.

Das würde mir wohl auch ganz gut anstehen.

ALINA

Ich wache schweißgebadet auf, das Gefühl fremder Hände um meinen Hals. Silas sitzt auf meinem Bett. »Nur ein Traum.«

Ich schiebe mir die Strähnen aus dem Gesicht. »Wie spät?«, frage ich. Alle anderen sind schon fertig angezogen.

»Sechs Uhr abends. Wir machen uns für diese beknackte Verpaarungszeremonie zurecht«, sagt er.

»Hab ich den ganzen Tag verschlafen?«

»Ich hab Vanya gesagt, du hättest es am Magen«, erklärt er.

Ich denke an Crabs mordlustigen Blick und wieder schnürt es mir die Kehle zu. »Hast du's ihnen erzählt?«, wispere ich.

Silas rutscht dichter an mich heran. »Sie wissen von der Leiche, die da draußen begraben wurde. Was wir getan haben, erzählen wir nur, wenn's gar nicht anders geht.« Er nimmt mich beim Kinn und schaut mir in die Augen. »Krieg dich ein, Alina. Du hast schon vorher getötet.« Ich schüttle abwehrend den Kopf. »Im Hain.

Glaubst du, all deine Kugeln sind an den Soldaten vorbeigeschwirrt?«

Aber damals war es leichter – die Truppen waren weit weg, ich hatte ihre Gesichter nicht vor Augen und verscharren musste ich sie auch nicht.

Silas wendet sich an die anderen. »Nachdem wir gestern die Leiche gesehen haben, gibt es keinen Zweifel mehr ... wir müssen hier raus. Unsere Hauptsorge ist der Sauerstoff. Song?«

Song kaut sich auf den Lippen rum. »Ich kann schon eine Möglichkeit finden, Sauerstoff zu binden und in irgendein luftdichtes Behältnis zu pumpen, aber zur Gewinnung brauchen wir Bäume oder die Formel für künstliche Luft ... und die notwendigen Chemikalien.«

»Das scheidet also aus«, sagt Silas. Alles verstummt. Viel mehr Möglichkeiten bleiben nicht. »Ich hab noch die Karte, auf der Inger die Solar-Atemgeräte eingezeichnet hat. Mit denen können wir erst mal überleben und abwarten, bis Song was Besseres entworfen hat.« Er sieht uns alle nacheinander an. Ich würde gerne eine andere Idee beisteuern, aber ich habe keine.

»Mit den Solardingern sind wir gut zurechtgekommen, bis ihr aufgekreuzt seid«, schwindelt Maude. Aha. Wieso wollte sie mich wegen meiner Sauerstoffflasche umbringen, wenn sie damit so gut zurechtgekommen ist?

Dorian stemmt die Hände in die Hüfte. »Im Hain haben wir auch Leute begraben, wie du weißt. Ich verstehe nicht, wieso diese Leiche jetzt groß was ändern sollte.«

»Das war nicht nur die eine Leiche, Dorian«, sage ich. »Da waren Dutzende von Gräbern.«

Dorian zieht sich das rote Gewand über den Kopf und sieht uns herausfordernd an. »Diese Verpaarungssache passt mir genauso wenig wie euch, aber ich hab keine Lust, den Rest meines Lebens mehr tot als lebendig im Ödland rumzuirren«, meint er.

Wir sehen alle Silas an und warten darauf, dass er irgendeine Lösung aus dem Hut zaubert, die Dorians Ängste besänftigt. Ängste, die auch unsere sind. Doch Silas hat nichts dergleichen parat. »Wir müssen raus aus Sequoia, und zwar jetzt«, beharrt er nur.

»Keinen Kilometer und die haben uns wieder«, sage ich. Silas funkelt mich an, doch es liegt mir fern, ihm in den Rücken zu fallen. Wir müssen nur den richtigen Augenblick abwarten und flüchten, wenn sie es am wenigsten erwarten. Sonst wüssten sie auch gleich, dass wir Crab umgebracht haben. »Wir haben einen Weg nach draußen gefunden. Ein enger Tunnel hinten unter der Mauer durch, ungefähr fünfzehn Meter von einer Stahltür entfernt. Sobald uns hier irgendwas um die Ohren fliegt, hauen wir durch den ab und warten auf der anderen Seite aufeinander. Da gibt's nur wenige Verstecke, die infrage kommen«, sage ich.

Song geht zur Tür, nimmt die restlichen Gewänder vom Haken und reicht sie uns. Die Ärmel sind zu lang und verschlucken unsere Hände.

Silas schlägt mit der Faust gegen die Wand. Dorian zieht sich die Kapuze über den Kopf, die seine ganze Stirn bis zu den Augen bedeckt. »Rot ist nich meine Farbe«, sagt Maude. Sie versucht, sich wieder herauszuschälen, doch Bruce hält sie zurück.

»Nur für eine Stunde, Maddie.«

Irgendwo jenseits der Hütte ertönt ein schrilles Pfeifen.

»Die Verpaarung«, sage ich.

Bevor wir in die Orangerie geführt werden, wo die Verpaarungszeremonie ablaufen soll, stecken sie uns in einen mit schmalen Bänken gesäumten Warteraum. Ich sitze zwischen Silas und Dorian. Abgesehen von uns Hain-Leuten warten noch ungefähr zehn andere. Abel sitzt mir gegenüber. Er lächelt mir zu und ich lächle zurück. Wie ich es immer getan habe, auch wenn wir noch so tief in der Patsche saßen.

Ich mustere die Gesichter der anderen Jungs. Keiner wirkt besonders bedrohlich. Mit denen würde ich durch die Bank fertigwerden.

Eine Tür geht auf und ein weiterer Kandidat wird in den Raum gestoßen. »Quinn!« Ich eile ihm entgegen. »Wir haben uns Sorgen gemacht.«

»Ich hab gerade einen dreistündigen Test und die erniedrigendste Untersuchung aller Zeiten hinter mich gebracht«, sagt Quinn.

»Wo sind Bea und Jazz?«

Er rückt näher heran. Früher wäre ich wahrscheinlich sofort zurückgewichen, doch mit Flirten hat das jetzt nichts mehr zu tun. »Sie leben«, sagt er und plötzlich surrt Hoffnung durch meinen Körper. Wenn Bea und Jazz noch am Leben sind, dann werden wir jetzt ja wohl auch die Zähne zusammenbeißen können. »Bea war mit Oscar Knavery zusammen. Sie planen eine neue Rebellion in der Kuppel. Diesmal haben sie meinen Vater auf ihrer Seite und meinen, dass sie die Armee unter Kontrolle bringen können. Aber dazu brauchen wir euch.«

»Cain Knaverys Sohn?«, frage ich. Er nickt. Das ist nicht leicht zu verdauen, ich habe hundert Fragen, doch mir bleibt keine Zeit – die Glocke ertönt und aus der gegenüberliegenden Ecke erscheint Maks in einem hautengen roten Hemd.

»Schon aufgeregt?«, fragt er und reibt sich die Hände. Die Geste gefällt mir nicht, ebenso wenig wie sein lüsterner Gesichtsausdruck. Nach dem, was ich auf der Treppe beobachtet habe, kann ich Jo für ihr Leben mit ihm nur bemitleiden. »Dann lasst uns mal zur Tat schreiten«, sagt er. Mein Magen verkrampft sich, als er vorausgeht und alle ihm folgen.

»Dann hat dieser Aufstand in der Kuppel also gar nichts gebracht?«, will ich von Quinn wissen.

»Na ja, er hat's immerhin geschafft, meinen Vater und Oscar gegen das Ministerium aufzubringen. Kehrst du mit mir in die Kuppel zurück?«

»Ja«, versichere ich ihm. »Na klar komm ich mit.«

Die Orangerie ist ein gewaltiger Wintergartenanbau am Ostflügel des Hauptgebäudes. Auf drei Seiten reiht sich das glotzende Publikum aus Sequoianern, die verbleibende vierte Seite wird von einer Bühne eingenommen, die mit einem roten Banner geschmückt ist: *Verpaarung schenkt uns Luft und Nahrung*. Das ist Quatsch in jeder Hinsicht. Um den Sauerstoffmantel der Erde wiederherzustellen, braucht man Bäume, sonst nichts.

Unter dem Banner steht Vanya in ihrer roten Kutte, wenn auch ihre keine Kapuze, sondern einen tiefen

Ausschnitt hat und vorne von einer Metallsicherheitsnadel zusammengehalten wird. Maks führt uns zu ein paar freien Stühlen, steigt auf die Bühne und stellt sich neben Vanya.

Wir lassen uns nieder.

»Die Verpaarungszeremonie ist unser feierlichster Akt«, beginnt Vanya. »Durch die Verpaarungen bewahren wir die Menschheit vor dem Aussterben. Neben den Verpaarungen werden die Kandidaten auch ihre Aufgaben mitgeteilt bekommen. Sie werden Milizionäre sein, verantwortlich für die körperliche Unversehrtheit unserer Gruppe, Akademiker, verantwortlich für das geistige Wohlergehen der Gruppe, oder Stifter, verantwortlich für unsere spirituellen Bedürfnisse.« Mein Blick schweift durch den Raum. Sonderlich spirituell erleuchtet ist mir hier drinnen noch keiner vorgekommen und Vanya scheint überdies entfallen zu sein, dass die Menschen und die Überbevölkerung den Switch überhaupt erst verursacht haben. Bäume fällen, um Menschen zu ernähren – ein genialer Plan, wie man gesehen hat.

»Unsere Errungenschaften haben meine Erwartungen weit übertroffen«, fährt Vanya fort. »Wir haben unterwegs Fehler gemacht und Opfer erbracht, sind dadurch jedoch nur stärker geworden, und wo andere Gruppen gescheitert sind, haben wir uns durchgesetzt.« Vanya blickt zu unserer Truppe und ich bin schwer versucht, ihr den Stinkefinger zu zeigen. Es ist ja kaum unsere Schuld, dass es den Hain nicht mehr gibt. »Einige unserer heutigen Kandidaten sind Flüchtlinge. Sequoia ist das letzte Bollwerk gegen das Ministerium und wir verteidigen nicht nur unser Recht zu atmen, sondern auch unser Recht, ein neues Volk zu züchten, das den Elementen trotzt.« Das Publikum jubelt. Ich schaue rüber zu Silas, aber sein Blick ist auf den Boden gerichtet, die Wangen feuerrot, die Hände zu Fäusten geballt. Wie ich ihn kenne, kann er jeden Moment in die Luft gehen, aber mit Gewalt werden wir hier gar nichts erreichen. Dazu sind sie einfach zu viele. Wenn wir gehen, müssen wir das heimlich tun, Punkt.

Vanya ruft die erste Kandidatengruppe auf. »Song Jackson, Dorian Chasm, Juno McIntire, Martha Spencer, Quinn Caffrey und Clarice Bird, bitte tretet auf die Bühne«, sagt Vanya. Dorian steht als Einziger auf. »Ihr alle«, beharrt Vanya.

»Wird schon schiefgehen«, sagt Quinn und erklimmt mit den anderen die Bühne. Die meisten wirken starr vor Angst oder zumindest nervös, nicht jedoch Dorian. Wann hat er beschlossen, das hier tatsächlich zu wollen?

»Ich präsentiere euch hiermit ... unsere Akademiker«, verkündet Vanya. Wieder erschallen Jubelrufe, wahrscheinlich von den übrigen Akademikern. »Bitte bedeckt eure Köpfe«, weist Vanya an. Die Kapuzen reichen allen bis über die Nase. »Alle Verpaarungen wurden auf wissenschaftlicher Grundlage festgelegt, um sicherzustellen, dass jeder in Sequoia den für ihn idealen Partner erhält.« Vanya zückt eine Liste. »Streckt bitte die Hände aus.« Vanya ergreift die Hände von Song und einer zweiten Person und führt sie nach vorne auf die Bühne. »Ich präsentiere Song Jackson und Martha Spencer.« Die beiden müssen niederknien, während Vanya ihnen jeweils eine

Hand auf den Kopf legt und die Augen schließt. »Zukünftige Generationen werden diese Tage in Ehren halten. Möge eure Verbindung die Menschheit voranbringen. Und möget ihr stets nach dem höheren Wohl streben.«

»Nach dem höheren Wohl«, wiederholt das Publikum im Chor. Vanya verbeugt sich wie nach einem gelungenen Zaubertrick und schiebt den beiden die Kapuzen zurück. Song und Martha blicken einander zum ersten Mal in die Augen. Zittert Song etwa? Vanya zwingt sie zum Händchenhalten und Song stolpert beim Aufstehen fast über die eigenen Füße. Martha hilft ihm auf. Angesichts der Geschichte mit Holly habe ich über seine Gelassenheit gegenüber all den Aktionen hier ohnehin nur staunen können.

Vanya erwählt ein weiteres Paar: Quinn und das Mädchen namens Clarice. Quinn ist der einzige Sauerstoffmaskenträger auf der Bühne und ich spüre, wie ihn alle anstarren. Er und Clarice knien vor Vanya nieder, die ihr Sprüchlein aufsagt und die beiden verbindet.

Dann ist Dorian an der Reihe, der seine Partnerin Juno nach beendeter Zeremonie auf die Seite führt und dort sofort ihre Hand loslässt. Jetzt, wo sich sein Gegenstück als unscheinbares Mondgesicht mit leichtem Akneproblem entpuppt hat, wirkt er nicht mehr so scharf aufs Angepasstsein. Er lehnt sich so weit von Juno weg, wie er nur kann.

Maks führt sie zu einer Stuhlreihe hinten auf der Bühne. So ernst die Sache mit Sequoia und diesen Verpaarungen auch ist, der enttäuschte Dorian und seine geplatzten Illusionen entlocken mir ein Lächeln.

Vanya kündigt eine weitere Runde Akademiker an. Sie ruft Namen auf, die mir nichts sagen, und noch mehr Kandidaten in Festgewändern erklimmen die Bühne. Ich blende ihre Stimme aus und schaue durch die Glasdecke empor in den schwarzen Himmel mit den funkelnden Sternen. Genau wie in der Nacht, als ich im Hain in den Bäumen schlief, bevor die ganze Welt über uns zusammenbrach. Der Frieden, den ich damals empfunden habe, war unvergleichlich – eingehüllt in die undurchdringliche Ruhe des Weltalls.

Es dauert nicht lange und mein Name ertönt. »Alina Moon, Silas Moon, Wren Darson, Sugar Collins und Abel Boon, tretet herauf.« Und schon stehe ich Hunderten Sequioanern gegenüber, die unruhig auf ihren Stühlen herumzappeln. Die, die noch bei der Sache sind, beäugen Silas und mich argwöhnisch, da wir wie Quinn noch Atemmasken tragen. Die können sich echt ins Knie ficken – die haben ja keine Ahnung, wer wir sind und welche Opfer wir erbracht haben, um hierherzukommen.

Von Silas mal abgesehen, der nicht mein Partner sein *kann*, ist Abel der einzige Junge auf der Bühne. Das sollte mich nicht glücklich machen – das alles hier ist falsch, falsch –, aber ich bin heilfroh über Maske und Kapuze, die meine Erleichterung verbergen.

»Ich präsentiere euch hiermit die Milizionäre«, sagt Vanya und Silas' Name wird gemeinsam mit Wrens verlesen. Unvorstellbar, was er jetzt denken oder empfinden muss. Inger zu verlieren ist schlimm genug, aber jetzt auch noch das. Jetzt auch noch *die*.

Und Vanya spricht weiter: »Ich präsentiere euch Abel Boone und Sugar Collins«, sagt sie. Meine Brust schnürt sich zu. Ich ziehe die Kapuze zurück und sehe zu, wie Abel und Sugar sich bei den Händen nehmen und unbeholfen zur Seite treten. Völlig widersinnige Eifersucht durchzuckt mich. Durchs Publikum geht ein Raunen, weil ich als einzige Kandidatin übrig geblieben bin. Heißt das, ich bekomme keinen Partner? Einerseits ein Segen, aber anderseits ... Mein Magen verknotet sich.

Vanya zwingt mich auf die Knie und legt mir eine Hand auf den Kopf, genau wie bei den anderen. Unter der Kapuze kann ich nur die Füße der Zuschauer erkennen. Vanya räuspert sich, was ausreicht, um das Gemurmel im Saal zu ersticken. »Verpaarungen sind unauflöslich. Dies war stets unsere eherne Regel. Aber was, wenn eine Verpaarung nicht funktioniert? Was, wenn wir bei einer zweiten Betrachtung der Testergebnisse feststellen, dass ein Fehler vorlag? Jo Rose ist aus Sequoia geflüchtet und ein paar Tage später wieder zurückgekehrt. Warum ist sie geflohen? Sie hat die Fehlbeurteilung gespürt und deshalb haben wir sie neu getestet und festgestellt, dass sie nie der Miliz hätte angehören und erst recht nie hätte verpaart werden dürfen. Jo wurde frisch evaluiert und wird nun eine Stifterin und als solche unser Gewissen, wie all unsere Stifter. Sie wird ihre Tage in einem meditativen Zustand verbringen und positive Energie auf Sequoia ziehen. Das ist eine Rolle, die nur wenigen, auserlesenen Menschen zukommt und die die meisten noch nicht mal begreifen können. Menschen wie Jo werden dringend gebraucht.« Im Publikum kann man eine Stecknadel fallen hören, als klar wird, was jetzt kommt. »Joes Partner jedoch wird neu zugeteilt.«

Nein ...

Ich beiße mir auf die Zunge, als der Boden unter seinen Knien knarrt. In meinen Ohren hämmert das Blut. Silas und ich hätten gestern fliehen sollen, als wir es noch konnten, oder heute Morgen, wie er es vorgeschlagen hatte.

Wir hatten schon genug gesehen.

Meine Kapuze wird zurückgezogen und Maks verzieht seinen Mund zu einem Lächeln. Er reicht mir die Hand. Mir bleibt nichts übrig, als sie zu ergreifen und mich zu den anderen an den Bühnenrand zu stellen.

Maks schlingt mir einen Arm um die Hüfte und versucht, mich näher an sich heranzuziehen. »Hör auf damit!«, sage ich, doch er lässt seine Hand einfach auf meiner Hüfte liegen. Also stoße ich ihn mit dem Ellbogen fest in die Seite.

Doch er lacht nur und legt seine Hand in meinen Nacken, wo er an den Riemen meiner Maske zerrt. »Vorsicht!«, flüstert er.

Vanya redet weiter und holt Maude und Bruce zu sich auf die Bühne. Auch sie werden zu Stiftern gemacht. »Das passt. Ich war immer 'ne ganz Großzügige«, sagt Maude und alles lacht.

Die Zeremonie ist zu Ende und wir werden nach draußen geleitet. Das Publikum hat sich erhoben und klatscht Beifall, doch mir entgeht nicht, dass einige der Gesichter geradezu erschüttert wirken.

Irgendwer stiefelt mir hinten auf meinen Kuttensaum,

und als ich mich umdrehe, schlurft Abel mit Sugar an der Hand hinter mir her. Er hat die gleiche panische Starre im Blick wie damals bei unserem Raubzug in der Biosphäre. »Tut mir leid, dass ich dich zum Bleiben überredet habe. Ich hätte nie erwartet, dass du ihn abkriegst«, flüstert er. Maks ist schon zu weit vorn, um mitzuhören.

»Ein bisschen spät für Entschuldigungen«, sage ich, obwohl er eigentlich nichts dafür kann.

Abel lässt Sugar los, die argwöhnisch beobachtet, wie er mir den Mund ans Ohr drückt. »Maude und Bruce sind in Schwierigkeiten. Und Jo auch«, flüstert er.

»Was?« Ich bleibe stehen.

»Sie könnten sterben. Wir müssen ...« Er verstummt, weil Maks sich durch die Menge zu mir zurückdrängelt.

»Alina«, grollt er. »Komm jetzt.«

»Abel?«, rufe ich, aber er kann mich schon nicht mehr hören, weil Maks mich am Arm wegzerrt.

BEA

Das Erlöschen eines Motors unten auf der Straße reißt mich aus dem Schlaf. Und dann Jude Caffreys Stimme. »OSCAR!«

Oscar prescht schon aus dem Zimmer, während ich noch aus dem Bett krieche. Als ich es ans Fenster geschafft habe, steht er bereits neben Jude Caffrey beim Geländewagen. Jude legt den Arm um Oscars Schulter und einen Moment lang stelle ich mir vor, es sei Quinn.

Ich kann nicht glauben, dass ich das wirklich tue – dass ich mich mit Jude Caffrey verbünde.

Schritte hallen auf den Stufen, ich drehe mich um und sehe Oscar in der Tür stehen. »Fertig?« Ein Lichtstreifen fällt auf seine obere Gesichtshälfte. Unter seinen Augen liegen dunkle Schatten, er muss die ganze Nacht kein Auge zugetan haben.

»Hast du's ihm schon gesagt?«, frage ich. Er kommt zu mir in die Ecke, wo ich gerade meine paar Habseligkeiten in meinem Rucksack verstaue, und nimmt meine Hand. Ich entreiße sie ihm rasch. »Weiß er von mir?«

»Er weiß Bescheid.«

»Und zieht er mit? Wird er mir helfen und Rebellen für die Armee rekrutieren?«

»Ja«, strahlt er mich an. Ich freue mich so sehr, dass ich ihm einfach die Arme um den Hals werfen muss. »Oscar, glaubst du, wir schaffen es wirklich, das Ministerium loszuwerden?«

»Wir werden's versuchen«, sagt er.

Er zieht mehrere Energie- und Eiweißriegel und zwei weitere Sauerstoffflaschen aus seinem Rucksack und wirft sie zu Boden. Ich runzle die Stirn. »Du hast gemeint, einige der Ausgestoßenen sind harmlos. Die brauchen das mehr als ich.« Er zurrt an den Rucksackgurten und zieht sie sich über die Schulter. Dann stehen wir einander gegenüber. Von nun an werden wir uns wohl kaum mehr unter vier Augen sehen, doch die richtigen Worte wollen nicht kommen und so kann ich nur lächeln. Hoffentlich spürt er trotzdem, wie dankbar ich bin, dass er Jazz das Leben und mich vor den Ausgestoßenen gerettet hat.

Jude ruft von unten hoch, Oscar blickt auf die Straße, dann zu mir, dann zur Tür. »Komm«, sagt er.

Draußen mustert mich Jude von Kopf bis Fuß und seufzt. »Bea Whitcraft ... dass ich dich noch mal zu sehen kriege, habe ich auch nicht erwartet.«

»Wohl eher nicht gehofft«, gebe ich zurück.

»Nein, wahrscheinlich nicht«, sagt er. »Aber das ist jetzt nicht zu ändern.« Jude stopft die Hände in seine Taschen und wiegt sich vor und zurück. Beäugt erst meine ungepflegte Erscheinung und dann Oscar. »Tut mir leid, dass ich nicht schon gestern gekommen bin. In der Kuppel ging's drunter und drüber.«

Oscar zuckt die Schultern. »Jetzt bist du ja da. Ich hab mich schon gefragt, ob du überhaupt auftauchen wirst.«

Jude gestattet sich ein dürres Lächeln. »Sicher, dass du zurückkommen willst?«, fragt er mich. Ich nicke. »Wenn die Minister dich erwischen, sitzt du ganz tief in der Scheiße. Dann sitzen wir alle ganz tief in der Scheiße.«

»Die finden sie schon nicht«, sagt Oscar und führt mich zum Geländewagen. »Nimm du den Beifahrersitz.«

Damit ich eine Stunde neben Jude hocken darf? Ich schüttle den Kopf. »Ich fahr gerne hinten«, sage ich und steige ein.

Bald ruckelt der Geländewagen die Straße entlang. Lange Zeit verliert keiner von uns ein Wort. Und dann dreht sich Jude zu mir um und sieht mir in die Augen. »Quinn ist am Leben, oder?«, fragt er. »So was würdest du mir nicht vormachen.«

So habe ich ihn noch nie sprechen hören – voller Gefühl für seinen Sohn.

»Er lebt«, sage ich. »Und er wird kommen.«

OSCAR

Die Kuppel hat viele Türen, die nur als Ausgang dienen – für Rebellen, die man abservieren will. Zu einer davon bringt Jude jetzt Bea, die dort in der Dunkelheit warten muss.

Jude und ich betreten die Kuppel durch den offiziellen Grenzübergang. Ein Grenzposten scrollt gerade auf seinem Pad herum. Bei meinem Anblick lässt er es sinken. »Willkommen zurück, Mr Knavery. Ich bin mir sicher, Sie haben Ihr Bestes gegeben.« Er schielt zu seinem Kollegen und feixt.

Ich bin so am Ende, dass ich nicht groß nachdenke und dem Grenzposten meinen Zeigefinger auf die Brust drücke. Er weicht zurück, doch ich folge ihm, ohne meinen Finger wegzunehmen. »Vorsicht.«

Seine Nase zuckt. »Ich hab ja nur gemeint ...«

»Mir ist schon klar, was Sie gemeint haben.« Sein Blick sucht den seines Kollegen. Jetzt könnte ich problemlos an ihm vorbeigehen, doch das will ich nicht. »Aus dem Weg«, sage ich, worauf er prompt gehorcht.

Jude folgt mir auf den Fersen. Wir steigen in den

wartenden Geländewagen. »Wie stellt das Mädchen das nur an?«, fragt er.

»Was meinst du?«

»Bea Whitcraft verwandelt Jungs in Männer.«

Alle paar Kreuzungen gibt es eine Kontrolle, doch sobald die Soldaten Jude sehen, winken sie uns durch. »Immer noch maximale Sicherheitsstufe«, bemerke ich.

Er schnaubt. »Seit zwei Nächten laufen Razzien in den Zweitklasswohnungen. Es gibt noch mehr Radarfallen und den Antrag, die Seconds generell aus Zone Eins zu verbannen.«

Wir halten vor dem Justizgebäude. Jude steigt aus dem Wagen und ich folge ihm die Stufen zur Eingangshalle empor. Ein Pulk von Ministern beäugt mich misstrauisch. Ich bin der erste Soldat der Spezialeinheit, der zurückkehrt.

»Hast du von den anderen gehört?«, frage ich Jude. »Hat Rick schon wen abgestochen?«

»Er hat mich angefunkt und verkündet, dass er sich in irgendeinen Brunnen abseilen wird, weil er dort Stimmen gehört haben will.« Er lacht. »Ich hab das Gefühl, die anderen werden auch bald zurück sein. Robyn weiß, dass das alles reine Beschäftigungstherapie ist.«

»Sie ist genauso desillusioniert wie ich.«

»In das, was wir hier treiben, wirst du sie aber nicht reinziehen. Je mehr Premiums wir einweihen, desto wahrscheinlicher ein Verrat.«

Nach einem prüfenden Blick auf die Pads gehen wir einen Flur mit vielen Türen hinunter. Die Glühbirnen flackern. Irgendwoher ertönt ein Stöhnen, das mich anhalten lässt. Jude stiefelt einfach weiter. »Während deiner Abwesenheit haben wir über dreißig Verhaftungen vorgenommen. Hauptsächlich potenzielle RATTEN. Das da eben war ein Hungerkrampf«, erklärt er.

»Warum hungert ihr sie aus?«

Jude bleibt stehen. »Die Minister glauben, dass die schon auspacken werden, wenn sie nur hungrig genug sind. Deine Schwester kommt jeden Tag runter, um ihnen Smoothies und Törtchen unter die Nase zu halten.«

»Meine Schwester?«

»Sie arbeitet als Assistentin von Lance Vine. Scheint ihr Spaß zu machen.«

Ich fasse es nicht. Niamh hat sich einen Job gesucht?

Jude schiebt eine Tür auf, an der ein Schild hängt: *Eintritt nur mit Atemgerät.* Er geht hinein und ein Schwall kalte Luft weht in den Flur. Mit Bea im Schlepptau kehrt Jude zurück. »Da rein«, sagt er und stößt uns in eine leere Zelle, von deren Wänden das Kondenswasser rinnt. »Ich will nur noch mal dran erinnern, dass die Kuppel von jeher in der Hand des Ministeriums gewesen ist, auch wenn die Köpfe ausgetauscht wurden. Kampflos wird da keiner weichen.«

»Den Kampf sollen sie haben«, sage ich. Wenn's nur so leicht wäre, wie ich hier tue. Das wird schwerer sein als alles, was ich jemals geleistet habe.

»Hast du schon nach Rekruten gesucht?«

»Wir haben noch kaum Bewerbungen. Die Verlockungen des Beamtenlebens in Zone Zwei ziehen nicht mehr so richtig. Nicht, seitdem sie ahnen, was da gespielt wird.«

»In ein paar Tagen wirst du Hunderte von Bewerbern

haben. Tausende vielleicht. Bea und ich finden raus, wer von den Rebellen noch übrig ist, und erklären denen den Plan. Die werden dann Leute schicken, die sich verpflichten …«

Jude kaut an seinem Fingernagel. »Damit bringe ich meine Familie in Gefahr.«

»Du hängst aber schon mit drinnen.« Meine Stimme ist schärfer als beabsichtigt und Jude legt sich einen Finger auf die Lippen. Er darf jetzt nicht zurückrudern – wir brauchen ihn. »Du gewährst einer gesuchten Terroristin Unterschlupf.«

Er blickt zu Bea, als sei ihm eben erst klar geworden, wer sie eigentlich ist und wofür sie steht.

Dann lässt er geschlagen den Kopf hängen. »Ich weiß«, sagt er.

»Wo ist Jazz?«, wimmert Bea.

Jude reibt sich die Schläfen. »Im Krankenhaus. Und auf dem Weg der Besserung.«

»Und ihr Bein?«, fragt sie.

»Das hätte sie beinahe verloren, aber es ist gerade noch mal gut gegangen.«

»Ist sie befragt worden?«, frage ich.

»Sie hat denen weisgemacht, sie sei die Tochter von Ausgestoßenen und ihre Eltern seien umgekommen, als sie für die Rebellen gekämpft haben. Sie tut, als würde sie die Rebellen hassen, weil die am Tod ihrer Eltern schuld sind. Die geborene Schauspielerin.«

Bea lacht und wir schauen sie beide an, überrascht von dem Klang. »Die Kleine ist wirklich unverwüstlich«, erklärt sie. »Kann ich zu ihr?«

»Glaube ich kaum«, sagt Jude. Er öffnet einen Metallspind in der Zellenecke und holt eine Soldatenuniform heraus, die er Bea reicht. »Die musst du anziehen«, sagt er.

»Wir brauchen auch noch irgendeine Strategie, damit das Ministerium nicht sämtliche Rebellen auf der Todesliste verhaftet«, sage ich.

»Old Watson wird wissen, wo sie untergetaucht sind«, meint Bea.

»Wer ist Old Watson?«, fragt Jude. Bea presst die Lippen zusammen und befingert die Soldatenuniform. Sie traut ihm noch nicht über den Weg.

Er verdreht die Augen. »Wo verstecken wir dich überhaupt?«, fragt er.

»Wir schaffen sie zu mir nach Hause«, sage ich.

ALINA

Im Zimmer, das ich mit Maks teilen soll, stehen ein Doppelbett, zwei Nachtschränkchen und eine Kommode. Er schließt die Tür ab und zieht mich mit seinen Blicken aus. Was auch immer ihm vorgeschwebt ist, kann er sich getrost abschminken und so kehre ich ihm den Rücken zu, zerre mir die Robe über den Kopf und stopfe sie in den Mülleimer. »Sonst noch was, was du ausziehen möchtest?« Der Boden knarrt, und als ich herumwirble, steht er so nahe bei mir, dass sein heißer Atem meine Stirn streift. »Nur keine Panik«, sagt er. Er schiebt mir das Haar aus dem Gesicht und mich schaudert es. Ich will ihn nicht in meiner Nähe haben. Ich stoße ihn weg und versuche, stärker auszusehen, als ich mich fühle.

Schnell sucht mein Blick den Raum nach möglichen Waffen ab, bis er an einer Uhr mit Marmorsockel hängen bleibt. Wenn er irgendwas bei mir versucht, knall ich ihm den an den Hinterkopf. »Bleib du in deiner Zimmerhälfte«, sage ich und deute in die andere Ecke. Er reibt sich den Mund, und bevor ich es auch nur in die

Nähe der Uhr geschafft habe, stürzt er auf mich zu, packt mich von hinten an den Haaren und zieht mein Gesicht an seines heran.

»Glaubst du, ich entkorke dich ohne deine ausdrückliche Erlaubnis?« Mit seiner freien Hand zerrt er sich das Hemd aus der Hose.

Ist es derart offensichtlich, dass ich noch Jungfrau bin? Ich mache mich stocksteif. »Ich will dich nicht«, sage ich. So groß meine Angst auch sein mag, ich darf sie ihm nicht zeigen.

»Ach komm schon. Ich hab doch gesehen, wie du mich anschaust.«

Ich darf mich von seinem Starren nicht unterkriegen lassen. »Wo ist Jo?«, frage ich.

Er fährt sich mit der Zunge über die obere Zahnreihe. »Du hast Vanya gehört. Sie ist jetzt Stifterin.«

»Ihr Baby auch?«

Er lässt mich los, geht zum Fenster und wirft es auf, saugt die Nachtluft in sich hinein, wie es mir noch nie möglich gewesen ist. »Du meinst wohl, du hast uns durchschaut oder so. Irrtum. Wenn überhaupt, siehst du uns völlig falsch.« Als er sich wieder umdreht, stehen Tränen in seinen Augen, aber mir macht er nichts vor. Ich habe gesehen, wie er mit Jo umgegangen ist. Und Silas und ich haben gesehen, wie seine Handlanger eine Leiche vergraben haben. Unmöglich, da irgendwas misszuverstehen.

»Ich schlafe auf dem Boden«, sage ich.

»Fein«, sagt er. »Das hat Jo ein ganzes Jahr lang durchgezogen. Irgendwann ist sie dann zu mir ins Bett gehüpft und das hatte nichts mit der Kälte zu tun.« Er zieht sich das Hemd über den Kopf und entblößt seine Brust. Vielleicht glaubt er, mich mit dem Anblick seines Körpers betören zu können. Ich wende den Blick ab und lege mich auf den Boden.

Wir hätten niemals hierherkommen dürfen.

Und jetzt bleibt uns nur noch der Weg zurück in die Kuppel, um aus ihr das Zuhause zu machen, das sie uns immer hätte sein sollen.

OSCAR

Niamh ist nicht zu Hause und so gelingt es mir, Bea unbeobachtet durch den Garten zu schmuggeln. Als Wendy die Tür ihres Anbaus öffnet, winkt sie uns lächelnd hinein und bietet Bea bereits zehn Minuten nach dem Kennenlernen ihr Bett an. Sie war die Einzige, die ich ins Vertrauen ziehen konnte.

Ich versuche, Bea zu einer Verschnaufpause zu überreden, doch eine Mahlzeit und eine Dusche später steckt sie schon wieder in Uniform und ist bereit zur Rebellensuche. »Ich schlafe dann, wenn ich beide Augen zumachen kann«, sagt sie. Sie mag nicht bei der Spezialeinheit ausgebildet worden sein, aber ihre Kampfbereitschaft steht meiner um nichts nach.

Bea drückt Old Watsons Klingel. »Bleib außer Sichtweite, sonst lässt er uns nicht rein.« Sie zieht Uniformjacke und Mütze aus und positioniert sich so, dass er sie durch den Türspion gut erkennen kann.

»Watson«, sagt Bea, als er die Tür aufmacht und ihre Hände schnappt.

»Große Mutter Erde, was treibst du hier? Und was soll

das mit der Uniform?«, fragt Old Watson. Er will sie gerade reinziehen, als er mich entdeckt. Er lässt Beas Hand los und will die Tür zuziehen, doch Bea blockiert sie mit dem Fuß.

»Er ist auf unserer Seite«, sagt sie.

Wir folgen Old Watson in seine armselige Wohnung und setzen uns auf sein klumpiges Sofa. Ich spähe in die dunklen Winkel des Zimmers und schnappe nach Luft. Überall sprießt etwas, das wie richtige Pflanzen aussieht, Pflanzen, die in seinem Wohnzimmer wachsen. »Was ist das?«, frage ich, völlig baff, dass er so etwas unter der Nase des Ministeriums fertiggebracht hat.

»Die sind aus den Stecklingen aus dem Biosphären-Reservat gezogen«, erklärt Bea nüchtern. Warum höre ich das zum ersten Mal? Ich gehe zu den Pflanzen, zupfe einer von ihnen ein Blatt aus und reibe es zwischen meinen Fingern. Auf der einen Seite ist es wächsern und grün, auf der anderen ledrig und grau.

Bea setzt sich neben Old Watson und drückt ihn an sich. Ich räume Tassen und Gläser von einem Beistelltischchen und nehme darauf Platz. »Weißt du, wo die Rebellen sich versteckt halten?«, fragt Bea.

Old Watson kratzt sich am Schädel. »Keine Ahnung, wovon du redest«, sagt er mit einem Seitenblick auf mich.

»Den Hain gibt es nicht mehr«, sage ich. »Die Menschen müssen jetzt zurückschlagen, das ist die einzige Chance.«

Old Watsons Kinn bebt. »Was ist mit … Silas und Alina?«, stottert er.

Bea nimmt seine Hand. »Sie haben es rausgeschafft. Quinn bringt sie her. Und gemeinsam werden wir dann alle befreien, Watson.« Sie klingt überzeugend, doch Old Watson senkt schon stöhnend den Kopf in die Hände, bevor sie überhaupt den Plan erläutert hat.

»Du bist seit den Aufständen nicht mehr hier gewesen, Bea. Jeder Versuch ist zwecklos.«

»Wir haben jetzt Oscar auf unserer Seite, und Jude Caffrey«, erklärt ihm Bea.

»Jude Caffrey? Wie kannst du dem vertrauen, nach dem, was er seinem eigenen Sohn angetan hat?«

Bea schluckt mühsam. Sie muss wirklich nicht extra an Quinn erinnert werden oder daran, wozu Jude Caffrey fähig ist. »Und warum solltest du Cain Knaverys Sohn vertrauen?«, fragt er, als sei ich gar nicht da.

»Caffrey wird Seconds als Soldaten rekrutieren«, berichte ich ihm. »Das Ministerium rüstet sie aus und wird dann buchstäblich mit seinen eigenen Waffen geschlagen.«

Old Watson starrt erst mich an, dann Bea, während er den Plan innerlich durchkaut. »Ist das euer Ernst?«, fragt er. Bea nickt.

Old Watson schnauft geräuschvoll und humpelt zur Balkontür, wo er die fadenscheinigen Vorhänge aufzieht und in Zone Drei hinausblickt. »Wenn Lance Vine rausfindet, dass ihr gegen ihn intrigiert, dann wacht ihr mit einer Stola aus euren eigenen Innereien wieder auf.«

»Bist du bereit, dieses Risiko in Kauf zu nehmen, Oscar?«, fragt Bea.

»Bin ich«, sage ich.

Old Watson schnappt sich eine abgewetzte Strickjacke von der Lehne eines Esszimmerstuhls. »Ich bin allmählich etwas morsch in den Knochen für diesen Mist«, verkündet er.

Die verbliebenen Rebellen sind über die ganze Kuppel verteilt, damit bei einer erfolgreichen Razzia nicht alle auf einmal ins Netz gehen, doch zumindest Harriets und Gideons Versteck ist Old Watson bekannt. Er führt uns durch die Gassen von Zone Drei bis zu einem auffällig schäbigen Wohnblock mit Zweitklasswohnungen. Das Windengetriebe des Aufzugs ist hinüber und so müssen wir zwölf Stockwerke hochkeuchen.

Röchelnd klopft Old Watson dreimal an die Tür und drückt zweimal die Klingel. Eine große Frau mit strengem Haarknoten macht sofort auf. Bei meinem Anblick zieht sie reflexhaft einen Revolver aus ihrem Gürtel.

»Ich hab ihn mitgebracht, Harriet«, sagt Bea und stellt sich vor mich.

»Bea?«, sagt Harriet, senkt die Waffe und mustert Beas Uniform.

»Nur eine Verkleidung«, sagt Bea. »Dürfen wir rein?«

Harriet führt uns in die Küche, wo wir uns setzen und Bea alles erklärt. Harriet und Gideon hören geduldig zu. Sie drängen sie nicht und haken nicht nach, und als sie fertig ist, tritt Gideon zur Spüle und füllt eine Kanne mit brühheißem Wasser aus dem Hahn. Er fügt ein paar Teelöffel dunkles braunes Pulver hinzu, rührt um und knallt die Kanne zusammen mit ein paar ramponierten Bechern auf den Tisch. Old Watson schenkt sich ein und nimmt einen kleinen Schluck. Genau wie in seiner Wohnung ist hier alles voll mit Pflanzen und Setzlingen in Wassergläsern. Jeder freie Quadratzentimeter ist mit Schlafsäcken und Kissen zugepflastert.

Gideon setzt sich wieder und lehnt sich zurück. »Jude Caffrey ist ein Drecksack, der seinen eigenen Sohn in den Tod geschickt hat.«

»Quinn lebt«, sagt Bea und schaut zu Boden.

Harriet kreuzt die Arme vor der Brust. »Also, wir scheiden schon mal aus«, erklärt sie. »Wir sind illegale Flüchtlinge und werden gesucht.«

»Aber ihr könnt die anderen überreden, sich mustern zu lassen. Es kann doch nicht so schwer sein, Seconds aufzutreiben, die zurückschlagen wollen«, melde ich mich erstmals zu Wort. Bea und ich haben den Plan schon durchgesprochen, aber vielleicht machen wir uns falsche Vorstellungen. Bea nickt aufmunternd. »Die Aufstände haben nichts bewirkt, weil sie so spontan stattgefunden haben. Nach unserem Plan jedoch würden die Rebellen eine Grundausbildung und vor allem Waffen bekommen. Wir würden mehr sein und besser organisiert.«

»Bei all den nächtlichen Razzien können wir schon froh sein, wenn wir ihnen noch ein paar Tage entwischen«, sagt Gideon. »Wir sind nur noch am Leben, weil wir ständig umziehen. Sobald die Messgeräte eine leer stehende Wohnung anzeigen, in der Sauerstoff verbraucht wird, stehen die auf der Matte.«

»Was willst du damit sagen?«, fragt Harriet ihren Ehemann.

»Die Grenzen sind dicht, genau wie die Biosphäre. Die haben uns den Hahn zugedreht«, antwortet er.

»Das haben sie noch nicht. Bleibt einfach in Bewegung, und wenn wir Sauerstoffflaschen auftreiben können, schaffen wir sie zu euch«, sagt Bea. »Ihr kümmert euch weiter um die Pflanzen und dann lassen wir uns alle rekrutieren und trainieren weiter, mit niedrigem Sauerstoffgehalt auszukommen.«

Old Watson gähnt und leert seine Tasse. »Von welcher Seite man's auch betrachtet, die Alternativen heißen Krieg, Gefangenschaft oder Tod.«

»Genau so ist es«, sagt Bea. »Und jetzt lasst uns loslegen.«

Ich bringe Bea bei Wendy in Sicherheit und gehe rüber ins Haupthaus. Die Toilettenspülung gurgelt und Lance Vine tritt in die Küche, während er sich noch den Hosenstall zumacht. »Oscar«, sagt er. Er trocknet sich die Hand an der Hose, die einen Tick zu kurz ist für seine Storchenbeine.

»Sie habe ich hier gar nicht erwartet, Herr Präsident«, sage ich. Er ist sogar der Allerletzte, den ich hier erwartet hätte. Ich konzentriere mich ganz auf sein Gesicht, um nicht automatisch zu Wendy rüberzuschauen.

»Niamh hat mir geholfen, einen neuen Gesetzentwurf zu tippen. Dabei habe ich auch euer schönes Zuhause bewundert. Echter Marmor?« Er betatscht die Arbeitsplatte und pfeift durch die Zähne. »Glaube kaum, dass einer der anderen Minister in solchem Prunk lebt. Aber Cain hatte ja immer was Hedonistisches an sich.« Er öffnet einen Küchenschrank und schielt auf die Reihen von Gläsern und Porzellan. Dann lächelt er. »Keine Spur von den RATTEN, was?« Ich schüttle den Kopf. »Also Zeit, die Zips anzuwerfen, würde ich meinen.«

»Das kann ich nicht beurteilen«, sage ich. Lance Vine ist eindeutig Judes Job. »Was ist das für ein Gesetz, an dem Sie gearbeitet haben?« Ich zücke mein Pad und gehe die Nachrichten durch, um ihn mein Interesse nicht spüren zu lassen.

»Wir saugen den Sauerstoff aus leer stehenden Wohnungen ab oder bei zahlungsunwilligen Mietern. Gerechtigkeit muss sein.« Er lässt mich nicht aus den Augen.

»Dann werden Menschen sterben«, sage ich.

»RATTEN, die dort unbefugt hausen und Luft schnorren.«

»Da bist du ja wieder!« Strahlend steht Niamh in der Tür, doch eine überstürzte, freudige Umarmung ginge ihr dann doch zu weit.

»Dein Bruder scheint nicht völlig überzeugt von unserem neuen Gesetz«, berichtet ihr Vine.

Niamh schnalzt missbilligend mit der Zunge. »Der tut immer so hart, aber im Grunde seines Herzens ist Oscar ein totaler Softie.«

»Tatsächlich?«, fragt Vine.

»Nur, wenn es um Unschuldige geht«, sage ich und mustere ihn kalt. Er macht mir nicht halb so viel Angst, wie mein Vater das konnte.

»Na, die RATTEN sind ja alles andere als unschuldig«, sagt Niamh überdeutlich, um Vine unsere Systemtreue zu demonstrieren.

»Wie kannst du dir da so sicher sein?«, fragt Vine. Niamh gerät ins Schwimmen und will sich gerade eine

Antwort rausquälen, als Vine ihr neckisch zulächelt. »Kleiner Scherz«, sagt er und zieht seine Jacke an. »Es ist spät. Ich lasse euch beide dann mal zu Bett gehen.« Und ohne ein weiteres Wort macht er sich durch die Hintertür davon.

Niamh setzt sich auf den Hocker neben mich und lässt den Kopf auf die Platte fallen. »Der hält mich für total beschränkt«, sagt sie. Stöhnend schließt sie die Augen. »Wetten, der schmeißt mich raus.«

Ich richte sie auf und schaue ihr in die Augen. »Warum arbeitest du überhaupt fürs Ministerium?«

Sie starrt mich an, als müsse sie sich erst mühsam in Erinnerung rufen, wer ich bin. »Die RATTEN haben Daddy umgebracht.«

»Vine wird ihn auch nicht zurückbringen«, sage ich mild.

»Lance Vine war Daddys Freund.« Sie geht zum Fenster. »Ich will zu was nutze sein.«

Und das verstehe ich sogar. Zu was nutze sein will ich auch. Aber warum müssen wir auf verschiedenen Seiten stehen? Sieht sie denn gar nicht, was sich da abspielt?

»Du solltest schlafen gehen«, sage ich.

»Ich bin froh, dass du wieder hier bist«, sagt Niamh. Sie füllt sich ein Glas Wasser und schlendert aus der Küche.

Ich kann Niamh nicht davon überzeugen, dass unser Vater seinen Tod selbst verschuldet hat. Wenn ich das glaube, mache ich mir selbst was vor.

Und ich kann auch nicht ihr Gewissen sein, das ist von vorneherein zum Scheitern verurteilt.

TEIL 3

DER VERRAT

QUINN

Bea ist auf der Flucht, verfolgt von bewaffneten Soldaten, und ganz vorne rennt mein Vater mit einer dieser altmodischen Musketen in der Hand.

Schließlich stürzt Bea und ich bin plötzlich auch da, aber ich bin an der Straße festgewurzelt und kann ihr nicht helfen. »Alles lieber als das hier«, sagt sie, doch bevor ich sie retten kann, hat Oscar sie schon weggeschleppt. Ich kann mich nur in die Dunkelheit verkriechen wie ein Feigling. Sie blickt zu Oscar auf und lächelt. Dann treffen sich ihre Lippen.

Schlagartig bin ich wach – und habe das Gefühl, erwürgt zu werden.

Clarice hat ihren Arm um mich geschlungen. Sie schnarcht.

Ich befreie mich, setze mich auf und entwirre den Atemschlauch, der es irgendwie geschafft hat, sich im Laufe der Nacht um meinen Hals zu wickeln. Auf diese Albträume könnte ich gern verzichten.

Ich steige mit meiner Sauerstoffflasche aus dem Bett. Bis auf die Unterhose bin ich nackt und so ziehe ich schnell den Pulli über, den ich auf dem Nachttisch deponiert habe.

Clarice regt sich und dreht sich zu mir um. »Das ist jetzt echt ’n bisschen unangenehm«, sagt sie gähnend, was man wohl getrost als die Untertreibung des Jahres bezeichnen darf. »Aber keine Sorge. Wir gewöhnen uns schon aneinander.«

Sie wirkt harmlos, doch mein schlechtes Gewissen erlaubt mir noch nicht mal, sie auch nur nett zu finden.

Bea ist es, neben der ich liegen und um deren Hüfte ich nachts meinen Arm schlingen sollte. Stattdessen habe ich die ganze Nacht mehr neben dem Bett gelegen als darin, um nicht versehentlich Clarice zu berühren, ständig den Blick auf die Tür gerichtet in Erwartung von Maks oder Vanya, bis mir die Augen schließlich zugefallen sind.

»Wie lange lebst du schon hier?«, erkundige ich mich.

»Seit vier Jahren. Ursprünglich komm ich aus der Kuppel. Aber ich bin heilfroh, da raus zu sein. Besonders jetzt, wo das passiert.«

»Klar«, sage ich. Ich gehe zur Tür, unter der jemand im Laufe der Nacht zwei graue, papierartige Blätter durchgeschoben hat. Bis auf die Namen sind sie identisch. Ich werfe Clarice ihres zu und lese meines.

Stundenplan für Quinn B. Caffrey

Werte – Immunität: 7 / Fertilität: A / IQ: 152 / Belastungskoeff.: hervorragend / Blutgruppe: A+

Partner: Clarice Bird

6.30 h	Meditation – Zi. 12
9.30 h	Frühstück (Akademiker) – Nebenhaus
10.00 h	Kardio – Zi. 20
13.30 h	Mittagessen (Akademiker) – Nebenhaus
14.30 h	Yoga – Zi. 7
17.30 h	Arbeitszeit – Bibliothek Hauptgebäude
19.30 h	Abendessen (Gruppe 1) – Nebenhaus
20.30 h	Injektionen – Zi. 4E
21.00 h	Meditation – Zi. 12
22.00 h	Sperrstunde

Jedwede Änderung an diesem Stundenplan bedarf der unmittelbaren Genehmigung durch Vanya. Bei Unmöglichkeit einer Pflichtleistung ist bis spätestens 30 Min. vor Plantermin Meldung beim Wachdienst erforderlich. Krankheit ist zu melden bei Schwester Jones, Schwester Layavitch oder Dr. Marcela.

Partner sind gehalten, **ausnahmslos** gemeinsam aufzutreten.

»Wie spät ist es jetzt?«, will Clarice wissen.

»Fast sechs«, sage ich mit Blick auf die Uhr über dem Bett und frage mich, ob Bea es inzwischen schon in die Kuppel zurückgeschafft hat.

»Dann sind das die letzten freien Minuten des Tages«, seufzt Clarice und steht auf, mit nichts am Leib außer einem kurzen T-Shirt. Ich bemühe mich nach Kräften, sie geflissentlich zu übersehen.

»Frei sieht anders aus.« Ich überfliege unsere Termine. Wenn ich diese Arbeitszeit schwänze, würde das auffallen? Noch eine Nacht in diesem Bett ist einfach nicht drin. Und Alina kann auf keinen Fall eine weitere Nacht mit Maks verbringen. Wir müssen allesamt so schnell wie möglich raus hier, wenn wir Oscar und Bea bei ihrem Plan unterstützen und die Kuppel zurückerobern wollen.

»Manchmal rennen die Leute von hier weg, weil ihnen die Verpaarung nicht passt. Wirst du das auch machen?«, fragt Clarice und mustert mich. Sie türmt sich ihre Haare auf dem Kopf auf und fixiert sie mit etwas, das nach Essstäbchen aussieht.

»Quatsch«, lüge ich mit breitem Lächeln und schnüre mir die Schuhe fest zu.

»Das ist gut«, sagt sie, »denn jeder, der hier abhauen will, ist am Ende tot und ich will echt nicht, dass du stirbst. Jedenfalls nicht, bevor wir uns fortgepflanzt haben.«

ALINA

Maks lässt mich keine Sekunde aus den Augen und verhindert damit erfolgreich jede Fluchtplanung. Der einzige Teil dieses Tages, der nicht unter absolute Hölle fällt, ist die Truppenübung. Rennen, Boxen, Werfen und Ducken stehen ganz oben auf meiner Trainingswunschliste und sogar Maks scheint beeindruckt, als ich beim Zielschießen auf die an Drähten baumelnden Dosen und Flaschen zuverlässig ins Schwarze treffe. »Gar nicht übel«, sagt er. Vielleicht glaubt er ja, ich würde mich für Sequoia so ins Zeug legen, doch ich will einfach selbstverteidigungstechnisch wieder auf der Höhe sein, wenn wir in die Kuppel zurückkehren.

Immer, wenn ich Silas sehe, hängt Wren ihm auf der Pelle, und als ich einen Unterhaltungsversuch starte, zerrt Maks mich doch tatsächlich weg. Und Sugar hat sich schon voll an Abel geklettet. Beim Mittagessen probiert er, unauffällig mit mir in Kontakt zu treten, doch Maks überwacht jeden Bissen, den ich mir in den Mund schiebe, und feuert sengende Blicke auf Abel ab.

Nachdem wir vormittags an unserer Treffsicherheit gearbeitet haben, werden jetzt steingefüllte Rucksäcke für eine Wanderung ausgeteilt. Selbst die alten Hasen bekommen Sauerstoffflaschen. »Sparsam verwenden«, ermahnt uns Maks und führt hundert Milizionäre aus Sequoia heraus und über einen Trampelfpad in die Berge, vorbei an Felsen, abgestorbenen Gräsern und verwitterten Tierskeletten.

Im strömenden Regen marschieren wir Stunde um Stunde. Wir sind durchgeweicht bis auf die Knochen. Ich drehe das Sauerstoffventil auf, aber auch so ist alles zu viel: Die Neulinge, ich eingeschlossen, fallen immer weiter zurück. Maks läuft ganz vorne, während ich mit Abstand die Letzte bin. Doch plötzlich ist Abel neben mir, zupft mich am Ärmel und sagt irgendwas, aber mit meinem Schnaufen im Ohr, dem Regen und dem lauten Marschieren kann ich ihn nicht verstehen. Er hält mich fest, damit ich langsamer gehe. Die Truppe prescht unbeirrt weiter. Wir stehen nebeneinander und er lüpft seine Maske. »Maude, Bruce und Jo«, sagt er.

»Was haben sie mit ihnen gemacht?« Ich nehme mal an, dass die Leiche, die Crab vor Silas' und meinen Augen vergraben hat, die eines Stifters war. Enden die alle da draußen in den Massengräbern? Aber warum?

Abel lässt die Maske zurückschnalzen und spricht lauter. »Ich zeig's dir heute Abend. Wir müssen schnell handeln. Jede Stunde, die verstreicht, ist eine zu viel.«

Ich stolpere über einen Stein und schreie auf. Abel fängt mich ab und Maks, der schon fast dreißig Meter voraus ist, schnellt herum und bleibt stehen. Er lässt die anderen vorbeiziehen und wartet, bis wir ihn eingeholt haben. Dann marschiert er neben uns weiter.

»Ihr Ventil hat geklemmt. Sie hat keine Luft mehr gekriegt«, sagt Abel, der sich wieder neben Sugar eingliedert.

»Du – bleibst – bei – mir«, sagt Maks und packt mich so am Arm, dass mich der Schmerz wie ein Blitz durchfährt. Ich entwinde mich seiner Umklammerung und Maks hebt die Hand, als wolle er mir eine knallen, bevor er sich innerlich zurückpfeift. »Genug für heute«, verkündet er der Truppe, macht auf dem Absatz kehrt und läuft wieder bergab.

»Heut Abend. Warte im Flur auf mich, nach den Spritzen«, raunt Abel mir noch zu.

Im Speisesaal findet Silas einen Platz neben mir. »Wo ist Maks?«, fragt er. Ich nicke unauffällig zum Podest, wo Maks neben Vanya sitzt, mich aber keine Sekunde aus den Augen lässt. »Stalker«, murrt Silas. Er löffelt sich eine Ladung Kakerlaken auf den Teller. »Wie kommen wir hier jetzt raus?«

»Quinn hat mir erzählt, dass in der Kuppel ein Aufstand geplant ist. Wir müssen zurück und helfen.« Ich nehme mir eine Scheibe Eiweißbrot und schiebe sie mir in den Mund. Es ist so trocken, dass es mir am Gaumen kleben bleibt.

»Ist er sicher?«

»Scheint so. Aber da ist noch was… Maude und Bruce sind in Gefahr. Abel bringt mich heute Nacht zu ihnen.«

Wren, die Silas gegenübersitzt, beugt sich näher zu

uns heran. »Häh?«, macht sie und spuckt dabei ihre Brösel bis auf Silas' Teller.

»Lass mich in Frieden«, fährt Silas sie an und Wren zieht sich beleidigt zurück und schmollt, den Körper leicht abgewendet. Silas rutscht näher zu mir. »Abel war derjenige, der uns zum *Bleiben* überredet hat.« Er schlägt mit der Faust auf den Tisch.

»Vielleicht hat er nicht geglaubt, dass einer von uns Stifter werden könnte.«

»Du begleitest ihn auf keinen Fall. Ich will nicht, dass du als Nächste da draußen verbuddelt wirst«, sagt Silas.

»Sobald wir Maude und Bruce haben, können wir zurück und das Ministerium stürzen. Ist das nicht, was wir immer gewollt haben?« Auf jeden Fall ist es das, was ich immer gewollt habe.

Silas späht um sich. Quinn und Dorian sitzen am anderen Ende des Speisesaals bei den übrigen Akademikern, aber von Maude und Bruce keine Spur. »Schön, geh mit Abel«, sagt er. »Und wegen der Rückkehr in die Kuppel ...«, fängt er an, doch plötzlich ist es mucksmäuschenstill im Raum.

Vanya ist aufgestanden. »Heute Abend muss ich nur eine Sache ansprechen.« Sie macht eine Kunstpause und alle, die noch gegessen haben, legen ihr Besteck ab. »Unser Hausmeister Peter Crab, der nicht nur für das Gelände innerhalb Sequoia verantwortlich ist, sondern auch jenseits der Mauer den Anschein von Ordnung aufrechterhält, ist verschwunden. Wenn einer von euch ihm über den Weg laufen oder irgendeine Idee haben sollte, wo er stecken könnte, wendet euch bitte umgehend an Maks.« Maks' Augen tasten den Saal ab. Doch Silas und ich schauen uns nicht an.

Nicht das allerkleinste bisschen. Wir wissen auch so, dass uns die Zeit davonläuft.

Als ich das Labor verlasse, bin ich ganz hibbelig von der EPO-Spritze. Immerhin bin ich um die Tabletten rumgekommen, indem ich sie unter der Zunge versteckt und beim Warten auf Abel unter den Flurläufer geschoben habe. Abel kommt aus einem anderen Raum, begleitet von Sugar, die sich den Unterarm reibt. Die stumpfen blonden Strähnen hängen ihr ins Gesicht.

»Meditation lass ich heute mal sausen, Sugar«, sagt Abel. »Ich fühl mich nicht gut.«

»Ach ja?«, sagt sie mit eisiger Stimme. Ich will nicht eifersüchtig sein, aber ich spüre trotzdem einen kleinen Stich. Sie scheint Abel noch nicht mal zu mögen und trotzdem darf sie den ganzen Tag mit ihm verbringen. Und die ganze Nacht.

»Ich hab mir den Nacken gezerrt. Wahrscheinlich vorhin bei der Bergtour«, sagt Abel.

»Okay«, meint Sugar und beäugt mich ungnädig. »Dann gute Besserung.« Damit stiefelt sie über den Flur davon, sich immer noch den Arm reibend.

»Was ist mit Maks? Was hast du ihm erzählt?«, fragt Abel.

»Der muss irgendwas für Vanya erledigen. Hat gemeint, wir sehen uns erst später im Zimmer. Eine Stunde haben wir, würd ich sagen.«

»Gut«, sagt Abel. Ohne eine weitere Sekunde zu vergeuden, hasten wir den Flur entlang und eine Treppe hinab. Unten am Treppenabsatz fingert Abel an einem riesigen Gemälde an der Wand herum, bis es mit einem Klicken beiseiterutscht und einen verborgenen Gang freigibt. »Mir nach«, sagt er. Wir huschen hinein und Abel zieht das Bild hinter uns zurück an Ort und Stelle. Ich will abwarten, bis meine Augen sich an die Dunkelheit gewöhnt haben, doch da warte ich umsonst. Hier verirrt sich kein Lichtstrahl hinein. Ich strecke meine Hand nach Abel aus und er ergreift sie. *Das bedeutet überhaupt gar nichts*, ermahne ich mich. Ich darf mich nicht schon wieder so gehen lassen.

»Vorsicht«, sagt er und wir stapfen los. Meine freie Hand gleitet an der Mauer entlang, mein Fuß tastet vorsichtshalber jede Stufe ab.

»Es war echt schwer, als du verschwunden bist. Die haben dich für tot erklärt. Kam sogar in den Nachrichten«, sage ich. So in Finsternis verborgen lässt es sich viel leichter mit Abel reden. Ich kann ehrlicher sein, mehr ich selbst.

»Es tut mir leid«, sagt er und mehr muss ich gar nicht hören. Doch er redet weiter. »Mein Auftrag war es, so viel wie möglich über die Rebellen rauszufinden. Vanya meinte, ihr hättet ein neues Zuchtprogramm entwickelt, aber das Einzige, was ihr gezüchtet habt, waren Pflanzen.«

Unsere gemeinsame Mission mit dem Stecklingsdiebstahl aus dem Biosphärenreservat war mein erster großer Auftrag für die Rebellen, doch für Abel war es nicht mehr als irgendein Job. Einfach mitmachen, sonst nichts. Und weil er obendrein noch kalte Füße bekam, wurden wir beinahe erwischt. Und *deshalb* musste ich aus der Kuppel fliehen und Bea und Quinn in etwas reinziehen, von dem sie null Ahnung hatten. Ich könnte jetzt unendlich weitermachen, alles aufzählen, was dank dieser Aktion schiefgelaufen ist und uns in diese Situation hier gebracht hat.

»Die Bäume waren dir scheißegal.«

»Ich hab daran geglaubt, was wir machen«, entgegnet er. »Das Bäumezüchten hat den Leuten Hoffnung gegeben. Nach diesem Tag in der Biosphäre wollte ich dir unbedingt sagen, wer ich bin, aber bevor ich dazu gekommen bin, haben sie mich verhaftet.« Er drückt meine Hand.

»Was hat das Ministerium dir angetan?«

»Mir die Seele aus dem Leib geprügelt. Die haben immer noch darauf gewartet, dass ich auspacke, als die Aufstände losgegangen sind, und dann hat mich irgendein Minister rausgeschmissen, weil er geglaubt hat, ich ersticke. Als ich's letztendlich zum Hain geschafft hatte, war der nur noch ein Trümmerhaufen.« Er hält kurz inne. »Jetzt sind wir ganz unten. Komm.« Wir eilen einen engen Gang entlang. Der Boden ist rutschig, aber Abel zögert nicht.

»Und Jo?« Jetzt, wo ich schon dabei bin, kann ich ihn das auch noch fragen.

»Die hab ich am Hain getroffen. Sie ist weggelaufen und deshalb ist sie jetzt Stifterin.«

Aber darauf wollte ich gar nicht hinaus. Er lässt meine Hand los. Ein dürrer Lichtstrahl dringt in den

Gang und ein eisiger Windstoß haucht mich an. »Da lang«, sagt Abel und führt mich ins Freie. Das Hauptgebäude haben wir hinter uns gelassen, doch Abel dreht sich immer wieder prüfend um. Jetzt kommen wir zu einem Gebäude, dessen Fenster so schmal sind, dass es schon absurd ist.

»Schau rein«, flüstert Abel. Mein Magen dreht sich um. Wenn ich da jetzt reinblicke, dann werde ich es gesehen haben. Die Bilder wären für immer in meinem Kopf. Ich drücke ein Auge gegen die Scheibe.

Im Inneren ist eine grell beleuchtete Krankenstation mit zwei gegenüberstehenden Reihen von Eisenbetten, an denen Menschen in fadenscheinigen Hemdchen festgezurrt sind. Alle haben Schläuche in Nase und Mund und eine Infusionsnadel in den Händen. Alles hängt an zischenden Apparaten neben ihren Betten. Ein schrilles Piepsen erfüllt den Raum und eine Krankenschwester springt von ihrem Schreibtisch auf und eilt zu einem Bett, um dort an der Maschine rumzudrehen. Das Piepsen wird von einem tiefen Stöhnen abgelöst. Die Schwester blickt ungerührt aufs Bett und kehrt dann zu ihrem Tisch zurück.

Ich lasse mich neben Abel zurücksinken. »Das kapiere ich nicht«, sage ich.

»Das ist das Testlabor. Ihr Sauerstoff wird unter Überwachung der Organfunktion rationiert. Vanya lässt untersuchen, welche chemischen Bedingungen das Ersticken verhindern könnten.«

Ich schaue wieder hinein, um Maude und Bruce zu finden, aber jeder da drinnen ist gleichermaßen abgemagert und die Gesichter sind nicht zu erkennen. »Wie lange lassen die sie in dem Zustand?« Abel zögert mit seiner Antwort und so gebe ich sie mir schließlich selbst. »Die experimentieren so lange an den Menschen rum, bis sie sterben?« Irgendwo hatte ich das schon erwartet, aber die Gewissheit ist noch mal was ganz anderes. »Aber wie begründet Vanya den anderen gegenüber, dass sie komplett von der Bildfläche verschwinden und nie wieder gesehen werden?«

»Du hast doch gehört, was sie in der Orangerie von sich gegeben hat – dass die Stifter ihr Leben der Meditation widmen und die Energie nicht verunreinigt werden darf.«

»Und das kaufen die Leute ihr ab?«

»Ein paar schon. Andere denken lieber gar nicht groß drüber nach.« Das wundert mich nicht. Klingt auch nicht unwahrscheinlicher als die Idee, dass Bäume nur in der Biosphäre wachsen können. Die Leute fressen, was man ihnen vorsetzt.

»Da ist noch was«, sagt er und kriecht zu einem anderen Fenster.

Das Zimmer steht voller Babybetten und Laufställe. In einem Schaukelstuhl schläft eine Schwester mit einem Baby auf dem Arm. Die Kinder weinen, keuchen oder liegen apathisch da. An Schläuchen hängt keines von ihnen, doch die meisten sind mit Pflastern und blauen Flecken übersät. Mit einem Kreischen setzt sich ein Kleinkind in seinem Bett auf, die Augen voller Tränen. Die Schwester öffnet nur ein Auge. »Pssst«, macht sie.

»Die leiten hier fünfzehn Prozent Sauerstoffgehalt

ein«, flüstert Abel, »und gehen dann immer weiter runter, bis ein Kind Anzeichen von Erstickung zeigt. Das hängen sie dann an eine Oxybox. Training.«

Ich starre wieder in den Raum. Die Babys sind alle an ihren Bettchen festgeschnallt. »Wo sind die Mütter?«, frage ich. Ist der Säugling von dem Mädchen auf dem Speicher auch dabei?

»Vanya glaubt, all diese Kinder gehören ihr. Die Mütter bleiben im Haupthaus. Die älteren Kinder sind ein Stockwerk höher. Wenn sie überleben, kommen sie mit zwölf Jahren auch rüber ins Haupthaus. Vanya macht das erst seit acht Jahren. Sie glaubt, sie züchtet eine überlegene menschliche Rasse.«

»Sie ist wahnsinnig.«

Ein Schatten verstellt uns das Licht von drinnen. »Wir sollten die Rollos runterlassen«, sagt eine schartige Stimme. Das Licht wird dumpf. Ich dränge mich gegen die Wand.

»Du hast Jo hierhergebracht und *uns* zum Bleiben überredet, obwohl du davon gewusst hast«, zische ich.

»Irgendwo musste Jo das Baby ja bekommen. Und das ganze Ausmaß war mir auch nicht klar, bis Jo es mir vor ein paar Tagen erzählt hat.«

»Sie hat's gewusst?«

»Maks hat es ihr bei ihrer Rückkehr mit großen Genuss unterbreitet«, sagt er unbehaglich.

»Und jetzt?«, frage ich. Die Fenster sind zu schmal, um in das Gebäude zu gelangen, und wir können schlecht einfach durch die Tür spaziert kommen.

»Maks hat die Schlüssel«, sagt er. »Wenn wir die kriegen könnten ...« Er spricht es nicht aus.

»Soll das ein Witz sein?« Maks ist nicht der Typ, der Schlüssel rumliegen lässt.

»Das ist die einzige Möglichkeit, Alina«, sagt er. Er klingt entschlossen, aber er hat ja auch gut reden, denn sein Leben steht hier nicht auf dem Spiel.

»Also, wenn wir das tun, lassen wir keinen der Stifter hier zurück. Und die Kinder erst recht nicht.«

Abel glotzt mich an. »Was? Nein. Die können wir unmöglich alle mitschleifen. Da werden wir garantiert geschnappt.«

Ich halte inne, weil ein Baby zu weinen beginnt. Das Geschrei wird lauter und lauter, bis es schließlich abebbt und die Nacht wieder ruhig wird. »Glaubst du, wir helfen dir, Jo zu retten und sonst niemanden?« Abel schüttelt schuldbewusst den Kopf.

»Warst du die ganze Zeit in sie verliebt?«, frage ich.

Er seufzt. »So ist das ja gar nicht. Jo ist meine beste Freundin. Ich kenn sie schon mein ganzes Leben. Du und ich, wir hatten nie Zeit, uns richtig kennenzulernen. Wenn wir das täten ...«

Ich will Abel sagen, er soll sich zum Teufel scheren. Wenn er glaubt, mich mit so einem Versprechen ködern zu können, dann kennt er mich wirklich nicht. »Lass uns zurückgehen, ehe noch jemand merkt, dass wir fehlen«, sage ich. »Morgen sag ich dann allen, was zu tun ist.«

Wir eilen durch die Tür und ins Haupthaus zurück, Abel klammert sich an meinem Arm fest. Seine Berührung lässt mein Herz schneller schlagen und ich könnte mich dafür selbst ohrfeigen. »Warum tust du die ganze Zeit so abgebrüht? Du machst es einem auch nicht leicht, dich zu lieben.«

Fast muss ich lachen, doch dann packt mich die Wut und ich schubse ihn so hart, dass er rückwärtstaumelt. Er hat null Vorstellung davon, was ich seinetwegen durchgemacht habe, weil er gelogen hat, weil er sich hat erwischen lassen. »So langsam hab ich keine Kraft mehr«, fauche ich. »Ich werd mich jetzt noch auf diese eine Sache konzentrieren und dann ziehe ich mich aus dem Weltrettungsgeschäft zurück. Und danach können wir uns vielleicht drüber unterhalten, wie unliebenswert ich doch bin. Kapiert?«

BEA

Oscars Dachgeschossatelier ist unter Gemälden und Zeichnungen begraben, auf dem Boden und an den Wänden ist ein Regenbogen an Farben verspritzt. Auf der Staffelei ruht eine große Platte, auf die dicke und unregelmäßige Linien in Rot und Grau geschmiert sind.

»Was bedeutet das?«, frage ich und trete zur Staffelei.

»Wenn ich das wüsste, könnte ich mir den Therapeuten sparen«, grinst er.

»Es gefällt mir«, sage ich. Vielleicht könnte ich auch malen. Irgendwann in der Zukunft. Falls ich eine habe.

»Ich verwende nur die Farben des Himmels.« Er deutet auf das riesige Oberlicht. Nichts als die Glasdecke der Kuppel und die Sonne sind sichtbar. Hier ist er wirklich ganz für sich. Ein Refugium. An Oscars Stelle würden mich hier keine zehn Pferde mehr rausbringen. Aber jetzt, wo wir wissen, dass das Ministerium in allen leer stehenden Wohnungen den Sauerstoff abdrehen will, opfert er es als Versteck für Harriet, Gideon und die anderen Rebellen, die auf der Todesliste des Ministeriums stehen. Es ist einfach unmöglich, unter der Hand ausreichend Sauerstoffflaschen aufzutreiben, um untergetauchte Rebellen in luftleeren Wohnungen am Leben zu erhalten.

»Du bist ein guter Mensch«, sage ich ihm, falls er es noch nicht selbst weiß.

»Gelegentlich«, meint er.

Er macht den Boden frei, sammelt die Dosen mit Farbe, Gips und Leim ein, stapelt sie in einer Ecke und hängt gerade die an die Wand gelehnten Bilder an krummen Nägeln auf, als es sachte an der Tür klopft. Oscar lauscht und schiebt dann den Riegel beiseite, um Wendy mit einem Bündel Laken und Decken einzulassen. »Mehr habe ich nicht«, sagt sie und wirft das Bettzeug auf den Boden. »Ich schau noch mal bei dir im Zimmer. Aber wir müssen uns beeilen, Niamh wird bald zurück sein. Und wie soll das mit dem Essen werden? Wie soll ich die Mehrausgaben denn erklären?«

»Das regle ich«, sagt Oscar. Wenn man bedenkt, was er da gerade tut, ist er erstaunlich gelassen. Selbst ich habe Herzrasen, dabei ist es noch nicht mal mein Haus.

»Und was, wenn sie auf die Toilette müssen?«, fragt Wendy. Sie verzerrt das Gesicht und instinktiv tue ich es ihr nach. Oscar bleibt entspannt.

Er hebt eine Abdeckplane vom Boden auf und hakt eine Ecke an einen Nagel in der Decke, die andere an eine vorstehende Schraube in der Wand. »Mehr als ein Deckeleimer wird's nicht werden und ich kann nicht verprechen, dass ich ihn stündlich leeren kann, wenn Niamh hier rumschleicht, aber es muss halt gehen«, sagt er.

»Wie viele werden es sein?«, fragt Wendy. Sie stupst mit dem Zeh gegen das Bettzeug. Beide schauen mich an.

»Um die fünfzehn.«

»Sobald Niamh im Bett ist, bringen wir sie hoch. Aber ich finde es immer noch schrecklich riskant, sie hier zu verstecken«, sagt Wendy. Mich in ihrem Häuschen untertauchen zu lassen war schon stressig genug für sie, doch dass sie jetzt eine ganze Rebellenhorde im Haus verstecken darf, direkt über den Köpfen von Niamh und irgendwelchen Besuchern aus dem Ministerium, das macht sie fertig.

Oscar nimmt eine Decke und breitet sie aus. »Hier oben wird niemand nachschauen«, sagt er. »Oder würdest du auf die Idee kommen?«

Wendy schüttelt den Kopf. Trotzdem: Hier alle sauber, satt und ruhig zu halten wird eine Herausforderung.

»Haben Sie meine Sachen auch hochgebracht?«, frage ich Wendy.

Sie blinzelt und guckt zu Oscar. »Kein Grund, weshalb du hier mit all den anderen übernachten solltest«, sagt sie. »Nach dem, was du durchgemacht hast, brauchst du ein bisschen Privatsphäre.« Oscar hüstelt und Wendy verstummt. Sie beißt sich auf die Unterlippe. Oscar muss ihr von der Geschichte mit den Ausgestoßenen erzählt haben.

»So eine Sonderbehandlung wäre nicht gerecht«, murmle ich. Ich wollte, er hätte das nicht ausgeplaudert. Quinn hätte das nie getan. Er weiß, wie man ein Geheimnis für sich behält.

»Ich schaue nach, ob ich noch ein paar Laken auftreiben kann«, sagt Wendy, öffnet die Tür und schleicht davon. Oscar schiebt den Riegel wieder vor. »Du musst hier nicht die Märtyrerin spielen, weißt du?«

Ist das sein Ernst? »Ich spiele die Märtyrerin?«

»Bea … so meine ich das nicht. Bitte bleib unten bei Wendy.« Er legt den Kopf schief und sieht mich mit großen Augen an.

Ich wende mich ab und gehe auf eines seiner Gemälde zu: ein Serie von Ringen mit kleinen, scheinbar wahllos verteilten türkisen Punkten. »Du malst kein bisschen gegenständlich. Hat alles was Brutales an sich. Wieso?«

»Die Leute sehen, was sie sehen wollen«, meint er. »Und du siehst Gewalt.«

Ich gehe nicht darauf ein, sondern berühre sanft das Bild. Obwohl die Farbe wirkt, als könne sie jederzeit von der Platte auf den Boden tropfen, ist sie hart und gummiartig. »Glaubst du, wir kriegen ausreichend Rekruten zusammen, um was zu bewirken?«

Er stellt sich neben mich. »Wir müssen es zumindest versuchen, oder?«, fragt er.

»Nein, Oscar. Gewinnen, das müssen wir.«

»Und das werden wir auch.«

Oscar dreht das Radio auf, fette Bässe dröhnen durchs Studio. Alle schauen ihn an. »Beim Malen habe ich immer Musik laufen«, erklärt er.

»Tja, ihr hattet recht. Vor zwei Stunden haben sie aus unserer Wohnung die Luft abgesaugt«, meint Harriet. Sie rollt ihren Schlafsack neben Gideons aus und mustert die anderen Rebellen, die ihre spärlichen Besitztümer auspacken. Eine Gruppe von Mädchen lässt sich unter dem Oberlicht nieder. Als sie mich entdecken, lächeln sie mir zu. Am anderen Ende des Ateliers richten es sich einige Männer und Jungs unter Geflüster miteinander ein.

Ich habe mir schon ein Plätzchen an der Tür gesucht und Wendy hat noch eine Extradecke für mich aufgetrieben, falls mir kalt wird.

»Und jetzt? Hier drinnen sind wir doch völlig lahmgelegt«, sagt Gideon.

»Aber am Leben«, sage ich. Im Gegensatz zu vielen anderen.

Oscar zaust sich die Haare. »Old Watson und ich gehen heute Abend auf Tour, um noch mehr Bewerber für die Armee aufzutreiben. Sobald wir genug Leute zusammenhaben und alle ausgerüstet sind, werden wir kämpfen.«

»Da können wir lange warten«, sagt Gideon.

»Und wir können lange warten«, sagt Harriet. »Bea hat recht. Weder tot noch im Knast zu sein muss jetzt erst mal reichen.«

»Und was, wenn seine Schwester hier hochkommt?«, fragt Gideon in die Runde, ohne Oscar anzusehen. Ich halte meinen Mund, obwohl ich ihn eigentlich daran erinnern sollte, dass Oscar ihm gerade das Leben gerettet hat und er ein bisschen mehr Dankbarkeit zeigen könnte.

»Die Tür geht nur mit Daumenabdruck auf und meiner ist als Einziger registriert.«

»Der Daumenabgleich. Sicherer geht's ja kaum«, höhnt Gideon.

Ich kann's nicht mehr hören. »Oscar tut, was er kann. Wenn du lieber gehen und in der Gosse leben willst, bis dich jemand einsammelt, dann bitte. Das ist für niemanden die Ideallösung hier«, stelle ich klar.

Harriet schaut ihren Mann finster an. »Gideon ist Oscar sehr dankbar. Wir alle sind das.«

Oscar reibt sich nervös die Hände. »Ich komme einmal am Tag, soweit möglich. Ich bringe dann Essen mit.« Er dreht die Musik ab. Alle Augen richten sich auf ihn. »Ihr solltet auf Zehenspitzen gehen und nur leise reden«, sagt er.

Als er schon bei der Tür ist, komme ich ihm nach. Plötzlich will ich, dass er bleibt. Ich klammere mich an seinem Hemdzipfel fest. »Du bist hier oben verantwortlich«, sagt er. Er betrachtet meine Hand, die ihn immer noch umklammert, und berührt sie mit den Fingerspitzen. Wenn ich ihn jetzt frage, würde er mich mitnehmen. Aber ich muss hier alles im Griff behalten.

Ich lasse ihn los. »Gute Nacht«, sage ich und er huscht aus der Tür.

Ich gehe zu meinem Schlafplatz und lege mich hin, mit dem Gesicht zur Wand. Vor meinen geschlossenen Augen erscheint Quinn. Eine Weile lang habe ich geglaubt, ich würde ihn nie wiedersehen, aber das war nur die Angst, ihn für immer zu verlieren.

Jetzt habe ich keine Angst mehr, glaube ich.

QUINN

Jedes Mal, wenn die Speisesaaltür aufschwingt, hoffe ich auf Alina, aber sie kommt erst hereinmarschiert, als ich es schon fast aufgegeben habe. Sie mustert mich mit ihrem Pokerface und setzt sich dann zur restlichen Miliz. Der Tischdienst stellt einen roten Nachtisch ans andere Ende der Tafel und die Akademiker beladen ihre Teller mit Riesenportionen, ohne einen Gedanken an uns zu verschwenden. »Ich organisier uns was«, sagt Clarice.

»Für mich nichts«, sage ich und schiebe meine grün gefüllte Schüssel von mir. Das Kinn in die Hände gestützt, sitze ich den Rest des Essens einfach nur ab. Ich spüre Clarice' Augen auf mir, doch auf Konversation hab ich überhaupt keinen Bock.

Es zieht sich derart, dass es schon wehtut, bis mich das Schrillen der Glocke erlöst. Ich eile auf die Tür und Alina zu, als ich ein Zupfen am Arm spüre. »Versuchst du, mich abzuhängen?«, witzelt Clarice.

»Natürlich nicht. Komm schon«, sage ich. Dass sie zu Vanya dackelt und mich wegen Unaufmerksamkeit verpfeift, würde mir gerade noch fehlen.

Als wir rausgehen, ziehe ich mir die Maske über den Kopf. Alina wartet schon. »Hey«, sagt sie, ohne Clarice überhaupt wahrzunehmen.

»Ich komm gleich nach, okay, Clarice?«, sage ich.

»Klar«, antwortet sie lächelnd und geht schon mal weiter.

»Wirkt ganz nett«, sagt Alina.

Ich verdrehe die Augen. »Ich wollte, sie wäre es nicht.« Jetzt, wo ich mich in ihrer Gegenwart nicht mehr wie ein Vollidiot aufführe, ist es ganz entspannt zwischen uns.

»Heute Nacht hauen wir ab«, flüstert Alina.

»Gut«, sage ich. Wir hatten keine Zeit, uns vorzubereiten, aber wenn Alina es für richtig hält, dann vertraue ich ihr.

Sie zieht mich neben das Haupthaus außer Sichtweite. »Wir müssen vor der Flucht noch Maude, Bruce und ein paar andere einsammeln. Treffpunkt um Mitternacht im dritten Stock des Ostflügels, am Treppenabsatz. Sei pünktlich und sag auch Dorian und Song Bescheid. Ich weiß nicht, ob ich's selbst hinkriege. Maks hält mich an der kurzen Leine.« Ohne weitere Diskussion stiefelt sie davon.

Ich sprinte hinterher. »Und die Kuppel?«

»Entspann dich! Wir werden an der Seite von Bea und meiner Tante und meinem Onkel kämpfen, aber das bleibt zwischen dir, mir und Silas. Darüber soll sich sonst niemand den Kopf zerbrechen.«

»Ich denke, wir sollten auf schnellstem Weg zur Kuppel. Keine Umwege.«

Da taucht plötzlich Clarice hinter uns auf. »Im Ernst? Geht ihr mit der Miliz mit?«, fragt sie.

Alina starrt mich an, als sei Clarice' übermenschliches Hörvermögen meine Schuld. Und ich will mir gerade irgendeine Ausrede aus den Fingern saugen, als mir unsere Unterhaltung von heute Morgen einfällt. Clarice hat gemeint, sie sei froh, aus der Kuppel raus zu sein – wegen der Aufstände, wie ich geglaubt habe. Hab ich da was missverstanden? »Kaum jemand weiß, dass wir zurückgehen«, sage ich vorsichtig.

»Oh.« Clarice blickt sich rasch über die Schulter. »Hat Maks dir gesagt, wann's losgeht?«

Alina schaut mich wieder an, aber diesmal, weil Clarice uns Wissen voraushat und ich sie zum Reden bringen soll.

»Schon heute Nacht.« Ich schiebe Clarice die Haare aus dem Gesicht und grinse. So habe ich immer mit Mädchen geflirtet. Allerdings scheint das bei Clarice nicht so zu ziehen. Sie weicht mir aus.

»Aber sonst geht doch keiner von den Akademikern«, sagt sie. Ich zucke die Schultern und Clarice kickt einen Stein gegen die Mauer. »Warum soll ausgerechnet ich meinen Partner verlieren? Das ist doch unfair. Maks hat gemeint, nur die Miliz geht, und deshalb haben sie auch so knallhart trainiert. Liegt's daran, dass du dich in der Kuppel auskennst? Hast du irgendwelche Insiderinformationen oder so?« Sie bremst sich und wartet ab, weil hinter uns jemand vorbeigeht.

»Mein Dad ist der Oberbefehlshaber der Armee«, gebe ich widerstrebend zu.

»Und da gefallen dir Maks' Pläne?«, fragt sie. »Ich wünsch mir ja auch neuen Lebensraum, das tun wir alle. Aber einfach die Rohrleitungen der Luftaufbereitungsanlage kappen? Gibt's denn keine andere Methode, das Ministerium loszuwerden?«

Alina und ich erstarren. Kann das wahr sein? Würden Maks und Vanya wirklich so viele unschuldige Menschenleben opfern? Panik macht sich in mir breit und ich muss den Sauerstoffregler hochdrehen. Ich denke an Bea, meine Brüder, meine Mutter. An meinen Vater, der mich letztlich doch noch gerettet hat. Und ich denke sogar an Riley und Ferris, die größten Nervbolzen aller Zeiten, aber in einem früheren Leben mal meine Freunde. Selbst die haben es nicht verdient zu ersticken.

»Wie hast *du* von der Mission erfahren?«, frage ich Clarice.

»Jo«, sagt sie verblüfft. »Maks hat's ihr erzählt, glaub ich.«

»Scheiße«, sagt Alina. »Scheiße, Scheiße, Scheiße, Scheiße, *Scheiße!* Wenn ich Abel erwische …« Sie ballt die Hände zu Fäusten.

»Abel weiß davon?«

»Na klar weiß der davon. Er ist nur sehr wählerisch, was die Weitergabe seiner Infos angeht.«

Eine Gruppe Milizionäre stapft an uns vorüber. »Alina, kommst du?«, fragt einer von ihnen.

»Klar«, ruft sie und geht rückwärts auf sie zu, während ihr Mund noch ein Wort für mich formt: *Mitternacht.*

ALINA

Maks will und will nicht einschlafen. Er liegt im Bett, ich auf dem Boden. Jedes Mal, wenn ich die Augen aufmache, erwische ich ihn beim Spannen. Und wenn er merkt, dass ich nicht schlafe, lächelt er. Manchmal zwinkert er auch, aber ansonsten ist es nur das kühle Lächeln, als wisse er genau, was ich vorhabe. »Komm doch einfach rein«, sagt er irgendwann und lüpft die Decke, um seinen breiten, tätowierten Oberkörper und einen schwachen Moschusduft freizulegen.

»Nein danke.« Ich schließe die Augen.

Es ist fast Mitternacht, die anderen warten sicher schon. Trotzdem verordne ich mir Entspannung, bis sein Atmen sich endlich verlangsamt, auch wenn es sich wie Stunden anfühlt. Er schnarcht lautstark. Ich setze mich hin und krieche zum Bett, um ihn genauer zu betrachten. Seine Augen stehen halb offen, doch er schläft tief und fest.

Seine Hose hängt an der Tür. Ich fahre mit der Hand in die eine, dann in die andere Tasche, um die Schlüssel zu finden. Fehlanzeige. Ich fummle in einer der hinteren Taschen herum und spüre kaltes Metall an meinen Fingern. So vorsichtig wie möglich ziehe ich den Schlüsselbund aus seiner Hose. Maks sabbert im Schlaf. Jetzt könnte ich mit ihm machen, was ich will. So mauloffen schnarchend ist er kein ganz so harter Kerl mehr. Aber ich habe keine Zeit zu verlieren. Ich muss hier raus.

Wahllos schiebe ich einen der Schlüssel ins Schloss. War wohl nichts. Der nächste passt, will sich jedoch nicht bewegen. Und weiter und weiter, bis nach neun oder zehn Versuchen endlich einer passt und sich auch drehen lässt. Mit einem lauten Ächzen geht die Tür auf. Ich sperre Maks von der anderen Seite ein, tripple auf Zehenspitzen den Flur entlang und eile zur verborgenen Tür hinter dem Gemälde.

Dort warten sie schon: Silas, Song, Abel und Quinn, alle beladen mit mehreren Sauerstoffflaschen und kleinen Taschen. »Wo warst du?«, flüstert Silas.

»Maks wollte einfach nicht einpennen.«

»Die Schlüssel?«, fragt Abel. Ich reiche sie ihm und er windet die Finger darum, als hätte ich ihm gerade einen Goldpokal kredenzt.

»Wo steckt Dorian?«

»Er scheint lieber bleiben zu wollen«, meint Silas gelassen.

»Das würde er nicht tun. Ich sehe nach ihm.«

»Dafür haben wir keine Zeit.« Silas packt mich beim Arm. »Und er hat seine Wahl offensichtlich getroffen.«

»Er hat uns selbst gesagt, dass er nicht als Ausgestoßener leben möchte«, meint Song.

»Wir können nicht ohne ihn gehen«, sage ich. Wir sind gemeinsam gekommen und so sollten wir auch gehen. Außerdem werden wir keine Ausgestoßenen sein, wenn wir das Ministerium stürzen.

Aus einem der Zimmer über uns hallt eine Stimme. »Leise«, mahnt Abel. Er schiebt das Gemälde beiseite. »Na los!« Die Stimmen über uns werden lauter, begleitet von Schritten. Wenn wir hier noch länger rumstehen und diskutieren, erwischen sie uns und dann kommt keiner mehr raus.

»Ich werde zurückkommen und ihn holen«, sage ich. Und das meine ich auch. Ich rette hier nicht Maude und Bruce, nur um Dorian hierzulassen. Er war von Anfang an bei den Rebellen dabei und ich kenne ihn einfach schon zu lange. Ich weiß, dass er sich nicht über Nacht geändert hat.

»Komm schon«, sagt Silas.

Abel schleust uns am Bild vorbei und schiebt es wieder zurück. Wir gehen vorsichtig die Treppe hinunter, um nicht auszurutschen und übereinanderzupurzeln.

»Ich geh vor. Ich hab das Allerheiligste jetzt schon ein paar Tage ausgekundschaftet und kenn den ungefähren Aufbau«, meint Abel.

»Und der Plan?«, fragt Silas.

»Wir gehen rein, machen so viele Stifter und Kinder los wie möglich und verpissen uns auf schnellstem Wege«, sagt Quinn. Dankenswerterweise erwähnt er weder die Kuppel noch Bea.

Eins nach dem anderen.

Abel schließt die Tür zum Allerheiligsten auf, doch

gerade als wir hineinschleichen wollen, ertönt ein Schrei. Verdammt. Wir haben keine Waffen; eine Krankenschwester oder gar mehrere niederzuringen war nicht Teil des Plans.

»Kommando zurück«, flüstert Silas. Wir springen von der Tür weg. Das Licht wird von einem Schatten verstellt.

»Vanya?« Die Stimme klingt angespannt, und kaum wird das Licht schwächer, stürzt sich Silas aus der Dunkelheit auf die Schwester. Wir springen noch obendrauf. Die Schwester schlägt um sich, windet sich in ihrer weißen Uniform auf dem Fliesenboden und kreischt wie am Spieß. Ich zerre ein T-Shirt aus meiner Tasche und stopfe es ihr in den Mund. Abel hält ihre Arme fest und Quinn und Song hindern sie am Treten.

Silas steht auf und stupst sie mit dem Fuß in die Seite. »Fesselt sie«, sagt er. Als sie nicht aufhört zu zappeln, kramt er ebenfalls ein T-Shirt aus seinem Rucksack und reißt es in Streifen. Rasch knote ich die Fetzen zusammen und verwende sie, um der Schwester Hände und Füße zu fixieren.

»Ein paar von uns sollten jetzt die Stifter befreien, während einer sie bewacht«, sagt Abel. »Die Schwestern kommen hier nur rein, wenn sich der Sauerstoffgehalt ändert, also bleiben uns um die zwanzig Minuten.«

Silas denkt kurz nach. »Wo lagern die ihre Luft?«, fragt er. Ohne anständigen Vorrat kommen wir nirgendwohin.

»Am Ende des Flurs ist das Zimmer, wo sie die Sauerstoffflaschen an die Stifter verteilen, wenn die laufen oder bergsteigen müssen. Sieh mal in den Schränken nach. Hier, fang!« Abel wirft Silas den Schlüsselbund zu, während Silas der Krankenschwester die Pistole aus dem Gürtel zieht und sie Abel zuwirft.

Und schon laufen Song, Abel und ich über den Flur, während Silas und Quinn sich um die Schwester kümmern.

Bis auf einen schmalen Streifen Mondlicht ist es im Zimmer völlig dunkel. Abel zückt eine Taschenlampe, um alles abzuleuchten. Es ist die Station von gestern Abend mit den gegenüberstehenden Bettreihen und den festgeschnallten Leuten. Die Apparate neben den Betten zischen und piepsen.

»Da drüben«, sagt Abel und richtet den Lichtkegel in die Ecke ganz hinten. »Jo!« Er geht zu ihr, rüttelt sie wach und macht ihre Hand- und Fußgelenke los. Nachdem er ihr die Schläuche aus Mund und Nase gezogen hat, fällt sein Blick auf die Infusionsnadel in ihrem Handrücken.

»Die kann ich ihr ziehen«, sage ich und schiebe ihn beiseite. Nicht, dass ich so was schon mal gemacht hätte, aber Abels Skrupel haben noch nie Gutes verhießen. Ich drücke auf die Nadel und ziehe sie aus der Hand. Jo quietscht auf. Röchelnd deutet sie auf ihren Mund und Abel legt ihr seine eigene Maske darüber, um ihr das Atmen zu erleichtern.

»Ihr seid gekommen«, sagt sie und schiebt die Maske beiseite. Das Baby ist noch in ihrem Bauch, sie haben an einer Schwangeren rumexperimentiert.

Gerade will ich den Stifter im nächsten Bett losmachen, als Maudes Stimme ertönt. »Ihr habt euch ja schön Zeit gelassen. Mein Arsch is schon völlig wund. Mach mich los, aber zackig!«

Sie wirft das Flügelhemd ab und entblößt ihren ausgemergelten Leib. »Wo sind deine Klamotten?«, frage ich. Sie deutet auf einen Mülleimer in der Ecke, der vor Lumpen überquillt. Ich helfe ihr auf, ziehe Schläuche und Nadeln, worauf sie zum Eimer rüberhumpelt und sich ein Outfit zusammenstellt. Binnen Minuten stehen weitere Stifter neben ihr und tun es ihr nach.

Ich gehe von Bett zu Bett, befreie dürre Hand- und Fußgelenke und ziehe Schläuche. »Schneller!«, drängt Abel.

Silas kommt mit einem plärrenden Baby reingeprescht und Abel stöhnt. »Die soll die Klappe halten!« Wenn die Situation nicht so ernst wäre, wäre seine Verkrampftheit schon komisch.

»Halt du deine Klappe!«, faucht Maude und verpasst Abel eine Ohrfeige. Abel befühlt seine Wange, als sei sie eine heiße Herdplatte.

»So viele sind's insgesamt gar nicht«, meint Silas.

»Habt ihr die Sauerstoffflaschen gefunden?«

»Das hat Quinn übernommen«, sagt er.

Abel kratzt sich die Augenbraue, während das Baby einfach weiterflennt. Das Geschrei ersetzt jede Alarmanlage. Silas versucht, der Kleinen den Mund zuzuhalten.

Jo sitzt auf der Kante eines Betts nahe der Tür und reibt sich den Bauch. Sie streckt die Arme aus und Silas reicht ihr das Baby. Bei ihrem Anblick überrollt mich die Hoffnungslosigkeit unser Situation. Wie sollen wir uns um die Kinder kümmern? Wie soll Jo sich mit ihrem Riesenbauch unter der Mauer durchzwängen, wer soll ihr Baby entbinden, wenn es so weit ist? Wir sind keine Ärzte. Wir sind ja noch nicht mal richtige Erwachsene. Jo wiegt das Kind, den Blick auf Abel gerichtet. Es fühlt sich schon an wie eine Niederlage, obwohl wir noch nicht mal richtig auf der Flucht sind.

»Zeig mir das Kinderzimmer«, fordert Maude Silas auf und da fällt mir ein, dass sie eine Ausbildung zur Krankenschwester gemacht hat. Sollte ausgerechnet Maude unsere letzte Hoffnung sein, nach allem, was ich schon über sie gedacht habe? »Ihr anderen macht den Rest hier los«, befiehlt sie und die beiden gehen.

So schnell wie möglich befreien wir die übrigen Stifter. Die meisten stehen auf und ziehen sich an, doch ein paar wollen sich einfach nicht rühren und verdrehen die Augen, bis nur noch das Weiße zu sehen ist. Und uns fehlt die Zeit, sie zum Mitkommen zu überreden.

»Helft uns«, sagt Silas, der mit zwei schlafenden Kindern im Arm ins Zimmer geschossen kommt. Bruce nimmt ihm eines ab. Der Rest von uns macht sich auf ins Kinderzimmer, wo sich jeder eines der Kleinen schnappt. Im Flur wartet bereits Abel mit einer ganzen Kinderschar im Alter von vier bis acht. Alle machen große Augen. »Wir retten euch, okay?«, sage ich möglichst milde. Sie nicken, wirken aber immer noch ängstlich.

Kurz darauf sind wir wieder bei der diensthabenden Schwester, die einen Fluchtversuch gestartet hat. Einige der Stifter verpassen ihr noch einen Tritt, bevor sie sich eins der Atemgeräte schnappen, die Quinn auf dem Boden ausgebreitet hat. Bruce hat das Kleinkind abgesetzt und jetzt einen Stapel Bettlaken in der Hand. Er wirft sie neben die Sauerstoffflaschen. Dann faltet er seines und zeigt uns, wie man eine Schlinge macht. »So trägt man Babys«, sagt er.

Maude übernimmt als Einzige kein Kind, sondern schafft Milchpulver, Löffel und Schalen herbei. Beim Rennen rasselt ihr Atem und plötzlich überschwemmt mich eine ganz sonderbare Zuneigung für die Alte.

Mit der Hüfte stoße ich die Haupttür auf, ein Kleinkind in der Schlinge vor meinem Bauch. Da tritt Dorian aus der Dunkelheit.

»Du *Verräter*«, sagt Silas und verpasst ihm eine mit der Faust. Bis auf den dumpfen Aufschlag, mit dem Dorian zu Boden geht, bleibt es still – sämtliche Kinder und Stifter schauen fasziniert zu.

»Hör auf«, zischt Song.

»Ich wollte euch nur warnen«, krächzt Dorian. Er rappelt sich mühsam auf und stützt sich auf Quinn.

»Die kommen uns nach, oder?«, rät Abel.

»Ich hab vor meinem Zimmer einen Aufruhr gehört. Maks hat die Miliz zusammengetrommelt, aber die scheinen nicht zu ahnen, dass ihr hierhergekommen seid.«

»Du warst nicht beim verabredeten Treffpunkt«, sage ich.

»Juno ist ewig nicht eingeschlafen«, meint er. Keine Ahnung, ob ich ihm das abnehmen soll. Aber jetzt ist er da.

»Schaffen wir es noch rechtzeitig raus?«, fragt Song in die Runde.

Ich schaue zu den Stiftern, die wir befreit haben. Sie tragen Atemmasken und haben erschreckende Ähnlichkeit mit einer Zombiearmee. »Die werden erwarten, dass wir das vordere Tor benutzen wie alle anderen auch«, sagt Abel. »Die hintere Mauer haben die gar nicht auf dem Schirm.«

Und das ist unser Signal.

Ich gehe als Letzte, geleite alle Stifter zur Mauer, die Sequoia von der Außenwelt trennt. Das Baby in meinen Armen gluckst vor sich hin, legt den Kopf in den Nacken und guckt zu den Sternen empor. Zum Glück weint keines der Kinder.

Wir erreichen die Mauer und drücken uns an ihr entlang. Stück für Stück geht es voran, stehen bleiben und aufrücken, da einer nach dem anderen durch den Tunnel robbt. Schließlich warten nur noch Silas und ich diesseits der Mauer vor dem Loch. Er nimmt mir die Kleine ab, legt sie bäuchlings in die Mulde und lässt sie von wem auch immer auf der anderen Seite durchziehen. »Ist das eigentlich komplett irre, was wir hier veranstalten?«, frage ich Silas. Sein starres Gesicht spricht Bände, doch bevor er antworten kann, springen die Flutlichter an und eine Sirene ertönt. Der Boden erbebt unter der Wucht der marschierenden Miliz. Silas stößt mich auf die Knie und ich quetsche mich unter der Mauer durch nach draußen.

»Beeil dich!«, rufe ich und suche in einer kleinen Vertiefung nach Crabs Sauerstoffflasche. Da fällt mein Blick auf die schwächlichen Gestalten der Kinder und Stifter, die wir da in die Einöde geschickt haben, und ich muss mich unwillkürlich fragen, wann uns der Sauerstoff ausgeht – oder wann wir geschnappt werden.

TEIL 4

DIE RÜCKKEHR

OSCAR

Die Sporthalle ist voll mit neuen Rekruten. Mager mögen sie sein und tiefe Augenränder haben, aber es sind mindestens fünfzig, und so schwächlich ihre Leiber auch sein mögen, ihr Ausdruck ist wild entschlossen. »Noch eine Runde. Los!«, bellt Jude durch ein Megaphon und sie legen los – klettern Seile hoch, hüpfen über Sprungpferde oder drehen ihre Runden auf den Bahnen.

Jude hat mich entdeckt und kommt auf mich zu. »Gar nicht so übel, was?«, sagt er. Er sieht stolz aus. Dazu hat er allen Grund. Ich traue meinen Augen kaum.

»Das hast du alles innerhalb der paar Tage auf die Beine gestellt?«, frage ich, als ein Second an uns vorbeirennt. Rennt!

»Die haben sich selbst auf die Beine gestellt«, sagt er. »Siehst du die da?« Sein Blick bleibt an einem Mädchen mit Zopf hängen, das auf einem Schwebebalken balanciert.

»Was ist mir ihr?«, frage ich.

»Hat das erste Mal ein Gewehr in der Hand und gleich ins Schwarze getroffen. Ich dachte, das war nur ein

Ausrutscher, aber sie hat gleich noch dreimal nachgelegt.«

Ich muss lachen. »Die ist sicher schon eine ganze Weile bei den Rebellen und hat's irgendwie geschafft, nicht aufzufallen.« Jude nickt. »Irgendwas Neues von Quinn und seinen Freunden?«

»Leider noch nicht«, sage ich. Ein Junge sprintet an uns vorbei und Jude klatscht. »Tolle Leistung!«

»Wann können die loslegen?« Ich hoffe bald, denn ich kann die Rebellen nicht länger in meinem Atelier versteckt halten. Es ist nur noch eine Frage der Zeit, bis Niamh den Braten riecht.

Er seufzt. »Die normale Grundausbildung dauert sechs Monate. Ich hab schon alles in vier Wochen gequetscht.«

»Das ist immer noch zu lang.«

»Wozu die Eile?«

Ich habe Jude nichts von den Rebellen in meinem Atelier erzählt. Er würde nur durchdrehen, weil ich so ein Risiko eingehe, und ich muss vermeiden, dass er kalte Füße kriegt und uns hängen lässt. Aber so langsam muss er begreifen, wie eilig die Sache ist. Er muss seinen Teil der Last tragen.

»Kannst du mal 'ne halbe Stunde Pause machen? Ich will dir was zeigen.«

Er schaut auf die Wanduhr. »Die nächste Einheit beginnt um acht. Und dann wieder um zehn. Die geht dann bis Mitternacht.«

»Nur eine Viertelstunde«, sage ich. Jude zieht sein Pad zurate.

»Zehn Minuten«, sagt er. »Noch eine Runde so, dann

wechseln«, trägt er seinen Soldaten auf. Es folgt weder ein Stöhnen noch sonst eine Unmutsbekundung – im Gegenteil: Sie lächeln, glücklich darüber, an ihre Grenzen gebracht zu werden.

Ich klopfe ein paarmal an die Ateliertür und mache mir dann auf. Bea steht ruhig da, die Arme um sich geschlungen. Jude schaut erst sie an, dann die über den Boden verteilten Leute, den Tisch voller Eiweißriegel und Wasserkaraffen und den Berg von Sauerstoffflaschen in der Ecke. »Was wird das hier?« Seine Kiefermuskeln verkrampfen sich. »Du hast doch nicht ... ich dachte, die hausen in den Gassen.«

»Wir haben keinen Platz mehr«, erkläre ich ihm. Gestern erst hat mir Old Watson fünf neue Flüchtlinge angeschleppt. Das Atelier platzt aus allen Nähten und ein Ende ist nicht abzusehen.

»Quasi unter Niamhs Nase? Du bettelst ja geradezu darum, dass sie dich verhaften, und dann sind wir alle dran.« Ein paar Leute meditieren auf ihren Schlafsäcken.

»Harriet bereitet uns vor, so gut sie kann«, sagt Bea. »Wir machen Rumpfbeugen, Liegestütze und Yoga und wir meditieren. Ich fühl mich schon jetzt nach den paar Tagen viel fitter. Wenn wir hier drinnen nur die Luft etwas dünner machen könnten.«

Jude presst die Lippen zusammen, als müsse er sich eine fiese Bemerkung verkneifen. »Der Wagen wartet. Ich muss zurück.« Schon stürmt er die Stufen hinunter.

»Hast du ihn gefragt?«, will Bea wissen. Ich schüttle den Kopf und sie scheucht mich aus dem Zimmer, ihm hinterher.

Als ich unten angelangt bin, ist Jude schon außer Sichtweite. Ich erwische ihn gerade noch, bevor er in den Geländewagen steigt. »Das Maß ist jetzt voll. Die werden uns aufknüpfen, garantiert. Ich hätte mich nie darauf einlassen dürfen«, sagt er und lässt sich auf den Rücksitz fallen.

Ich stecke den Kopf durchs Fenster. »Du musst sie schneller ausbilden.«

»Ich tu, was ich kann.« Er reibt sich die Schläfen.

»Kannst du bei dir auch ein paar verstecken?«, flüstere ich, ein Auge auf dem Fahrer.

Jude lacht und haut sich mit der Hand auf den Oberschenkel. »Das ist nicht dein Ernst.« Er stockt. »Das ist es. Dein Ernst.« Er schüttelt sich vor Lachen, bis es in Husten übergeht. Als er sich wieder im Griff hat, versteinert sich seine Miene. »Das Mädchen liebt dich nicht. Falls das der Grund sein sollte. Wenn du glaubst, auf diese Weise kriegst du sie rum, dann wirst du auf die Schnauze fallen. Ich kenne sie seit ihrer Kindheit und für sie gab es immer nur Quinn. Und umgekehrt genauso. Nicht, dass es mir gefallen würde, aber so ist es nun mal.« Er starrt mich an, fordert mich heraus. Und die Frage ist berechtigt. Geht es hier nur um Bea und irgendwelche schwelenden Gefühle, die ich für sie hege? Es stimmt, dass sie in mir den Wunsch weckt, ein besserer Mensch zu werden und für eine bessere Welt zu kämpfen. Ich denke an ihr ernstes, rundes, von schwarzem Haar umrahmtes Gesicht. Sie ist hübsch und schlau und mutig und warmherzig, aber Jude hat recht – ich bin nicht derjenige, den sie will. Vielleicht habe ich mir deshalb nie gestattet, mich zu ihr hingezogen zu fühlen. Ich wusste, wie hoffnungslos es sein würde, und hoffnungslos lieben will ich nicht.

»Gegen das Ministerium hätte man schon längst vorgehen müssen. Bea hat mir die Augen geöffnet.«

Jude reibt sich die Augen. »Ich hab eine Doppelgarage. Aber mit dem Geländewagen drin bleibt nicht viel Platz«, sagt er.

»Kann ich dir zehn Leute abtreten?«

»Acht kannst du mir geben. Aber wir müssen es nachts machen. Ich will nicht, dass Cynthia was mitkriegt. Der Geburtstermin steht kurz bevor.«

»Morgen«, sage ich.

Jude beugt sich vor und trommelt an die Scheibe zwischen Rücksitz und Fahrer. »Schaff mich hier raus«, sagt er.

ALINA

Da Abel die Gegend hier am besten kennt, hat er die letzten drei Tage die Vorhut angeführt, um die sichersten Wege über Abhänge und Flüsse zu finden. Wir Übrigen haben uns in Kleingruppen aufgeteilt und zählen regelmäßig durch, um niemanden am Wegesrand zurückzulassen.

Nach der Flucht aus Sequoia sind wir über Wege und Felder geirrt, Stunde um Stunde, wie es uns vorkam, doch Tempo drosseln war nicht drin. Nicht, als die Stifter geschwächelt haben, nicht, als die schlechteren Sauerstoffverwerter unter uns den Regler höher drehen mussten. Erst als die Kinder zu weinen anfingen, haben wir eine Fütterpause eingelegt.

Nun kauern wir uns zwischen einigen moosbedeckten Felsbrocken am Rande eines überfrorenen Sees. Meist reden wir kaum ein Wort; beim kleinsten verdächtigen Geräusch sind wir ruck, zuck aufbruchbereit. Es ist Nacht, man sieht kaum die Hand vor Augen. Sobald die Sonne aufgeht, ziehen wir weiter.

»Was war das?«, flüstere ich. Ich finde keine Ruhe, das

kleinste Knacken lässt mich auffahren. Als das Ministerium hinter mir her war, hatte ich Angst, aber damals hatte der Feind kein Gesicht. Jetzt kann ich mir nichts Schlimmeres vorstellen, als von Maks aufgespürt zu werden.

Maude hört auf, das Milchpulver ins Wasser zu rühren. Sie schnalzt mit der Zunge. »Ich hör nix. Nur die Mägen von den armen Kleinen. Und meinen. Is noch was für die Großen übrig?« Sie nimmt den milchigen Löffel aus der Schale, leckt ihn ab und verzieht das Gesicht. Lily, das Kind, das ich getragen habe, will sich nicht weiter von mir wiegen lassen und beginnt, zu zappeln und das Händchen nach Maude auszustrecken. Maude setzt Lily auf ihr Knie und schiebt ihr energisch einen Löffel in den Mund. »Psst, Schnucki«, macht sie beruhigend.

Mein eigener Magen hängt mir schon in den Kniekehlen, dabei hab ich nur noch einen Eiweißriegel übrig. Ich breche ein kleines Stück ab und reiche es Maude, die kurzen Prozess damit macht. Den Rest reiche ich Jo. Sie betrachtet den Riegel mit gesenktem Blick und bricht in Tränen aus. Gründe zum Weinen hat sie mehr als genug und so ignoriere ich es diskret und gehe rüber zu Silas, der über einer Karte brütet. Er hat sich selbst zum Routenplaner ernannt und keiner von uns redet ihm da rein, noch nicht mal Dorian, dessen Selbstbeherrschung inzwischen an einem seidenen Faden hängt. »Wir haben fast nichts mehr zu essen«, teile ich ihm mit. Üppig war es von Anfang an nicht, aber so langsam wird's wirklich brenzlig.

Silas deutet auf einen Punkt auf der Karte. »Noch einen Tag höchstens«, sagt er. »Ich bin zu neunundneunzig Prozent sicher, dass wir dort Solar-Atemgeräte finden. Da können wir die anderen absetzen und uns auf zur Kuppel machen.«

»Super, Silas, aber das hast du schon gestern gesagt.« Er vertieft sich wieder in die Karte. »Silas?«, stupse ich ihn an und er blickt auf. Seine Augen sind tief eingesunken und er wirkt irgendwie weggetreten, als würde er mich gar nicht wirklich wahrnehmen. Er ist älter als ich und viel härter im Nehmen, ich habe immer nur zu ihm aufgeschaut, doch manchmal vergesse ich, dass Silas letztlich genauso verwundbar ist wie jeder andere auch.

»Hast du seit Sequoia auch nur ein Auge zugemacht?«, frage ich.

Er dreht sich zu Song, der mit einem schlafenden Kind auf dem Schoß an einen Felsen gelehnt sitzt. Ein ungefähr achtjähriges Mädchen, das Maude die Vorräte schleppen hilft, schläft mit dem Kopf an seiner Schulter. »Glaubst du, man könnte irgendwie die Luft aus den Solargeräten in die Sauerstoffflaschen umfüllen?«

»Nicht völlig unmöglich«, murmelt Song erschöpft. Auf der Flucht sein ist schon hart genug, aber dabei auch noch Kinder zu schleppen gibt einem den Rest. Song checkt das Ventil am Atemgerät der Kleinen und legt ihr die Hand auf die Brust, um die Atmung zu überprüfen.

Bruce hat das Milchanrühren übernommen, während Maude die Babys füttert. Ich gehe zu ihm. »Bruce ... wie hast du dich als Ausgestoßener so durchgeschlagen? Wovon hast du dich ernährt?«

Er lässt den Löffel gegen die Schale klappern. »Tja, für Beeren ist's jetzt zu kalt, aber wenn wir's zurück in die Stadt schaffen, können wir uns ein paar Häuser suchen, die nicht geplündert worden sind. Da gibt's oft massenhaft Vorräte«, brummt er. Er zieht mich näher zu sich ran. »Aber hör mal ... Maude und ich ham's schon besprochen. Wenn's wirklich übel wird, also so richtig übel, dann seid ihr herzlich eingeladen, meine alten Knochen abzunagen.« Er lächelt, doch als ich mich entziehen möchte, gibt er meinen Arm nicht frei. »Das ist mein Ernst, Alina.« Mit der anderen Hand macht er eine Halsabschneidegeste.

Ich presse meine Hand vor den Mund, um mein Würgen zu unterdrücken. Bruce klopft mir lachend auf den Rücken, aber was an seinen Worten oder an meinen Gefühlen oder an dieser ganzen Scheißmisere hier soll bitte lustig sein? »Lass mich!« Ich stoße ihn weg. »Und wenn du jemals wieder so was von dir gibst, dann brech ich dir die Nase.«

Ich stampfe davon.

Ich will allein sein.

Die Kinder haben gegessen und sind fast durch die Bank eingeschlafen, genau wie die Stifter. Wir Übrigen kauern im Kreis, um warm zu bleiben. Quinn quetscht sich neben mich. Überraschenderweise finde ich es schön, ihn so nahe bei mir zu haben. Er führt die Öffnung seines Luftauslassventils nah an mein Ohr. »Wir müssen ihnen von Vanyas Plänen erzählen«, meint er. Ich nicke. Er hat ein paar Tage damit zurückgehalten, aber jetzt, wo die Stadt quasi in Sichtweite ist, steigt die Sorge um Bea. Und wenn Clarice recht hat, sollten wir uns alle Sorgen machen: Die Kuppel wird bald eine Massengruft sein. »Wenn wir überhaupt jemanden retten wollen, müssen wir uns aufteilen. Mit den Kindern sind wir zu langsam.« Das ist keine Herzlosigkeit von ihm, in dem Fall wäre er schon dreimal über alle Berge. Und recht hat er: Vanya hat eine Zip und könnte schon längst bei der Kuppel sein. Was nützt dann noch die Revolte?

Mühsam rapple ich mich auf. »Wir müssen die Gruppe fragen«, sage ich.

»Ich mache mich morgen auf zur Kuppel, Alina. Hoffentlich in Gesellschaft, aber notfalls gehe ich allein.«

»Du wirst nicht allein gehen«, versichere ich ihm. »Hört mal alle her«, sage ich laut und weihe rasch alle in die drohende Aktion in der Kuppel und Vanyas hirnverbrannten Plan ein, die komplette Sauerstoffversorgung zu kappen.

»Das hast du uns verschwiegen?«, ruft Silas empört. Aber wenigstens kannte er die halbe Wahrheit. Song, Dorian, Maude und Bruce hatten bisher keine Ahnung von nichts. Ich habe einfach angenommen, dass sie schon genug Probleme am Bein hatten. Außerdem bringt Silas' Gewüte jetzt auch nichts mehr.

»Du kannst wann anders auf sie losgehen. Heute reden wir darüber, was wir unternehmen werden«, sagt Quinn und hört sich dabei nicht im Entferntesten an wie der Junge, den ich vor zwei Wochen kennengelernt habe. Er hat Rückgrat entwickelt. Und ein Lebensziel.

Dorian feixt. »Oh ja, lass uns mal nachdenken … wie können wir erst unseren eigenen Arsch retten und den von einem Stall Kinder noch dazu, uns dann dem Rebellenaufstand anschließen und *anschließend* noch Vanyas bewaffnete Miliz davon abhalten, die Kuppel mit Pauken und Trompeten zur Hölle zu schicken, und alle Bewohner gleich mit?« Ich hebe einen Kiesel auf und schleudere ihn in seine Richtung. Sein Sarkasmus ist echt das Letzte, was wir hier brauchen. Hier geht es um Menschenleben. »Wer hat den geschmissen?«, fragt er und reibt sich die Stirn.

»Schade, dass ich's nich war. Halt doch einmal die Fresse, du verschnarchte Flachpfeife, du«, schnarrt Maude. »Bruce und ich wiss'n, wie wir die Kleinen hier drauß'n durchbringen können. Und wir ham die Karte, um Luft zu finden. Geht ihr mal und rettet die Welt. Rettet Bea«, sagt sie.

Song hebt die Hand. »Wir haben nichts mehr zu essen, kaum noch Sauerstoff und nur eine Waffe für uns alle. Ich weiß einfach nicht, wie wir jemanden retten könnten.«

»Wir müssen sie vor allem erst mal warnen. Bitte lasst uns nicht vergessen, dass es hier um Tausende von Menschenleben geht«, sage ich.

»Und die meisten dieser Leute sind Seconds. Das sind *eure* Leute«, fügt Quinn hinzu.

»Wie können wir das Ministerium warnen, ohne dass die uns abmurksen?«, fragt Abel leise, immer noch vorgebend, er höre zum ersten Mal von Vanyas Plan. Wenn ich die Energie hätte, würde ich ihm jetzt in die Parade fahren, denn wenn Jo davon wusste, wusste er es auch. Aber das ist mir den Aufwand jetzt einfach nicht wert.

»Ich rede mit meinem Vater«, sagt Quinn. »Er steht auf unserer Seite.«

»Und was, wenn er das nicht tut? Du hast gesehen, was er am Hain verbrochen hat. Was, wenn Bea mit ihm und Oscar Knavery auf dem Holzweg ist?«

»Dann werd ich vielleicht verhaftet. Aber dann weiß mein Vater Bescheid und ist immerhin gewarnt, ohne was zu verlieren.«

»Ich gehe mit Quinn«, sage ich. Das Baby im Maudes Armen wimmert. Sie schiebt ihm ihren kleinen Finger in den Mund, was es zu beruhigen scheint.

»Ich komme auch mit«, sagt Silas. »Ihr anderen helft Maude und Bruce, die Atemgeräte zu finden und die anderen am Leben zu erhalten. Dann werdet ihr allerdings je zwei Kinder schleppen müssen.«

»Kein Problem«, meint Song.

»Dann ist alles klar«, sagt Silas. »Jetzt lasst uns ein bisschen schlafen. Wir müssen im Morgengrauen aufbrechen.«

Ich bin unterwegs zur Stiftergruppe auf der Suche nach Lily, als Abel mich zurückhält.

»Das Ministerium wird dich kaum mit offenen Armen empfangen. Und was, wenn Maks dich noch vor der Grenze erwischt?« Ich blicke tief in Abels Augen und frage mich, was ich jemals an ihm gefunden habe. Er bewegt sich hart an der Grenze zum Feigling.

»Maks wird's dir heimzahlen«, sagt Jo. Sie hat während der ganzen Reise kaum ein Wort gesprochen, aber wenn sie zu einem Thema was zu sagen hat, dann zu Maks' Rachsucht.

»Nicht, wenn ich's ihm zuerst heimzahle«, sage ich. Das ist reines Maulheldentum, eigentlich mache ich mir fast in die Hose vor Angst. Etwas riskieren ist ja schön und gut, aber nicht bei diesen Erfolgschancen. Wenn das so weitergeht wie jetzt, sind wir in ein paar Wochen alle Geschichte.

Und ich werde den Gedanken nicht los, dass ich bei unser aller Untergang eine Hauptrolle gespielt haben werde.

OSCAR

Nach meinem zweiten Tag als Judes rechte Hand bei der Rekrutenausbildung in der Sporthalle hänge ich abends völlig in den Seilen. Ich will nur noch abendessen und dann auf einen Sprung rauf zu Bea, doch als ich zu Hause eintreffe, tigert Niamh durch die Küche. Vom Herd her bedenkt mich Wendy mit einem Blick, den ich nicht deuten kann, bevor Niamh auf mich zugestürmt kommt. »Alles okay?«, frage ich.

»Nein, kann man so nicht sagen.« Niamh schleudert mir mein Pad hin, das sie in der Hand gehalten hat.

»Hast du versucht, mich zu erreichen? Ich hab's leider liegen lassen.« Ich werfe schnell einen Blick drauf. Irgendwie hat sie es geschafft, in meine Dateien reinzukommen. Aber was soll sie gefunden haben? Ich habe weder irgendwelche verfänglichen Botschaften gesendet noch irgendwen kontaktiert, den ich nicht sollte. Ich war extrem vorsichtig. »Wie hast du's aufgekriegt?«

»Du hast seit Jahren dasselbe Passwort, Oscar. *Picasso.* Außerdem ist das nicht die Frage. Die Frage ist, was das Foto von Bea Whitcraft auf deinem Pad zu suchen hat.«

Ich erstarre. Mist. Beim Bahnhof habe ich ein Foto von Bea gemacht und sie meinte noch, ich soll es löschen. Warum hab ich das bloß nicht getan?

Wendy rührt wild im Topf herum. »Möchte jemand einen Happen?«, fragt sie.

»Also?«, sagt Niamh fordernd.

Ich mache einen Schritt zurück, öffne den Fotoordner auf dem Pad und scrolle die Bilder so unbekümmert wie möglich durch. »Komisch. Vielleicht noch aus der Schule oder so.«

Niamh entreißt mir das Pad und vergrößert das Foto. Beas gereiztes Gesicht ist deutlich zu erkennen – genau wie der orangerote Sonnenuntergang und die verlotterten Gebäude hinter ihr. »Ich hab Datum und Ort gecheckt. Das hast du im Ödland gemacht. Spar dir deine Lügen. Du bist Bea über den Weg gelaufen?« Ich starre auf Beas Bild und sage kein Wort. Wenn ich möglichst betroffen wirke, lässt sie's dann vielleicht gut sein? »Also *hast* du sie getroffen«, sagt Niamh. »Und statt sie abzuknallen, schießt du Bilder von ihr. Was geht hier eigentlich ab?«

»Ja, ich hab sie getroffen. Aber sie stellt keine Bedrohung dar. Sie lebt wie eine Ausgestoßene und sie wird da draußen sterben. Ich konnte sie nicht einfach so abknallen, Niamh. Ich hab's einfach nicht gepackt. Hättest du das gekonnt?«

Das war eigentlich rhetorisch gemeint, da ich kaum glaube, dass Niamh irgendwen umbringen könnte, doch sie rammt ihren Finger in Beas Fotogesicht. »Jeder muss sterben, der an den Aufständen und Daddys Tod beteiligt war. Wenn sich die Gelegenheit bietet, stech ich sie ab.« Ihr Gesicht ist eine stählerne Maske.

»Abendessen?«, fragt Wendy. Sie zittert am ganzen Leib und hat allen Grund dazu.

Ich muss Bea und die anderen hier rausschaffen und zwar besser noch gestern als heute. Wenn Niamh wittert, mit wem sie hier unter einem Dach lebt, dann sind wir alle geliefert.

BEA

Eine Woche schon sind wir jetzt in Oscars Atelier eingepfercht und so langsam fordert es seinen Tribut. Eine Woche ohne Dusche und jeder von Wendy hereingeschmuggelte Wassereimer wandelt sich umgehend zu einer braunen Plörre. Ein ätzender Geruch hängt in der Luft. Jedes Gespräch artet sofort zur Debatte aus, Debatten zu Streitgesprächen und Harriet und Gideon werden ständig als Vermittler bei Schlafplatzzwistigkeiten eingespannt.

Heute ist Oscar spät dran, und als er schließlich erscheint, ist er eigentlich schon wieder im Aufbruch.

»Alles klar?«, frage ich.

»Niamh ist nur kurz auf einen Shake rüber zum Laden. Ich kann nicht bleiben«, sagt er. Er kann mir nicht ins Gesicht sehen. Verschweigt er mir was?

»Eins der Mädchen ist krank. Sie blockiert schon den ganzen Tag den Eimer«, sage ich.

»Gideon hat's mir erzählt. Ich versuch später, ein Medikament raufzubringen.«

»Danke. Ich mach mir Sorgen um sie.« Ich vergewissere mich, dass keiner mithört. »Kann ich kurz mal duschen?«, frage ich.

Er betrachtet mich unbehaglich. »Unten?«

»Ich muss hier mal kurz raus«, gestehe ich.

»Ich glaube, das ist keine gute Idee.«

»Bitte«, flehe ich. Die Verzweiflung in meiner Stimme kann ich nicht mehr unterdrücken.

Er späht die Treppe hinab und tippt sich mit dem Zeigefinger gegen das Kinn. »Mein Schlafzimmer hat ein eigenes Bad«, sagt er.

»Perfekt.«

Sein Zimmer ist größer als die gesamte Wohnung meiner Eltern. An einer Wand prangt ein monströser Bildschirm, gegenüber steht eine Sitzecke mit Sofas und Sesseln und in der anderen Ecke ein riesiges Bett. Das dazugehörige Badezimmer hat nicht nur eine Monsterdusche, sondern auch einen Whirlpool und ein Doppelwaschbecken. Diese Extravaganz regt mich wirklich auf. Sie passt überhaupt nicht zu Oscar. Aber so lebt er nun mal.

»Die Handtücher sind im Schrank«, meint er.

Ich dusche schnell und heiß, und als ich wieder rauskomme, sitzt Oscar auf seinem Bett und wühlt in seinem Nachttisch herum. Er winkt mich rüber. »Ich hab hier was für dich«, sagt er. Ich sinke neben ihm aufs Bett und er reicht mir ein ausgedrucktes Foto von mir und meinen Eltern. Ich streichle mit dem Finger über ihre Gesichter. Das süße, ausgezehrte Lächeln meiner Mutter, das stoppelige Kinn meines Vaters. Ihre abgetragenen, schlecht sitzenden Klamotten. Ich drücke mir das Bild an die Brust.

»Wo hast du das her?«, frage ich. Verstohlen wische ich mir die Tränen ab.

»Ich war kurz in eurer alten Wohnung«, sagt er.

»Du überraschst mich immer wieder«, sage ich. Er ist nicht nur ein besserer Mensch, als ich jemals für möglich gehalten hätte, er ist auch mein Freund.

»Ich hab auch nach einem von Quinn gesucht, aber ich hab keins gefunden und wollte jetzt auch nicht all dein Zeug durchwühlen.«

Ich schließe die Augen, um mir Quinn vorzustellen, als die Türklinke runtergedrückt wird. Oscar wirft sich auf mich, schleudert mich aufs Bett und schirmt meinen Körper mit seinem ab. Er drückt sein Gesicht auf meines. Instinktiv will ich ihn abwerfen, aber ich weiß, dass es zu meinem Schutz ist.

»Oscar, wir müssen …« Es ist Niamh. »Oscar?« Sie lacht. »Das hätte ich dir gar nicht zugetraut.«

»Schon mal was von Anklopfen gehört? Verpiss dich!«, brüllt er. Ich vergrabe mein Gesicht im Kissen. Kurz darauf schlägt die Tür zu. »Sie ist weg.« Als er den Schlüssel umdreht, setze ich mich auf und wische mir betont mit dem Pulliärmel über den Mund. Gab es denn keine andere Möglichkeit, mich vor Niamh zu verbergen?

»Tut mir leid«, sagt er.

»Warum hast du nicht abgeschlossen?«

Oscar setzt sich neben mich aufs Bett und dreht mich zu sich. »Ich hab gesagt, es tut mir leid. Und ich bin keiner von denen. Damit hatte das eben nichts zu tun.«

»Ich weiß«, sage ich. In den Knochen sitzt es mir trotzdem.

»Du kannst hier nicht raus, bevor sie eingeschlafen ist«, sagt er. Ich nicke und er lächelt. Er reicht mir die Fernbedienung und steht auf. »Glotz solange irgendeinen Schrott. Ich hol uns eben was zu trinken.« Er geht zur Tür. »Und schließ hinter mir ab.«

Nachdem die Tür ins Schloss fällt, greife ich mir das Foto vom Nachttisch. Das Mädchen auf dem Bild lächelt, sie glaubt, das alles möglich ist. Das Mädchen sieht aus wie ich, doch sie ist tot. Und vielleicht ist das auch gut so, denn in dieser Welt sind andere Mädchen gefragt. Mädchen, die die Verantwortung für ihr Schicksal nicht auf andere abwälzen.

Ich gehe zur Tür und luge nach draußen. Der Kristallüster im Flur leuchtet gnadenlos jeden Winkel aus. Ich halte den Atem an und horche auf Niamh, doch als alles ruhig bleibt, tapse ich auf Zehenspitzen zur Treppe. Die erste Stufe knarrt und so verlagere ich möglichst viel Gewicht in meine Hände am Geländer und warte ab. Nichts rührt sich. Ich mache noch einen Schritt und noch einen, schleiche ganz langsam die Treppe hoch. Als ich bei der Tür angelangt bin, klopfe ich sachte an. Niemand reagiert. Ich versuche es noch mal. Schlafen die alle? Am Fuß der Treppe erscheint plötzlich Oscar mit einer Flasche in der Hand. »Was *tust* du?«, flüstert er. Ich mache eine abwehrende Geste, wütend, weil er mir gefolgt ist, und klopfe ein letztes Mal. Diesmal geht die Tür zum Atelier auf und ein grinsender Mann steht vor mir. Ich starre runter zu Oscar. Ist das auf seinem Mist gewachsen? Wollte er mich deshalb in seinem Zimmer festhalten?

Jetzt ist es zu spät für solche Fragen. Eine fette, verschwitzte Hand zerrt mich hinein und schleudert mich zu Boden.

Alles steht mit erhobenen Händen am anderen Ende des Studios und eine Reihe Soldaten hält ihre Waffen wie ein Erschießungskommando auf die Rebellen gerichtet. Einige der jüngeren Teenager schluchzen ein bisschen vor sich hin. Ich werde an den Füßen durch den Raum gezerrt. Harriet blickt zu mir hinab und fängt meinen Blick ein. Sie will mir was mitteilen, aber ich verstehe es nicht. Der lange, dünne Mann lacht. Ich erkenne ihn aus Oscars Beschreibung: Lance Vine, der neue Präsident der Kuppel. Da tritt Niamh hinter ihm hervor. Sie hält eine kleine Pistole und richtet sie direkt auf mich, als könne sie jederzeit abdrücken. »Bea Whitcraft?«, fragt sie. Erst wirkt sie fast freudig überrascht, doch als ihr Hirn die Verbindung zwischen der Szene in Oscars Schlafzimmer und meiner Anwesenheit herstellt und sie eins und eins zusammenzählt, fallen ihr fast die Augen aus dem Kopf.

Vine reibt sich die Hände, als würde man ihm gleich ein gewaltiges Festmahl servieren. »Das wird ja immer besser«, frohlockt er.

Niamh starrt mich eine ganze Weile lang einfach nur an, bis sie sich wieder fängt, den Kopf schüttelt und zu einem Stapel Bettdecken rübergeht. Sie hebt eine mit spitzen Fingern auf, hält sie auf Armeslänge von sich und betrachtet sie nachdenklich. »Die gehört Wendy, glaub ich.« Keine wirklich überzeugende Vorstellung.

Vine kratzt sich am Kinn. »Ist der Daumenabgleich nicht ausschließlich auf deinen Bruder abgestimmt?«

Nur ein Volltrottel würde Oscars Verwicklung in diese Sache nicht erkennen. Und ein Volltrottel ist Niamh nicht. Aber sie braucht einen Moment, um sich eine Ausflucht für ihren Bruder aus den Fingern zu saugen.

»Wendy geht hier überall ein und aus, wie sie will, Herr Präsident«, sagt sie. Lügt sie.

Die Soldaten schubsen die Rebellen mit ihren Gewehrläufen Richtung Treppe, wo sie sich in einer Reihe aufstellen müssen, doch mich lassen sie, wo ich bin. Ich richte mich auf und lehne mich gegen die Atelierwand.

Die Tür geht auf und herein kommt Oscar. Der Soldat richtet ein Gewehr auf ihn. »Was zum ...«, schimpft Oscar. Er winkt dem Soldaten zu, der ihn im Visier hat. »Nehmt die Waffen runter und sagt mir, was hier gespielt wird.« Der Präsident wirkt völlig ungerührt, doch Niamh schaut drein wie ein begossener Pudel. Keiner scheint so recht zu wissen, wie er mit Oscar umgehen soll, was mir wiederum beweist, dass er mit dieser Razzia nichts zu tun hat. Nicht, dass ich wirklich geglaubt hätte, er würde uns ans Messer liefern. Nein.

»Wendy ist diese Woche an die zwanzigmal die Treppe hier rauf und runter. Und als du heute Morgen weg warst, hab ich jemanden niesen gehört«, stottert Niamh im sinnlosen Versuch, den Verrat an ihrem eigenen Bruder wiedergutzumachen. »Das wollte ich dir vorhin auch sagen, als ich zu dir ins Zimmer bin«, sagt sie mit einem Seitenblick auf mich.

Oscar tritt auf mich zu und dreht mein Gesicht zum Licht. »Bea Whitcraft?«, fragt er.

Niamh schaut zu Oscar und mir und presst sich die

Hand vor den Mund. »Was sollen wir mit ihr machen?«, fragt sie Oscar durch ihre Finger. »Die ist hier einfach so bei uns im Haus rumgespukt. Die hätte uns nachts in unseren Betten ermorden können.«

»Wegen Hochverrats anklagen«, sagt Oscar ruhig, die Augen immer noch auf mir. Hoffentlich weiß er, was er tut.

»Wenn sie für schuldig befunden wird, bedeutet das die Todesstrafe«, sagt der Präsident. Er hält sich zurück, beobachtet nur. Oscar verzieht keine Miene, genau wie die Rebellen. Würde ich Oscar nicht besser kennen, würde ich jetzt annehmen, er lässt mich fallen.

Vines Mundwinkel zucken. »Dass wir sie hier in deinem Atelier aufgreifen, gibt ein etwas unschönes Bild ab, lieber Oscar. Aber wenn du bereit bist, diesen Abschaum in den Tod zu schicken, wird das Ministerium vielleicht eher bereit sein, an deine Unschuld in dieser Angelegenheit zu glauben.« Er breitet die Arme aus, um den ganzen Raum einzubeziehen.

»Verhaften Sie mich, wenn Sie der Meinung sind, ich hänge da mit drin. Ich werde Ihre Fragen mit Freuden beantworten«, sagt Oscar. Seine Miene ist unergründlich.

Niamh blickt auf die Soldaten. »Gehen Sie zum Nebenhaus und verhaften Sie unsere Dienerin.« Die Soldaten schauen zum Präsidenten, der ihnen zunickt. Niamh quasselt weiter. »Und schaffen Sie mir diese RATTEN aus meinem Haus.« Ihre Stimme überschlägt sich fast vor Hysterie.

Ein Soldatin bindet mir die Hände mit Plastikkabel zusammen und verwendet ihren kalten Gewehrlauf, um mich hinter den anderen Rebellen die Stufen hinabzuführen. Ohne Vorwarnung steht auf einmal Niamh neben mir, packt mich am Arm und reißt mich herum.

»Du wirst dafür büßen, was mit meinem Vater passiert ist«, giftet sie und stößt mich die letzten Stufen hinunter, dass ich voll auf dem Gesicht lande. Auf meinen Lippen schmecke ich Blut. Ich rolle mich auf den Rücken und sehe im grellen Licht des Lüsters ihr Gesicht über mir, völlig beherrscht von ihrer tiefen Verachtung für mich.

Vor ein paar Wochen hätte mich die Berührung von Niamhs Händen noch zum Winseln gebracht. Nun jedoch stelle ich mich wieder auf die Füße und baue mich ihr gegenüber auf, Nase an Nase. Harriet will mich zurückzerren, doch ich lasse mich nicht einfach so aus dem Weg räumen, heute nicht. »Du machst mir keine Angst, Niamh«, sage ich.

»Du solltest aber verdammt noch mal Angst haben«, sagt sie.

Ich zucke die Schultern. »Wenn du mir unbedingt wehtun willst, ist das deine freie Entscheidung.«

Aber wie ich reagiere, entscheide immer noch ich. Und ich gehe vor niemandem mehr in die Knie.

OSCAR

Auf und ab, auf und ab trotte ich die kleine Gasse in Zone Drei, doch Jude ist spät dran. Bereits zum dritten Mal checke ich mein Pad. Zwischen den Wohnanlagen stiehlt sich nur ein magerer Lichtstreifen hinein. Trübsinniger geht's kaum. Unfassbar, dass Bea ihr ganzes Leben hier verbracht hat.

»Die Senatssitzung hat länger gedauert«, höre ich Jude vom anderen Ende der Gasse. Er kommt in großen Schritten auf mich zu und reicht mir die Hand. »Sind sie dir gefolgt?«

»Zwei Soldaten. Ich hab sie in Zone Zwei abgeschüttelt. Ist Bea in Ordnung? Was ist mit Wendy?«

Ich hab die ganze Nacht vor Sorge kein Auge zugemacht, und obwohl Niamh über alles Bescheid weiß, kann ich sie nicht darauf ansprechen. Seit Bea in meinem Atelier aufgegriffen wurde, hat sie den Mund nicht mehr aufgemacht. Ich kann nur froh sein, dass sie mich nicht verpfiffen hat.

»Lance Vine hat einen Prozess unter Ausschluss der Öffentlichkeit vorgeschlagen, mit anschließender öffentlicher Hinrichtung von Wendy und allen aus dem Atelier. Niemand hatte Einwände.«

»Dann müssen wir sie aufhalten«, sage ich.

Jude zieht die Mütze ab und kratzt sich den Schädel. »Ich hab Familie, Oscar. Ich bin nicht hergekommen, um mit dir Rettungspläne zu schmieden, ich bin hier, um dir zu sagen: Ich bin draußen. Ich hab den Rebellen in meiner Garage Sauerstoffflaschen und Zugang zu einer Wohnung in Zone Zwei verschafft.« Kein Wort des Bedauerns.

Wie kann ein Mann, der mit dem Schutz der Kuppel und der Führung einer Armee betraut ist, einfach so das Handtuch schmeißen? Ich starre ihn an, hin- und hergerissen zwischen Zorn und Enttäuschung. »Und die Soldaten, die du ausbildest?«

»Werden morgen wegen Untauglichkeit entlassen.«

»Wie kannst du nur so ein Feigling sein?«, frage ich. Und ich dachte, er hätte sich geändert.

Aber meine Worte scheinen an ihm vorbeizugehen. Er setzt den Hut wieder auf und rückt ihn gerade. »Wenn du selbst mal Vater bist, wirst du mich vielleicht verstehen.«

»Also, ich gebe nicht auf«, sage ich.

Als er gerade auf dem Absatz kehrtmacht, kreischt Sirenengeheul durch Zone Drei bis zu uns in die Gasse. Jude schlägt gegen die Mauer. »NEIN!«, brüllt er.

»Was ist passiert?«, frage ich. Instinktiv ziehe ich meine Pistole aus dem Hosenbund und entsichere sie.

Jude zieht mich die Gasse hoch. »Grenzalarm«, sagt er. »Die Kuppel wird angegriffen.«

Jude trommelt alle Soldaten zusammen, Rebellen und Nicht-Rebellen, und versammelt sie in der Sporthalle. In ihren Uniformen kann ich sie kaum auseinanderhalten. Ihr nervöses Geplapper lässt die Wände vibrieren.

Jude hebt das Megafon an seinen Mund. »Die Kuppel steht unter Beschuss. Wir wissen nicht, durch wen, aber wir müssen zusammenhalten.«

Robyn ist aus dem Ödland zurück und steht direkt neben mir. »Noch so ein Witz von einem Krieg. Ich hab's so was von satt.« Sie ist abgemagert und hat dunkle Ringe unter den Augen.

»Ich glaube, das hier ist Ernst«, erkläre ich ihr. Ich wünschte, es wäre nicht so. Ich wünschte, wir hätten diese Rekruten dafür einsetzen können, etwas in der Kuppel zu verändern, statt sie in einen Kampf zu führen, der nie der ihre war.

»Viele von euch sind unerfahren und haben Angst. Das hätte ich an eurer Stelle auch, aber ihr müsst stark sein. Wir werden zusammenhalten … und leben.« Er stockt. »Seid ihr bereit?« Er schreit, versucht, die Truppe aufzuputschen wie neulich beim Hain. Die Stille in der Turnhalle hallt uns laut in den Ohren.

Sie sind nicht bereit, noch nicht mal ansatzweise. Doch das interessiert jetzt niemanden mehr. Wir gehen da raus und kämpfen. Ministerium und Rebellen, Seite an Seite.

Und zwar jetzt.

QUINN

Die Kuppel ist immer noch ein winziger Fleck am Horizont, als wir die Einschläge hören. Silbergrauer Staub steigt über der Stadt auf. In mir krampft sich alles zusammen. Wenn wir zu spät kommen, verzeihe ich mir das nie. Niemals.

»Wir müssen uns beeilen«, sage ich und Alina beschleunigt sofort ihr Tempo, springt über saitenlose Gitarren und tonnenweise anderen Schrott.

Ich wollte, ich könnte schneller laufen. Silas und Alina lassen mich regelmäßig aufholen, doch da sie immer sofort weiterhetzen, bleibt mir keine Zeit zum Verschnaufen und das ist nicht sehr hilfreich.

Nicht, dass ich mich ausruhen will. Ich muss zur Kuppel. Ich muss meinem Vater sagen, was die Stunde geschlagen hat, und ich muss zu Bea.

Je näher wir kommen, desto klarer sehen wir die Kuppel vor uns, genau wie die ihr angeschlossenen Wiederaufbereitungsanlagen. »Noch funktionieren sie«, rufe ich. Aus den Schloten der Anlagen steigen vier Rauchsäulen auf.

Alina hält an. »Was?« Sie schiebt sich die Haare mit beiden Händen aus dem Gesicht. Obwohl sie vom Rennen total durchgeschwitzt ist, sind ihre Ohren rotgefroren.

Ich keuche einfach zu heftig, um mich wiederholen zu können. So deute ich nur hin und sie nickt, um wieder Silas hinterherzuhechten. Doch kaum hat sie ihn eingeholt, bleiben sie beide stehen und blicken himmelwärts. Die Luft vibriert. Das darf doch nicht wahr sein. Ist es aber.

Am Himmel erscheint eine Zip mit ausgefahrenen Kanonen. Haben wir nach all unseren Mühen denn nicht einen winzigen Funken Glück verdient? Aber so ist das Leben und jetzt ist nicht die Zeit für einen kindischen Tobsuchtsanfall, weil alles so furchtbar unfair ist. Wir müssen einfach schneller machen.

Keine halbe Stunde später sind wir nur noch wenige Meter von den Glaswänden der Kuppel entfernt, wo wir hinter einem Geländewagen mit offenem Verdeck und qualmendem Motor in Deckung gehen. Niemand hat uns bemerkt, da die Wachen, die sonst in konzentrischen Kreisen die Kuppel bewachen, jetzt in vier Reihen vor der Grenze postiert sind. Neben ihnen stehen mehrere gurgelnde Panzer und eine Handvoll Soldaten, die im Inneren der Zips herumfuhrwerken. An die Luftaufbereitungsanlagen verschwendet keiner einen Gedanken.

»Kommen wir zu spät?«, fragt Alina.

»Bin überfragt«, meint Silas und da kommt die Zip von vorhin über dem Kuppelrand gesaust. Ohne Vorwarnung feuert sie auf die Soldaten.

»Das ist Maks!«, brüllt Alina über die rotierenden Zippropeller hinweg.

Die Panzer am Boden heben ihre Kanonen und erwidern das Feuer. Die Soldaten stieben auseinander. Viele von ihnen sind zu Boden gegangen und einen der Panzer hat es in Stücke gefetzt. Die Zip reißt herum und kehrt zurück, doch diesmal ignoriert sie die Armee und schießt auf eine der Aufbereitungsanlagen. In den Fuß der Anlage wird ein Loch gerissen, doch die Rohre sind intakt. Aus einem der Panzer steigt eine Gestalt, hebt das Helmvisier und hält sich ein Megafon an den Mund. »Zurück ins Glied!«, bellt sie. Eindeutig die Stimme meines Vaters. Aber warum hält er die Soldaten an der Grenze fest? Sieht er denn nicht, was da passiert? Keine Sau interessiert sich für die Grenze. Die Zips des Ministeriums sollten in der Luft sein. Die Panzer sollten Vanyas Zip angreifen, damit sie die Aufbereitungsanlagen nicht in die Luft jagt.

»Das ist mein Dad«, schreie ich. »Wir müssen ihm sagen, was sie vorhaben.« Die Zip verschwindet und alles wird still.

»Jetzt oder nie«, sagt Silas. Er zieht ein weißes T-Shirt aus dem Rucksack. »Auf geht's«, sagt er. Er steht auf und stürmt vor aller Augen auf meinen Vater zu, das weiße Shirt über sich schwenkend. Die Soldaten, die ihren Posten verlassen haben, heben jetzt die Waffen. Sie schießen nicht, sondern rennen uns entgegen.

Ich winke wie ein Irrer und rase auf meinen Vater zu, der sein Gewehr anlegt und den Lauf auf mich richtet. »Vater!«, brülle ich. »Dad!«

Doch bevor ich ihn erreichen kann, haben sich bereits zwei Soldaten auf mich geworfen und mich zu Boden gerissen. Ich blicke auf. Alina wird die Gesichtsmaske runtergerissen, Silas zu Boden getreten und mit einem Fuß zwischen den Schulterblättern am Boden festgehalten. Alina wehrt sich nicht. Hat sie Atmen gelernt? Doch mehr kriege ich nicht mit, weil ein verschrammtes schwarzes Stiefelpaar mir die Sicht verstellt.

»Quinn?« Das ist mein Vater.

»Ja«, krächze ich.

»Lasst ihn frei«, befiehlt er den Soldaten. Ich rapple mich auf und klopfe mir den Staub ab, während die Soldaten kopflos herumirren und ihre Waffen nachladen. Es ist mehr als offensichtlich, dass dieser Angriff sie kalt erwischt hat.

»Die haben es auf die Aufbereitungsanlagen abgesehen«, berichte ich meinen Vater. »Sie wollen die Sauerstoffversorgung unterbrechen.«

»Verdammt«, grollt mein Vater, als die Zip wieder auftaucht, den Boden bombardiert und Steine und Geröll aufpflügt. Ich werfe mich zu Boden und bedecke meinen Kopf mit den Händen. Die Zip geht in den Sinkflug und saust wieder davon, als wolle sie nur spielen. Weit gefehlt. Die versuchen nur, das wahre Ziel zu treffen.

Mein Vater liegt neben mir. Er kommt wieder auf die Beine und hilft mir hoch. »Du musst die Zips in die Luft kriegen«, sage ich ihm.

»An denen hat irgendwer rumgeschraubt«, antwortet er. Er drückt das Megafon gegen das Luftauslassventil seiner Maske. »Einheit Bravo verlagert sich zur Wiederaufbereitungsanlage Nord. Julia und Romeo Süd. Zulu Ost. Tango West. Delta bleibt an der Grenze. Im doppelten Tempo, MARSCH!« Er schaut zu Alina und Silas, die immer noch am Boden festgehalten werden. »Das sind Rebellen«, erklärt er den fassungslosen Soldaten, die Silas reumütig aufhelfen und Alina ihre Sauerstoffflasche zurückerstatten. Das müssen zwei der neuen Rekruten sein, die für den Kampf gegen das Ministerium angeheuert wurden, nicht zu seiner Unterstützung.

»Geben Sie uns eine sinnvolle Aufgabe«, sagt Alina.

»Hier lang«, sagt mein Vater und wir hasten zur Grenze. Wir drücken uns durch die Drehtüren und in den Tunnel. Jemand holt uns von hinten ein und greift nach meinem Vater.

»Jude?« Es ist Oscar.

Als er mich sieht, klopft er mir auf den Rücken. »Du hast's geschafft«, sagt er.

»Die wollen die Aufbereitungsanlagen zerstören«, berichtet mein Vater Oscar, der sich die Ärmel hochschiebt.

»Was können wir tun?«, frage ich.

»Wenn es zur Luftrationierung kommt, dann werden die Zweitklasswohnungen und das Gefängnis zuallererst abgeschnitten«, sagt mein Vater. Er greift in seine Tasche und zieht einen Schlüsselbund heraus. »Die Rebellen sind im Gefängnis. Bea ist auch dabei. Die Sicherheitsvorkehrungen dürften jetzt eher lasch sein. Und Jazz ist im Krankenhaus. Findest du das?« Ich nicke.

»Besteht irgendeine Möglichkeit, dass jeder sicherheitshalber eine Sauerstoffflasche bekommt?«, fragt Alina.

»Und wir brauchen Stecklinge«, fügt Silas hinzu. Er kann meinen Vater nicht ins Gesicht sehen und das verstehe ich nur zu gut. Ich schaffe es selbst kaum, nach dem, was er getan hat.

»In den Forschungslaboren haben wir Herbarien.« Mein Vater reibt sich die Stirn. »Haben die nur die eine Zip?«

Alina zuckt die Schultern. »Wir sind nicht lange genug geblieben, um es rauszufinden. Aber ihre Miliz ist stark.«

Der Boden wackelt schon wieder. Eine Soldatin hastet auf uns zu. »Herr General, einige der Einheiten lösen sich bereits auf. Wir erwarten Befehle.«

»Sorgt dafür, dass die Anlage Süd gesichert ist. Da befindet sich der Kontrollturm«, trägt ihr mein Vater auf. Dann schaut er uns an. »Tag X«, sagt er.

»Soll ich dich begleiten?«, fragt mich Oscar.

»Das kriegt er schon gebacken«, sagt Alina. »Oder etwa nicht?« Ihre Stahlaugen durchbohren mich. »Bewaffnen Sie uns«, befiehlt sie meinem Vater.

»Aber gerne«, sagt er und gibt sein Gewehr an Silas weiter, der erst die Waffe, dann meinen Vater anblickt und nickt. Mein Vater nimmt der Soldatin die Waffe ab und reicht sie Alina.

Er streckt mir die Hand entgegen. Ich ergreife sie und so stehen wir einen Moment da, ohne den Blick voneinander losreißen zu können. »Wie das auch immer ausgeht …« Er hält inne. Silas zieht sich zurück. Alina folgt ihm. »Du bist ein tapferer Mensch, Quinn«, sagt er. Es ist keine Entschuldigung, aber doch das, was er mir geben kann.

»Jetzt werd mal nicht dramatisch«, sage ich, halb im Witz. Ich entziehe ihm meine Hand und stürze mich in die Zone Eins.

BEA

Es muss mindestens einen Tag her sein, seit sie mich in diese fensterlose, luftdichte Zelle geworfen haben. Ich habe weder gegessen noch getrunken und meine Arme und Beine sind an einen Stuhl gefesselt. Vor ein paar Stunden habe ich mich angepinkelt. Es riecht grauenhaft und ich winde mich auf der Sitzfläche, um das unangenehme Gefühl etwas zu lindern. Ich werde hier nicht rumflennen, damit sie am Ende glauben, sie hätten mich kleingekriegt.

Ich versuche, meine Hände loszureißen, doch das kostet mich nur eine weitere Hautschicht meiner roten, wund gescheuerten Handgelenke. Als ein Klappern mir ankündigt, dass die Wache die Tür aufschließt, höre ich auf.

Der Wachmann hält die Tür auf und Niamh Knavery kommt hereinstolziert. Sie starrt mich an, als hätte mich wer hingekotzt. »Hier stinkt's«, sagt sie. »Hast du dich etwa angepisst?« Wenn ich könnte, würde ich ihr zweigen, wie sehr mir ihr Gerede am Arsch vorbeigeht. Für den Gestank hier sind die verantwortlich, nicht ich.

Nach einer kurzen Pause erscheint Lance Vine. Er hält sich den Arm über die Nase. Schon beinah komisch, dass ausgerechnet er mich hier eklig findet. »Gib uns fünf Minuten«, trägt er dem Wachmann auf, der nickt und mitsamt dem Schlüsselbund an seinem Gürtel auf den Gang verschwindet.

»Ich hab nichts verbrochen«, sage ich.

»Komm mir nicht so«, schäumt Niamh verächtlich.

»Dein Vater hat meine Eltern ermordet. Ich hab allen Grund, *dich* zu hassen«, erkläre ich ihr, obwohl ich dann auch Oscar hassen müsste, und das tue ich nicht. Keiner von ihnen kann etwas dafür, was Cain Knavery war.

Vine baut sich neben Niamh auf und reibt sich die Nase zwischen Daumen und Zeigefinger. »Wenn's nach mir geht, müssen wir hier nicht noch groß herumtun. Jude Caffrey hat gemeldet, dass die Lage sich zuspitzt. Zeit zum Handeln.« Er stellt sich vor Niamh und drückt mir seine schwitzige Pfote über den Mund. »Wir waren der Meinung, wir hätten die meisten von euch erwischt, als wir den Hain vernichtet haben. Wer greift uns dann jetzt an?«

»Schon wieder ein Aufstand in der Kuppel?«, frage ich. Ob Quinn da mit drinnen hängt? Könnte er hier sein? Ich verspüre einen schwachen Hoffnungsschimmer. »Wenn Sie so ein knallharter Bursche sind, warum stehen Sie dann nicht da draußen und kämpfen persönlich gegen die Bösen?«

Er verpasst mir eine schallende Ohrfeige. Der Stuhl kippt nach hinten und knallt auf den Boden. Ich lande auf meinen hinter dem Rücken fixierten Handgelenken und muss die Zähne zusammenbeißen, um nicht aufzuschreien. Ich drehe mich auf die Seite und versuche, meine Handgelenke zu bewegen.

Niamh presst die Lippen zusammen. »Steckt Wendy dahinter?«

»Oder war es Oscar?«, fügt Vine hinzu.

Niamh erschauert. »Und ich denk mal, Wendy hat auch diesen neuen Angriff auf die Kuppel mit vorbereitet«, sagt sie hastig, um mich ja nicht zu Wort kommen zu lassen. »Wir sollten hier einfach die Luft abdrehen und sie ersticken lassen.« Über mir zuckt Vine die Schultern. Er schert sich einen Dreck darum, was mit mir geschieht.

Ein Geräusch im Flur lässt mich erstarren. Ein weiterer Soldat tritt in die Tür. Bei meinem Anblick muss er schlucken. »Sie werden in der Kammer bei der Sitzung erwartet, Herr Präsident«, meldet er.

Vine dreht sich zu Niamh. »Sag denen, ich bin gleich da.«

»Ja, Herr Minister«, sagt sie. Mir verpasst sie noch einen kleinen Tritt.

»Ich bin nicht anders als du, Niamh«, sage ich. Das ist weder Bettelei noch Um-Hilfe-Flehen, ich gebe ihr nur die Chance, doch noch das Richtige zu tun.

»Nein, Bea«, sagt sie. »Wir sind von Grund auf verschieden und das ist Teil des Problems. Du und deine Terroristen wollen das einfach nicht wahrhaben.« Sie verlässt die Zelle und lässt die Tür hinter sich zuknallen.

Vine kauert sich neben mich und streichelt mir mit dem Handrücken übers Gesicht. Ich versuche, ihn zu beißen. Lachend zieht er die Hand weg. Ich bin nichts als ein Beutetier und das Gefühl kenne ich nur allzu gut. Ich schreie aus voller Kehle los, um ihn wenigstens aus dem Konzept zu bringen, und verstumme erst, als der Lautsprecher in der Wand Alarm schlägt und eine rote Warnleuchte aufblinkt. »Das darf doch nicht wahr sein«, sagt er.

»Was darf nicht sein?«

Er blickt auf mich runter. »Das ist der Luftalarm, das weißt du genauso gut wie ich. Die Rebellen müssen die Rohrleitungen beschädigt haben. Und du wirst dafür bezahlen, dass du da drin hängst.«

»Die Rohrleitungen?«

»Die hätten bedenken sollen, dass im Gefängnis und in den Zweitklasswohnungen zuallererst die Luft abgesaugt wird.« Er hastet zur Tür.

»Und mich lassen Sie einfach hier?«, frage ich. Vor dem Tod fürchte ich mich nicht – ich habe ihm schon zu oft ins Auge gesehen, um die Unvermeidlichkeit zu verdrängen, und Ersticken ist das Unvermeidlichste überhaupt –, aber alleine sterben, das will ich nicht. Irgendwer sollte meinen letzten Moment miterleben. Wenigstens das habe ich doch verdient, oder?

Vine schnaubt und drückt den Knopf der Gegensprechanlage. Er wartet ein paar Augenblicke ab und zerrt dann am Türgriff. Vergeblich. Er räuspert sich und versucht noch mal sein Glück mit der Gegensprechanlage. »Ich bin jetzt bereit zum Gehen«, spricht er in den kleinen Kasten, die Stirn in Falten.

Ich huste, weil die Luft in der Zelle schon merklich

dünner geworden ist. »Was, wenn niemand kommt?«, stachle ich ihn auf. »Werden bei einem Angriff nicht alle zum Kämpfen zusammengetrommelt? Würden die Wachen nicht panisch abhauen, wenn sie wissen, dass die Luft abgesaugt wird?«

Er drückt sich die Hand auf die Brust und trommelt dann mit beiden Fäusten gegen die Zelltür. »Lasst mich raus!«, brüllt er. Ich konzentriere mich ganz darauf, meine Atemzüge möglichst lang auszudehnen, wie Meeresbrandung, die ans Ufer rollt. Vine kommt zu mir und kniet sich neben mich auf den Boden. Er hält sein Ohr an meinen Mund. »Was ist das für ein Trick?«, fragt er. Sein Atem geht hektisch.

»Kein Trick«, sage ich. »Ich hab genug Luft, ganz einfach.«

»Schafft mich hier raus!« Er wird kreidebleich, wankt wieder zur Tür, reckt den Hals und reißt den Mund weit auf, um so viel Luft wie möglich einzusaugen. »Das brennt«, krächzt er und beginnt zu röcheln.

Ein letztes Mal drückt er seinen Finger gegen den Knopf der Sprechanlage, bevor er keuchend zu Boden sinkt. Er beginnt zu hyperventilieren und kippt dann ohne Vorwarnung bewusstlos um. Ich sehe noch, wie seine Brust sich hebt und senkt. Ein Weilchen wird er noch leben. Aber nur ein Weilchen.

Und ich bleibe so ruhig wie möglich auf dem Boden liegen und haushalte mit meinem Sauerstoff. Die Luft ist sehr dünn, doch zum Überleben reicht sie. Mir zumindest.

Eine Weile.

ALINA

Die drei Wiederaufbereitungsanlagen, deren Leitungen noch intakt sind, werden nun von ganzen Regimentern abgeschirmt, die Türme sind von Scharfschützen besetzt. »Wir können auch schießen«, erkläre ich Jude Caffrey. Er nickt knapp, als wisse er das ohnehin am besten, und weist auf die Anlage Nord. »Geht mit Oscar«, sagt er.

Wir rasen auf die Anlage zu und überwinden den notdürftigen Schutzwall aus Sandsäcken. Ein Soldat an der Tür erkennt Oscar und lässt uns passieren und schon sind wir mit dem Windenaufzug auf dem Weg nach oben. Das Blut rauscht mir in den Ohren, ich kann nur an meine Tante denken, meinen Onkel, an Bea und Jazz, die ersticken werden, wenn wir nicht Sequoias Miliz an der Zerstörung der Rohrleitungen hindern. Genau das war immer die größte Angst des Ministeriums, die erklärte Schwachstelle bei Terrorangriffen, und im Hain haben wir über ihre Panikmache gelacht.

Ganz oben angekommen rasen wir aus dem Aufzug hinaus auf einen Balkon, wo wir uns bäuchlings hinwerfen und durch die Zielfernrohre unserer Gewehre das Gelände inspizieren. Von Westen her befindet sich Vanyas Miliz im direkten Anmarsch auf die Anlage. Gelegentlich geht einer von ihnen zu Boden, doch über Tote und Verletzte wird einfach ungebremst hinweggetrampelt. Die Soldaten des Ministeriums gehen hinter den Sandsäcken in Deckung und feuern eine Runde Munition nach der anderen ab, was die Sequoianer nicht zu jucken scheint.

Zu meiner Rechten erscheint wieder die klobige Zip für ihren Rundflug über die Kuppel. Erneut feuert sie auf unsere Anlage und ein paar Sekunden lang wackeln hier alle Wände. Silas, Oscar und ich starren einander an und fragen uns einen entsetzlichen Augenblick lang, ob das ganze Ding samt uns in sich zusammenstürzen wird. Aber der Schaden scheint nur oberflächlich zu sein und rasch kommt das Gebäude wieder zur Ruhe.

Oscar stößt mich mit dem Ellbogen an. »Worauf wartest du?«, fragt er. In seinen Augen liegt etwas Unerbittliches, der Krieg ist für ihn Alltag geworden.

Ich spähe wieder durchs Zielfernrohr. Um dem fliegenden Schutt der Anlage auszuweichen, sind einige der Ministeriumssoldaten ausgeschert und haben damit Vanyas Miliz ein Verteidigungsloch eröffnet, durch das sie über die Sandsäcke hinweg einfallen können. Schüsse knallen. Einer der Sequoianer schleudert einen Soldaten zu Boden und rammt seinen Kopf immer wieder in die Erde. Mir dreht sich der Magen um. Ich ziele und drücke ab. Der Milizionär lässt den Soldaten fallen und hält sich die Seite. Dann reißt er den Helm runter. Es ist nicht irgendein Soldat. Ich habe auf Wren geschossen.

Wie ein schweres Eisenrohr kippt sie zu Boden. Binnen Minuten sind ihre Kameraden über sie hinweggetrampelt, und wenn sie vorher nicht tot war, dann ist sie's jetzt.

»Ich hab Wren umgebracht«, sage ich zu Silas.

Er schaut finster. »Sie oder meine Familie, so ist das eben.« Ich hasse es, dass er recht hat. Ich hasse das Töten und das Aufrechnen eines Menschenlebens gegen das andere. Wann wird es jemals ein Ende haben? Es muss ein Ende haben, ich bin selbst am Ende, ich kann nicht mehr. Ich halte diese Welt nicht länger aus.

»Die sind schon zu nahe am Turm. Ich kann nicht mehr richtig zielen«, sagt Oscar im Aufstehen. »Und wenn die unten eindringen, können sie über die Feuerleiter in den Kontrollraum gelangen. Da kriegen wir sie dann nie wieder raus.«

Wir springen auf und folgen ihm. War Oscar einer der Ministeriumssoldaten, auf die ich noch vor ein paar Wochen beim Angriff auf den Hain geschossen habe? Ich bin ein Wendehals, der mit dem Feind gemeinsame Sache macht, wird mir bewusst. Aber heute müssen wir Seite an Seite kämpfen, um die Kuppel zu verteidigen und alle, die wir lieben.

Und das scheint das Richtige zu sein.

QUINN

Die Notstandssirene veranstaltet hier in Zone Eins einen Höllenradau und wahrscheinlich ist es in der übrigen Kuppel nicht anders. Die Straßen sind verwaist. Die Premiums müssen sich alle zu Hause oder in den Amtsgebäuden verschanzt haben. Wie lange wird es dauern, bis es auch dort keine Luft mehr gibt?

In den Fenstern zur Straße erkenne ich an die Scheiben gedrückte Gesichter. Keiner wagt sich nach draußen.

Ich prüfe meine Füllstandsanzeige. Niedrig, aber fürs Erste genug. Will ich mal hoffen.

Ich sprinte die breite Prachtstraße entlang Richtung Justizgebäude, denn dort wartet Bea.

Und es ist alles okay mit ihr.

Das ist so.

Das weiß ich.

BEA

Lance Vines Hautton ist von rosa ins Bläuliche übergegangen. Nicht mehr lange und ich sehe genauso aus. Ich schließe die Augen und verdränge den Gedanken. Ich verdränge jeden Gedanken und konzentriere mich aufs Ausatmen. Mitzählen, erst bei zehn wieder einatmen, um das Bisschen verbliebenen Sauerstoff in der Zelle zu rationieren. Die Luft ist so dünn, dass jeder Atemzug zur Qual wird. Mein Kopf droht zu zerspringen.

Ich öffne die Augen und richte sie aufs rote Blinklicht an der Decke, als Niamh reingestürzt kommt.

»Lass die Tür auf«, röchle ich in den Sirenenlärm, der aus den Lautsprechern heult. Sie hört mich nicht und schon ist die Tür wieder zu.

»Oh nein!« Niamh starrt auf Vine, der leblos auf dem Boden liegt. Sie stupst ihn mit dem Fuß an. »Was hast du gemacht?« Sie fasst sich an den Hals. »Die Luft«, sagt sie. »Ich kann nicht ...« Der Rest geht in ihrem Husten unter.

Ihr Blick auf mich ist mörderisch und angsterfüllt zugleich. Ich lebe, Lance Vine ist tot. »Die Wachen haben alle einfach ihre Posten verlassen, aber das regeln wir ...

wenn alles wieder normal läuft«, sagt sie. Sie geht zur Gegensprechanlage und will gerade den Knopf drücken, als der Groschen fällt. Röchelnd glotzt sie mich an und mich überkommt gerade das ungute Gefühl, dass ich jetzt wohl auch noch Niamh beim Sterben zusehen darf, als sie an der Klinke zerrt und die Tür aufschwingt. Niamh schreit auf. Genau wie ich.

Da steht Quinn.

»Oh Bea!« Er schiebt Niamh beiseite und eilt zu mir. Er nimmt mein Gesicht in die Hände, blickt zum Toten und dann wieder zu mir und meinen aufgeschabten Handgelenken. »Bist du in Ordnung? Es tut mir leid. Es tut mir so leid.« Mit seinem Messer macht er mich los und hilft mir auf. Dann zieht er sich die Maske vom Gesicht und küsst meine Handballen. »Ich hab gewusst, du hältst durch. Hältst durch und zeigst allen, was Sache ist«, sagt er.

»Du bist da!« Ich schlinge ihm die Arme um den Hals und umarme ihn so fest, dass es schon wehtun muss. Er drückt mir Küsse auf Mund, Stirn und Hals und dann sanft die Maske aufs Gesicht. Einen Augenblick lang vergesse ich, wie eklig ich gerade bin. »Wir müssen Oscar und deinen Dad finden. Die helfen uns.«

»Haltet meinen Bruder da raus«, sagt Niamh. Sie hält die Tür auf und aus dem Flur wird ein bisschen Sauerstoff hereingeweht. Wenn sie jetzt geht, sind Quinn und ich geliefert. Ich muss sie in ein Gespräch verwickeln.

»Oscar ist auf unserer Seite, Niamh. Das weißt du.« Ich rapple mich auf.

»Ihr habt ihn irgendwie gegen uns aufgehetzt«, ruft sie.

»Nein, haben wir nicht. Er hat sich uns aus freiem Willen angeschlossen und du könntest es genauso.« Der Alarm schrillt in einem fort.

Niamhs Kopf wird knallrot. »Und eine werden wie *du*?« Das war's dann mit den Missionierungsversuchen. Ich stürme auf sie zu, stoße sie zu Boden und werfe mich über sie in die offene Tür, damit sie nicht zuschlagen kann. Niamh zerkratzt mir das Gesicht. Soll sie doch. Ich hebe die Hand, Quinn hilft mir auf und zerrt mich auf den Flur, weg vom roten Geblinke.

Niamh kommt mühsam auf die Beine. »Das wird euch noch leidtun.«

»Nein, glaub ich nicht«, sage ich.

Ihr Blick zeigt mir, dass sie noch viel mehr zu sagen hätte, doch dann flüchtet sie lieber über den Flur und brüllt nach einem Soldaten, der nie erscheinen wird.

»Die Kuppel steht unter Beschuss«, sagt Quinn.

»Dann sollten wir uns beeilen.« Ich schnappe mir seinen Schlüsselbund und öffne die Zelle gegenüber. In der Ecke kauert Old Watson. Ich wusste noch nicht mal, dass sie ihn einkassiert haben. »Watson!« Ich sinke zu Boden und schüttle ihn. Keine Reaktion. Ich halte mein Ohr an sein Gesicht, aber es ist kein Atem zu hören. Habe ich ihn in den Knast gebracht oder war es seine Pflanzenzucht?

Ich reiße mir Quinns Maske vom Gesicht, drücke sie auf Old Watsons Nase und ziehe seine Beine gerade, damit er auf dem Rücken liegt. Versuche mich an einer Herzmassage, verlagere mein Gewicht in beide Hände, während Quinn den Kopf des alten Mannes nach hinten überstreckt und ihn beatmet.

Einmal. Zweimal.

Doch nichts geschieht.

»*Atme*, verdammt noch mal.« Wieder drücke ich zu.

Quinn steht auf. »Es funktioniert nicht, Bea. Wir müssen hier raus.« Er kapiert das nicht: Old Watson hat mich gerettet, als ich selbst den Willen dazu verloren hatte. Ich werde ihn hier nicht liegen lassen.

»Neuer Versuch«, sage ich und lege Old Watson meine Hände auf die Brust. Ich führe die Druckmassage ganz schulmäßig durch, eins zu dreißig, und wieder geht Quinn auf die Knie und bläst ihm in den Mund, füllt ihn mit Luft.

Und es funktioniert! Old Watson keucht auf. Ich schiebe ihm die paar verbliebenen Haarsträhnen aus den Augen und er klappt die Lider hoch. »Nicht reden«, sage ich und helfe ihm auf.

Ich werfe Quinn die Schlüssel wieder zu. »Die anderen Zellen.«

»Kommst du hier klar?«, fragt er.

»Ja«, sage ich. »Na klar komm ich klar.«

QUINN

Bea, Old Watson, an die dreißig Rebellen und ich flüchten aus dem Justizgebäude. Die Straße ist voller aufgescheuchter, panisch herumwuselnder Seconds, die meisten von ihnen irgendwie bewaffnet. Ein Junge in meinem Alter hechtet an mir vorbei, doch ich halte ihn fest. »Was ist hier los?«

»Die Arschlöcher haben in Zone Drei die Luft aus den Wohnungen gesaugt.« Er reißt sich los und rennt weiter. Aus den Lautsprechern ertönt eine automatische Durchsage in Dauerschleife. *Luftrationierungsplan Stufe Drei aktiv. Premiums werden ersucht, ihre Häuser nicht zu verlassen. Luftrationierungsplan Stufe Drei aktiv. Premiums werden ersucht, ihre Häuser nicht zu verlassen.*

Wir tauschen nervöse Blicke aus, als Silas' Vater Gideon sich an mich wendet.

»Wir brauchen Sauerstoffflaschen.«

»Da lang«, sage ich.

»Wohin gehen wir?« Er fällt neben mir in Gleichschritt.

»Forschungslabore.«

Wir eilen eine Straße hoch, die sich rapide leert, da immer mehr Seconds versuchen, über Zäune und hohe Mauern in die Premium-Häuser einzudringen. Das Chaos ist komplett: Fenster werden eingeschlagen, Schüsse abgefeuert. Ich bremse ab. »Meine Brüder«, sage ich.

Gideon schüttelt den Kopf. »Keine Zeit jetzt.«

»Ich hol sie«, erkläre ich entschlossen.

»Gut. Wir treffen uns in einer Stunde an der Grenze. Gib mir die Schlüssel, ich finde die Flaschen schon«, sagt Gideon. Ich werfe ihm den Bund zu.

»Was ist mit Jazz?«, fragt Old Watson. Obwohl er direkt neben mir steht, scheint seine Stimme von weit her zu kommen. Er ist viel blasser und greisenhafter als noch vor ein paar Tagen. Für solche Aktionen ist er nicht geschaffen. Aber wer ist das schon?

»Das Krankenhaus ist nicht weit weg. Ich hol sie«, sagt Bea und will losstürmen, doch ich packe sie bei den Schultern. »Jetzt machen wir doch wieder alles im Alleingang«, klage ich. So war das nicht geplant. Geplant war, Bea zu finden und nie wieder aus den Augen zu lassen.

Sie lächelt. »Manche Dinge sind wichtiger als wir«, sagt sie und ich küsse sie. Millionen von Dingen mögen wichtiger sein als wir, aber mir will keines einfallen, das wichtiger wäre als sie. »In einer Stunde an der Grenze«, wiederholt sie.

Die Seconds drängen mit kaputten Flaschen und Eisenrohren in meine Straße. Ich rase an ihnen vorbei, rauf zu unserem Haus. Meine Brüder und meine Mutter hängen vor dem Bildschirm, über den gerade die Nachrichten flimmern – Explosionen, aufwirbelnder Staub.

Lennon erblickt mich und winkt. Keane tut es ihm nach. Als ihnen gleichzeitig klar wird, dass ich eigentlich gar nicht hier sein sollte, springen sie auf und klammern sich an mich. »Quinn, bist du das wirklich?«, fragt Keane. Er boxt mich in die Rippen. Meine Mutter dreht sich um wie eine batteriebetriebene Puppe, bevor ihr die Kinnlade runterfällt.

»Ich hab dir doch gesagt, er ist nicht tot«, sagt Lennon. Ich küsse ihn auf die Stirn und drücke Keane an mich. Mann, haben die mir gefehlt.

Meine Mutter watschelt auf mich zu, sich am Sofarücken abstützend. Boah – so rund, wie sie ist, könnte mein Bruder jederzeit rausgeploppt kommen. »Wir gehen«, sage ich.

»Oh, Quinn, mein Liebling.« Sie umklammert meinen Arm, doch ihre Augen bleiben ausdruckslos.

»Wir haben noch zwei Minuten, bis die Seconds hier reinstürmen«, sage ich. Auf der Straße geht irgendwas in die Luft und meine Mutter fährt auf. Vielleicht eher eine Minute. »Los!«

Meine Mutter lächelt gönnerhaft. »Wir sind hier in Sicherheit. Mach dir um *uns* mal keine Gedanken.« Sie versucht, die Zwillinge von mir loszueisen, doch die klammern sich nur noch fester an mich. Nicht, dass sie lieber bei mir wären als bei ihr. Aber wenn sie mitkommen, könnte ich sie wenigstens retten.

»Sie gehen mit mir«, sage ich. »Keine Diskussion.

Kommst du auch?« Ich will nicht, dass sie stirbt. Immerhin ist sie meine Mutter.

»Weißt du überhaupt, was du angerichtet hast? Dein Vater ist nicht mehr der Alte, seitdem du –« Sie drückt sich Daumen und Zeigefinger gegen die Augenlider, atmet hektisch ein und hält sich den Bauch.

»Mom?«, fragt Keane. Ich halte ihn fester. Das ist alles nur Show.

»Du hast unsere Familie zerstört.« Sie beginnt zu schluchzen, fette Tränen rinnen über ihre Wangen. Aber sie weint nicht um mich.

»Ich nehm noch Lebensmittel und Sauerstoffflaschen mit«, sage ich.

»Nimm, was du willst, aber lass mir bitte die Jungs da«, wimmert sie. Ein Stein bricht durchs Wohnzimmerfenster und sie kreischt auf. Sie geht in die Knie und schirmt sich den Kopf mit den Händen ab.

»Geht und packt ein paar Sachen zusammen! Schnell!« Ich schubse meine Brüder zur Treppe. »Mom, wir müssen alle *gemeinsam* gehen«, flehe ich. Ich kann sie hier nicht einer Horde plündernder Zweitklassbürger überlassen.

Sie blickt vom Boden auf. »Du hast dir dein Leben selbst ausgesucht. Versuch nicht, uns alle mit runterzuziehen.« Ein weiteres Fenster muss dran glauben und ein Schraubenzieher landet auf dem Sofa. »Was passiert da? Die Welt spielt ja völlig verrückt!«

Ich ziehe sie hoch. »Die Welt ändert sich, sonst nichts. Und du musst dich mit ihr verändern.«

»Die machen mir mein schönes Haus kaputt«, jammert sie.

»Du musst ein paar Sachen zusammenpacken.« Ich schiebe sie über den Flur und ins Schlafzimmer.

Dann renne ich den Flur hinunter in den Keller, wo ich so viele Sauerstoffflaschen zusammenraffe, wie ich nur kann. Oben stehen Keane und Lennon schon mit ihren Rucksäcken am Fuß der Treppe. Sie sind bereit, alles hinter sich zu lassen und mir zu folgen.

»Mom!«, brülle ich.

Sie erscheint in einem schweren Mantel. Ihre Wut scheint verraucht. Wimmernd umklammert sie ihren Bauch.

»Das Baby kommt«, sagt sie.

BEA

Ich überlasse es den Rebellenkollegen, die Kommandozentrale von Breathe zu plündern, und mache mich auf zum Krankenhaus an der Grenze zwischen den Zonen Eins und Zwei. Der Sauerstoffgehalt in der Luft sinkt merklich ab, aber es ist immer noch besser als in der Zelle. Ich bewege mich zügig, vorbei an randalierenden Menschentrauben, bis ich in eine ruhige Nebenstraße gerate, in der sich zwei Jungs um ein Miniatemgerät prügeln. Schon habe ich es mir unter den Nagel gerissen, mir die Maske übers Gesicht gezogen und die Flucht ergriffen. Sie fluchen mir noch hinterher, doch ich bin schneller. Stärker. Trotz brennender Beine und Gekeuche fühlt sich das Rennen an wie ein kleiner Sieg gegen das Ministerium.

Das riesige, weiße Klinikgebäude nimmt fast einen ganzen Straßenblock ein. Das Pförtnerhäuschen finde ich verlassen vor, das Tor sperrangelweit offen. Ich stolpere den Weg hinauf in die verwaiste Empfangshalle, wo das Schaltbrett wie wild vor sich hin blinkt und klingelt und überall herrenlose Krankenhausbetten und Rollstühle rumstehen.

Aus einem der Zimmer kommt eine Ärztin mit Stethoskop um den Hals und blutverschmiertem Kittel getaumelt. »Sauerstoff für Besucher ist aus«, sagt sie und versucht, mich zurück durch die Drehtür zu drängen.

»Ich suche nach einem Kind«, rufe ich.

Sie lässt mich los und zerrt mich zum Schaltbrett, um es zum Schweigen zu bringen. »Die Seconds sind hoch in den Premiumflügel gebracht worden. Das wird uns zwar unsere Jobs kosten, aber wie's aussieht, können wir die sowieso vergessen.« Das Gebäude erbebt und die Ärztin schaut mich lange an. »Ich habe selbst Kinder. Ich muss los«, sagt sie und hastet durch den Ausgang auf und davon.

Ich nehme zwei Stufen auf einmal hinauf in den zweiten Stock. Der Flur quillt über von hustenden Patienten, die teils noch an ihren Infusionsständern hängen. Ich bahne mir einen Weg durchs Getümmel und entdecke schließlich Jazz am Ende des Ganges, das Bein in einem schweren Gips, die roten Locken wie Spaghetti auf dem Kopf aufgetürmt.

Gott sei Dank.

»Jazz!«, brülle ich. Mit ihren Krücken hüpft sie mir entgegen.

»Du hast dir ganz schön Zeit gelassen«, sagt sie und boxt mich in den Bauch.

Ich kann nicht anders, ich muss einfach ihre Faust küssen. »Bereit zum Abmarsch?«

»Ich war schon gestern bereit«, meint sie unterwegs zur Treppe.

Sie klammert sich am Geländer fest und nimmt zwei

Stufen auf einmal. »Mach hin«, sagt sie, als sich die Tür öffnet.

Ich schnappe mir Jazz, um sie notfalls verteidigen zu können, als Keane und Lennon erscheinen, gefolgt von Quinn, der seine Mutter stützt. »Wir brauchen einen Arzt«, ruft er. Der Bauch seiner Mutter hat sich gesenkt. Ich pack es einfach nicht. Ausgerechnet heute.

»Bleib da«, trage ich Jazz auf und helfe, Mrs Caffrey in den zweiten Stock zu schaffen. Sie kreischt und windet sich, als wir sie auf dem Boden ablegen. »Hilf uns doch jemand!«, schreit Quinn.

»Die Ärzte sind alle weg«, sagt ein Second mit Augenverband.

Cynthia Caffrey heult auf und umklammert ihren Bauch. »Ich muss pressen.«

Quinn dreht sich zu mir. Sein Gesicht ist kreidebleich. »Sie muss pressen«, wiederholt er.

QUINN

Alle Betten auf der Station sind belegt, doch die Leute darin meiden unseren Blick. Ich bin schon kurz vorm Ausrasten, als sich eine bleiche Frau aus dem Bett quält, um meiner Mutter Platz zu machen. »Gibt's denn im ganzen verdammten Laden hier keine einzige Schwester mehr?«, frage ich. Jetzt schallen Sirenen durchs ganze Gebäude.

Die Frau schüttelt den Kopf. »Das bisschen Personal, das noch nicht das Weite gesucht hat, ist gerade bei einem Blinddarmdurchbruch.« Sie zieht zwei Schlaufen heraus, die seitlich am Bett befestigt sind, und schiebt die Füße meiner Mutter hindurch.

Meine Mutter umklammert die Matratze. »Holt Doktor Kessel!«, schreit sie.

»Hier gibt's keine Ärzte mehr, Mom«, sage ich.

Sie versucht, sich aufzurichten. »Hier werde ich das nicht machen. Nein. Nein.« Und dann beginnt sie zu kreischen und die Augen zuzupressen.

Bea rollt sich die Ärmel hoch und wendet sich an meine Brüder. »Ihr solltet nicht dabei sein. Geht und kümmert euch um Jazz, das Mädchen, das bei mir auf der Treppe war.« Keane sieht aus, als würde er gleich in Tränen ausbrechen. »Seid tapfer«, fügt sie hinzu und beide ergreifen die Flucht.

»Wir brauchen heißes Wasser«, sage ich zu der bleichen Frau. Wofür auch immer, aber gehört habe ich es schon mal und der Sinn wird sich mir sicher erschließen. Hoffe ich zumindest.

»Ja, ja. Unter anderem«, sagt sie und eilt fort.

Bea schiebt den Rock meiner Mutter über die Knie und zieht ihr die Unterwäsche aus. Ich halte meiner Mutter die Hand und sie blickt zu mir auf. »Du bist anders geworden«, sagt sie. Ich nicke, weil sie recht hat, selbst wenn fraglich ist, ob das ein Kompliment war.

»Du musst auch nicht hierbleiben, Quinn«, sagt Bea. Noch vor einem Monat hätte ich mich angestellt und mich möglichst weit von hier weggewünscht, aber jetzt, zwischen all dem Sirenengeheul und dem ständig anschwellenden Geplärre und Gebrüll von der Straße, ist der Anblick meiner gebärenden Mutter noch meine geringste Sorge. Ich frage mich immer wieder, wie wir es hier noch bei lebendigem Leib rausschaffen sollen und was passiert, wenn es uns gelingt.

Die Frau kehrt schwer beladen zurück. Sie stellt sich neben Bea ans Bettende. »Ich brauch was gegen die Schmerzen«, bettelt meine Mutter.

»Zu spät«, sagt die Frau. Sie stupst Bea an. »Bereit?«

Bea nickt entschlossen. »Ja.«

»Wo haben Sie das Zeug her?«, frage ich die Frau mit Blick auf Mull und Schere.

Die Frau macht eine vage Handbewegung Richtung Flur. »Aufgebrochene Vorratskammer.«

Das Gesicht meiner Mutter ist dunkelrot.

»Geh und raff zusammen, was wir brauchen können«, sagt Bea. Sie hat keine Ahnung, dass wir in Sequoia ein Dutzend Kinder aufgelesen haben, aber dass wir Ausrüstung brauchen, ist ihr klar. »Dafür ist locker Zeit. Ich glaub kaum, dass Babys einfach so rausgeschossen kommen.«

Ich bahne mir einen Weg durch den Flur, bis ich die Kammer gefunden habe. Überall liegen Flaschen, Bettzeug und Schnuller herum. Ich greife mir ein Laken, breite es auf dem Boden aus und lasse meinen Blick über die Regale schweifen. Auf das Laken werfe ich alles, was ich an Milchpulver finden kann, dazu Pflaster, Paracetamol, Kodein, steril verpackte Klingen, Watte, sterile Reinigungstücher und noch eine Auswahl von allem anderen, nur zur Sicherheit. Ich falte die Ecken in der Mitte zusammen, verknote sie und kehre gerade in den Flur zurück, als ich meine Mutter höre. Sie kreischt so laut, dass alles verstummt. Ich erschauere und hetze zurück.

Bea starrt auf ein verschmiertes lila Bündel in ihren Händen hinab. »Der hatte es aber ziemlich eilig mit der Begrüßung«, sagt sie.

Die Frau wischt das Baby mit einem Handtuch ab und bringt ein verquollenes Gesicht zum Vorschein.

Mein Bruder – samt verklebtem schwarzem Haar und platter Nase.

Er windet sich und schreit los. Bea reicht ihn meiner Mutter. Sosehr ich mir auch beweisen möchte, wie kalt mich das lässt und was für eine Art Mensch sie doch ist – jetzt weint auch sie, küsst meinen Bruder auf den Kopf, voller Liebe, die sie in meiner Vorstellung auch mal für mich empfunden hat. Früher mal. Vor sechzehn Jahren war auch ich perfekt, rein und ein unbeschriebenes Blatt. Ich bin nur einfach nicht der Mensch geworden, den sie sich gewünscht hat.

»Wir können hier nicht bleiben«, sagt Bea zu mir. »Hast du alles, was wir brauchen?«

»Und noch mehr.« Ich starre auf die Minizehen meines Bruders. Sogar Fußnägel hat er. »Wir müssen sie mitnehmen.«

Meine Mutter blickt auf. »Ich bleibe hier«, sagt sie. Trotz all des Lärms, des Bluts und der Leute lächelt sie. So hab ich sie noch nie gesehen – noch nie so glücklich.

»Warum?«, frage ich.

»Die Kuppel ist mein Zuhause. Ich gehe hier nicht weg.«

»Willst du, dass das Baby hier aufwächst?«

Wieder jault eine Sirene über dem Krankenhaus und liefert sich einen Wettstreit mit dem Alarmgeheul aus dem Erdgeschoss. »Wo auch immer ihr hingeht, werden Premiums wohl kaum sehr willkommen sein«, meint meine Mutter.

Bea schlingt ihren Arm um meine Hüfte. »Quinn«, sagt sie.

»Aber …«

»Es ist ihre persönliche Entscheidung.«

»Er heißt Troy«, sagt meine Mutter. Sie saugt seinen

Duft ein und ich strecke die Arme aus, um ihn ihr abzunehmen.

»Nein«, sagt Bea und verstellt mir die Sicht auf meinen Bruder. »Es ist nicht gut, wenn er seine Mutter verliert.« Und sie muss es wissen. Genau wie ich.

Ich küsse Troy und meine Mutter hält mir ihre Wange hin, damit ich sie ebenfalls küssen kann. Aber ich bringe es einfach nicht. Ich weiche zurück.

Da erschüttert eine Explosion die Kuppel und die ganze Station. Bea nimmt mich bei der Hand. »Mehr können wir nicht tun«, sagt sie.

»Ich will nur …« Die Worte bleiben mir im Hals stecken.

»Sie weiß, dass du sie liebst«, sagt Bea.

Meine Mutter schnieft ein bisschen vor sich hin. Vielleicht liebt sie mich auch. Ich werfe einen letzten Blick auf Troy und wende mich ab.

Zeit zum Aufbruch. Da draußen tobt ein Krieg und wir werden gebraucht.

OSCAR

Sie rammen von außen gegen den Fuß des Turms und die Tür hat schon eine deutliche Delle abgekriegt. Schüsse werden abgegeben, der große Wandmonitor beginnt zu schmoren und Funken zu schlagen. »Bald sind sie durch«, sagt Silas.

»Wir töten nur, wenn's gar nicht anders geht«, sagt Alina. Silas sieht sie argwöhnisch an.

»Wir *müssen* aber«, sage ich. Doch so sicher das klingen mag, mein Gefühl sagt das Gegenteil.

Gewehre nachladen und schon kauern wir hinter der Tür. Die da draußen sind wer weiß wie viele, wir nur zu dritt. Doch statt Angst erfüllt mich Ungeduld – ich will endlich gewonnen haben.

Die Schlösser werden mit Kugeln bombardiert, die Tür stürzt nach innen und mit ihr eine Herde Sequoianer. Sie rasen die Wendeltreppe hinauf, ohne wenigstens einmal zurückzuschauen, und geben damit Silas, Alina und mir die Möglichkeit, sie voll unter Beschuss zu nehmen.

Kugeln prallen von den Wänden ab, überall spritzt Blut. Besser schießen als denken.

Viele der Angreifer stürzen rücklings die Stufen hinunter, ihre schlaffen Körper krachen auf den Boden. Im Zwielicht des Turms lässt sich schwer sagen, wer von ihnen jetzt tot und wer nur verwundet ist, aber jung sind sie alle. So jung wie ich.

Silas und Alina steuern auf den Berg stöhnender Leiber zu, um die Gewehre einzusammeln. Ein Junge ganz unten auf der Treppe möchte sein Gewehr nicht hergeben und tritt mit beiden Füßen nach mir, als ich es ihm entwinden will. Ich weiche aus und ramme ihm mein eigenes Gewehr ins Bein, bis er aufjault und endlich loslässt. Ich nehme es ihm ab und springe über ihn drüber, um zwei weitere zu entwaffnen, doch die liegen regungslos da, mit aufgerissenen Augen. Schnell wende ich den Blick ab.

»Oscar!«, ruft Alina. Ich eile zu ihr und Silas an die Tür. Der Feind hat unsere unerfahrene Armee überwältigt und befindet sich jetzt im Ansturm auf die Pforte von Wiederaufbereitungsanlage Ost. Unsere Soldaten liegen im Staub, entweder tot oder mit hinter dem Kopf verschränkten Händen, die Gesichter im Dreck. Jetzt weiß ich, wie recht Jude doch hatte. Innerhalb weniger Wochen lässt sich keine Armee auf die Beine stellen.

Sogar durch die Maske kann ich den Staub in der Luft schmecken. Was jetzt?

Bevor ich eine Entscheidung fällen kann, sind Silas und Alina schon Richtung Anlage losgerannt. Ich versuche, sie einzuholen, doch sie sind zu schnell. Sie stürmen zum Sandsackwall, gehen in Deckung und drücken ab. Ich folge ihrem Beispiel.

Die Hälfte der Angreifer, die sich durch die Tür drängen wollen, brechen unter unserem Kugelhagel zusammen. Die Übrigen halten ihre aus Autotüren gefertigten Schutzschilder hoch, doch die sind nicht kugelsicher und innerhalb einer Minute ist nur noch eine Handvoll von ihnen auf den Beinen. Das ist simpler, als es sein sollte.

Die wenigen Überlebenden stürzen aus dem Turm und rennen um ihr Leben. Ich beobachte sie durch mein Zielfernrohr, aber richtiges Zielen ist unmöglich und so können sie entkommen.

»Die ziehen weiter zur Anlage Süd«, sagt Silas. »Caffrey hat gemeint, da ist der Kontrollturm.«

»Verdammt«, sage ich. »Wenn sie da reinkommen ...« Ich brauche nicht weiterzureden. Alina und Silas sind schon wieder unterwegs. Jeder würde meinen, dass *sie* bei der Spezialeinheit ausgebildet wurden. Ich eile ihnen nach, doch da versperrt uns ein stiernackiger Typ mit tätowierten Armen den Weg. Er trägt weder Helm noch Schild. Und er hält ein Sturmgewehr auf uns gerichtet. Die anderen hatten nur einfache Gewehre. Wir bleiben stehen. Uns bleibt nichts anderes übrig.

»Lasst die Waffen fallen«, grollt er.

»Maks?«, sagt Alina. Ihre Stimme bebt.

»Gewehre runter, Hände hoch«, wiederholt er und wir werfen die Waffen auf den Boden und recken die Hände in die Luft. »Auf die Knie.«

»Macht schon«, sagt Alina. Ich spüre, wie sie zittert. Ich würde sie bei der Hand nehmen, aber ich habe nicht das Gefühl, dass es ihr recht wäre. Und diesem Brutalo da schon gar nicht.

»Wo sind die anderen?«, fragt Maks. Ich schiele zu Silas, weil ich nicht weiß, worauf er hinauswill.

»Die sind in Sicherheit«, sagt Silas.

»Wenn ich sie finde, sind sie's nicht mehr«, sagt Maks.

»Ich hätte dich im Schlaf abmurksen sollen«, sagt Alina und klingt wieder mehr wie sie selbst. Sie rotzt ihm vor die Füße. Maks lacht.

Die Zip ballert wieder los. Wir kauern uns unter der Granatsplitterdusche zusammen, Maks wird zu Boden geschleudert, das Gewehr aus seinen Händen gerissen. Das gibt mir gerade genug Zeit, mir mein eigenes zu schnappen und auf ihn zu richten. Feixend steht er auf und hebt die Hände. Silas und Alina greifen ebenfalls nach ihren Waffen, machen jedoch keinen Gebrauch davon und so tue ich es auch nicht. Dabei wäre die Sache mit einer Kugel erledigt.

»Ihr kämpft also lieber fürs Ministerium als für eure eigenen Leute.« Höhnisch sieht er auf Silas und Alina.

»In der Kuppel leben Tausende von unschuldigen Leuten. Ihr seid wahnsinnig«, gebe ich zurück.

Alina geht auf Maks zu, der sofort seine Brust strafft. Sie rammt ihr Gewehr dagegen. Eine kurze Pause, als ob sie noch etwas sagen wollte, doch dann drückt sie ohne Vorwarnung ab.

Maks starrt sie ungläubig an und kippt nach vorne. Sein Gesicht landet im Sand, seine grüne Jacke färbt sich dunkelrot.

Alina guckt zu mir. »Sonst hätte er uns umgebracht.« Sie braucht sich nicht zu rechtfertigen, ich hätte es jederzeit für sie erledigt.

»Anlage Süd«, erinnere ich sie und weg sind wir.

Wieder kauern wir uns hinter die Sandsäcke und suchen das von Soldaten und Leichen wimmelnde Schlachtfeld nach einem sicheren Durchgang zur Anlage ab. »Einfach mittendurch«, befindet Silas. Alina nickt zustimmend, als einer unserer Panzer vorbeischnarrt.

Er feuert und trifft die Zip. Wieder werden zahlreiche Sequoianer und Ministeriumssoldaten gleichermaßen von Granatsplittern verletzt.

Die kurze Pause gibt Silas, Alina und mir die Chance, zum Panzer zu gelangen. Die Luke öffnet sich, jemand steigt heraus und klappt das Visier hoch. Es ist Jude. Er brüllt irgendwas, aber zwischen all dem Motorenlärm und den Schüssen in der Ferne kann ich ihn einfach nicht verstehen.

Und dann knallt ein einsamer Schuss durch die Luft und Jude kippt aus dem Panzer. Ich fahre herum und erblicke Maks, der sich auf die Ellbogen stützt und über seinen Gewehrlauf grinst. Silas und Alina schießen ihn nieder. Diesmal bleibt er am Boden.

Aber da liegt auch Jude. Ein Soldat steht neben ihm. »Sanitäter!«, brüllt er und ich renne auf ihn zu. Ich ziehe Judes Funkgerät aus seiner Innentasche. »General Caffrey ist angeschossen worden. Schickt eine Trage.«

Silas und Alina stehen neben mir. Keiner von ihnen macht Anstalten zu helfen und ich bitte sie erst gar nicht darum. Ich zerre mir meine Jacke vom Leib und lege sie unter seinen Kopf.

»Ist er tot?«, fragt Alina.

»Das Herz schlägt noch«, sagt der Soldat.

Jude klappt die Augen auf und ich atme erleichtert durch. »Es ist zu spät«, krächzt er. »Sie sind schon bei Anlage Süd. Holt die Leute aus der Kuppel. Schafft sie alle raus.« Er zieht sich am Kragen. Am einzigen ungeschützten Teil seines Körpers ist er getroffen worden – am Hals. Ich reiße mir meinen Hemdsärmel ab, knülle ihn zusammen und presse ihn gegen die Wunde. Er darf nicht sterben. Wir brauchen ihn.

»Wir haben nicht die Zeit, so viele Leute zu evakuieren«, erkläre ich ihm.

»Anlage Süd«, sagt Silas kalt. Er sieht nicht zu Jude. Er weiß nicht, wer Jude geworden ist und dass er die letzten Wochen damit zugebracht hat, die Rebellen zu schützen.

»Geht«, sage ich und schon sind sie weg, genau wie der Soldat, der durch die Panzerluke abtaucht und davonsteuert. Sequoias Zip feuert auf den Panzer und verfehlt ihn um Haaresbreite.

Binnen einer Minute ist der Hemdfetzen an Judes Hals blutdurchtränkt. Mein Magen zieht sich zusammen. Noch einmal versuche ich, an den Menschen am anderen Ende der Funkverbindung zu appellieren. Doch ich könnte ebenso gut Selbstgespräche führen.

Jude fummelt an seiner Maske herum. Ich fahre die Sauerstoffzufuhr hoch, was auch immer das noch bringen soll.

»Was jetzt?«, frage ich, als könne er sich an den eigenen Haaren aus dem Sumpf ziehen.

Er hustet. »Du scheinst doch durchaus fähig zu sein, Oscar. Verrat du's mir.«

QUINN

Die Schüsse da draußen haben die Kuppel mit einer dicken Staubschicht bedeckt, sodass wir drinnen kaum was mitkriegen. Und Zone Eins ist das reinste Chaos. In jedem Premiumgebäude schrillt der Alarm, während die Seconds auf Plündertour gehen. Überall liegen Leichen. Jeder ist in Gefahr, doch das Ministerium hält sich auffällig zurück.

Hat das Ganze nicht ein bisschen was vom Switch? Menschen, die so ausgehungert nach Luft sind, dass sie alles täten, um nur noch ein bisschen länger durchzuhalten? Und letztendlich mussten dann doch alle dran glauben.

Ich trage Jazz huckepack, Bea hält Lennon und Keane an der Hand. Wir sind auf dem Weg zur Grenze. Eine Gestalt kommt auf mich zugerast und ich lege die Hände schützend um meine Sauerstoffflasche. Ich will schon zuschlagen, als mir klar wird, dass es Gideon ist. Gideon mit einem riesigen Rucksack auf dem Rücken. »Ich bin in die Biosphäre eingebrochen. Ich hab Zwiebeln, Samen und ein paar Stecklinge organisiert, alles, was wir brauchen«, sagt er. Er beäugt Lennon und Keane.

»Meine Brüder«, erkläre ich. »Wo sind die anderen?«

»Die sind schon vorgegangen.«

Beim Einbiegen in die Grenzallee bremsen wir abrupt ab. Ein Pulk Männer mit Atemgeräten und schartigen Glasflaschen hat uns entdeckt und stürzt auf uns zu. »Keinen Schritt näher«, sagt Gideon und schwingt ein Küchenmesser. Die Männer bleiben mit etwas Sicherheitsabstand stehen.

»Wir könnten über die Abfallrutschen raus«, meint Bea, vor den Männern zurückweichend.

Einer von ihnen deutet auf mich. »Das ist der Premium, der bei der Pressekonferenz gesprochen hat. Es hat geheißen, du seist tot.«

»Bin ich nicht.«

»Du hast gesagt, wir könnten draußen atmen«, fährt der Mann fort. Der Rest der Bande lauscht. Eine größere Gruppe – Jugendliche in meinem Alter mit Sturmhauben – bleibt stehen und schaut zu.

»Das ist der Typ aus der Sendung!«, sagt einer von ihnen. »He Leute, das ist dieser eine Premium!« Binnen Sekunden sind wir umringt.

»Also *können* wir da draußen atmen?«, wiederholt der Mann. Beim Anblick ihrer verstörten, angespannten Gesichter wird mir klar, dass sie gar keine Bedrohung darstellen, sondern einfach nur einen Ausweg aus ihren elenden Leben suchen.

»Es ist nicht ganz leicht«, sage ich.

Der Kreis um uns wird enger. »Was müssen wir machen?«, will einer wissen. »Du bist derjenige, der damit angefangen hat.« Dass ich mal eine Art Vorreiter sein könnte, hätte ich mir vor Monaten auch nie träumen lassen und selbst jetzt muss ich mich fragen, ob ich das Zeug zum Anführer habe.

»Sag ihnen, was sie tun müssen.« Jazz fingert mir am Ohr rum.

»Das Wichtigste ist Hingabe«, sage ich. »Aber ihr könnt eure Körper darauf hintrainieren, draußen zu überleben. Und wir können euch dabei helfen.«

»Geschenkt. Ich geh da jetzt raus und schließ mich den Rebellen an. Die wissen, wie man's anpackt«, sagt der eine.

»Wir sind die Einzigen, die noch übrig sind«, sagt Bea. »Das Ministerium hat sie alle ermordet.«

»Glaubt ihr, wir haben Avocados und Rote Bete gezüchtet für den Fall, dass ihr euch doch irgendwann zur Flucht entschließt? Macht euch nichts vor. Ihr braucht Luft, aber genauso braucht ihr Lebensmittel. Haltbare Lebensmittel. Alles, was ihr auftreiben könnt. Wir warten draußen am Ehrengrabmal auf euch«, sagt Gideon.

»Und stellt euch darauf ein, dass es hart wird da draußen«, warne ich.

»Gut«, sagt der Mann und die Menge zerstreut sich. Wahrscheinlich gehen sie sich jetzt Nahrung zusammenrauben, aber wenn jemand solche Verluste verkraften kann, dann die Premiums. An so was darf man jetzt keinen Gedanken verschwenden, wo es den Armen selbst an der Luft zum Atmen fehlt.

Harriet, Old Watson und die übrigen Rebellen warten

schon an der Grenze auf uns. Sie sind schwer beladen mit Sauerstoffflaschen, Lebensmitteln und Waffen. Wache schiebt hier keiner mehr. »Da draußen herrscht Krieg«, sagt Harriet, als wir uns durch den Glastunnel schleppen. Sie öffnet ihren Rucksack und zieht ein paar Handfeuerwaffen raus.

»Und in ein paar Monaten, wenn wir keine Luft und kein Essen mehr haben?«, raunt Bea mir zu, damit es sonst keiner mitkriegt.

Ich deute auf die Tasche mit den Setzlingen und Samen in Gideons Hand. »Das bauen wir uns alles selbst an«, sage ich, drücke mich gegen die Drehtür am Ende des Tunnels und führe alle raus ins Kriegsgebiet.

Ein Soldat nahe des Eingangs gafft mich an. »Quinn Caffrey? Der Sohn von General Caffrey?« Er lässt die leere Trage von seinem Rücken fallen und klappt das Visier hoch, um mir in die Augen zu schauen. »Dein Vater ist angeschossen worden.« Ich reagiere nicht. Bea nimmt mich bei der Hand. »Ich wollte gerade die Trage hinbringen. Komm mit«, sagt der Soldat.

Ich sollte jetzt bei Bea bleiben und den Rebellen bei der Flucht helfen. Aber als ich sie ansehe, schüttelt sie den Kopf. »Geh«, sagt sie.

Ich schnappe mir das eine Ende der Trage und folge dem Soldaten aufs Schlachtfeld. Ich muss meinen Dad finden.

ALINA

Silas und ich liegen flach auf dem Boden. Um uns herum steigen Staubwolken auf. »Wo sind sie?«, frage ich und suche mit zusammengekniffenen Augen die Anlage Süd nach der sequoianischen Miliz ab.

Silas reibt über das Glas seines Zielfernrohrs und späht hindurch. »Wenn sie wissen, dass von dort die Versorgung der anderen Anlagen gesteuert wird, kommen sie bestimmt bald wieder«, sagt er. Und so machen wir uns auf zum Kontrollturm, den wir von Ministeriumssoldaten bewacht glauben. Doch hinter den Sandsäcken ist niemand. Alles wirkt wie ausgestorben.

Das Artilleriefeuer ist kaum mehr zu hören.

Seltsam. Vanya kam mir nicht vor wie jemand, der so einfach das Handtuch wirft. »Irgendwas ist hier faul«, sage ich. Die müssen einen Angriff planen, und wenn sie das tun, können Silas und ich alleine gar nichts ausrichten. Und dann dämmert es mir. »Oh nein«, sage ich.

Bei Silas fällt der Groschen im selben Augenblick. »Wir sitzen in der Falle«, meint er. »Lass uns versuchen, in die Anlage reinzukommen.«

Und dann erschallt Vanyas Stimme wie aus den Wolken. »Wenn ich an eurer Stelle wäre, würde ich um den Turm einen großen Bogen machen.«

»Beim Westturm.« Silas zeigt mit dem Finger. Die Leitungen der Wiederaufbereitungsanlage West sind längst durchtrennt und Vanya muss sich dort eingenistet haben. Ich spähe durchs Zielfernrohr. Sie steht auf dem Balkon, ein Megafon vorm Gesicht.

»Gleich geht die Bombe hoch«, verkündet sie.

»Brauchen Bomben nicht Sauerstoff?«, frage ich Silas, obwohl der sich damit genauso wenig auskennt wie ich.

Sollte man meinen. »Die brauchen nur Benzin und ein Oxidationsmittel. Ich bin mir sicher, irgendwem in Sequoia wird das auch aufgegangen sein.«

»Glaubst du wirklich, die will alles hochjagen?«, überlege ich laut. Die Biosphäre befindet sich am südlichen Teil der Kuppel. Könnte die Explosion eine solche Reichweite haben? Und was würde uns dann noch bleiben? Eine Handvoll Menschen, keine Bäume, keine Kuppel? Das wäre schlimmer als der Switch. Das kann ich nicht zulassen. Ich rase auf die Tür zu, Silas auf den Fersen.

Ohne gültigen Daumenabdruck für die Tür müssen wir die Schlösser aufschießen. Eine Kugel jagt an meinem Kopf vorbei und pfeift sengend durch die Tür.

Vanya hat das Feuer auf uns eröffnet.

Die Tür bebt in ihrem Rahmen, weigert sich jedoch aufzugehen. Ich lege mich auf den Boden und trete mit meiner ganzen verbliebenen Kraft dagegen. Silas versucht es mit der Wucht seines Körpers.

»Miliz!«, ruft Vanya und binnen Sekunden stapft die Sequoianertruppe auf uns zu.

Doch endlich gibt die Tür nach. Ich springe gerade auf die Beine, als sich Vanyas Miliz wie eine wilde Herde auf uns stürzt. Silas zerrt mich in den Turm. »Such die Bombe und tu, was du kannst, ich ...«

Er spricht nicht weiter, denn was soll er schon gegen dreißig Mann ausrichten? Er lugt aus dem Türrahmen und ballert los.

Unter Protest quält sich der Windenaufzug nach oben, wo ich den Kommandoraum offen, aber verwaist vorfinde. Ich eile auf den Balkon, auf dem vier tote Scharfschützen liegen. Das Blut tropft über den Rand. Neben ihnen liegt ein Solar-Atemgerät.

Ich beuge mich übers Geländer.

Die Sequoianer sind schon fast bei den Sandsäcken. Ohne wirklich zielen zu können, beginne ich zu feuern. Und da entdecke ich sie: eine Gruppe Zivilisten, die Vanyas Miliz verfolgt.

Ich sehe genauer hin und muss einfach die Faust triumphierend in die Luft strecken – es sind Onkel Gideon, Tante Harriet und die Rebellen, die die Sequoianer schon fast eingekesselt und unter Beschuss genommen haben.

Sie brauchen meine Hilfe und gerade will ich mit der Winde wieder nach unten fahren, als mein Blick auf das Atemgerät fällt und ich endlich begreife, was ich da vor mir habe. Auf der Rückseite ist mit Klebeband eine in gelbes Plastik gehüllte Schachtel mit Digitalbedienfeld befestigt. Vanyas Bombe.

Zahlen blinken auf: *219, 218*. Sekunden? Was ist das in Minuten? Ich hab keine Zeit zum Rechnen und auch keinen blassen Schimmer, wie ich das hier entschärfen soll. Ich bin ja nicht Song.

214, 213, 212 …

Ich könnte die Bombe jetzt einfach hierlassen und abhauen, aber wenn ich davonkomme und sonst nichts, was soll das bringen? Wenn ich die Bombe nicht entschärfen kann, muss ich sie mitnehmen, sie so weit wie möglich von hier wegschaffen. Bei der Größe kann ich sie nur auf dem Rücken transportieren, aber mit meiner eigenen Sauerstoffflasche am Gürtel ist das nicht drin. Ich schnalle sie samt Atemmaske ab und ziehe mir die widerlichen Vorrichtungen des Solargeräts über den Mund. Es stinkt. Und ist schwer wie ein Felsbrocken.

Die Digitalanzeige ist jetzt samt ihren Leuchtziffern außer Sichtweite und das ist gut so.

Ich taumle zur Winde und fahre nach unten. Silas ist verschwunden. Als ich rausblicke, drückt er gerade einen Milizionär auf die Erde. Meine Tante und mein Onkel sind nicht weit, sie halten die Miliz mit ihren Waffen auf Abstand. So stark die Sequoianer auch sein mögen – Rebellen Seite an Seite mit den Ministeriumssoldaten hätten sie nie erwartet.

Ich sprinte hinten um den Turm herum und taumle raus ins offene Land.

Die Luft aus dem solarbetriebenen Atemgerät ist feucht, die Maske kratzt mir im Gesicht. Ohne ginge es mir besser und so zerre ich sie ab und lasse sie fallen.

Der Sauerstoff in der Atmosphäre ist dünn, aber nach meinem Training komme ich damit aus.

Eine Stimme schreit: »Zieh es aus, Alina. Runter damit!«

Aber das kann ich nicht. Nicht, bevor ich nicht alle in Sicherheit weiß. Ganz gleich, wie schwer das Teil ist und wie verbrannt mein Hals sich anfühlt.

Als ich mich schließlich umdrehe, erglüht die Kuppel im Licht der untergehenden Sonne. Jetzt bin ich wohl weit genug, um sie gerettet zu haben, und so schäle ich mir das Gerät ab und springe davon, ohne noch mal nachzusehen, wie viel Zeit mir bleibt. Einfach nur rennen. Ich renne, so schnell meine Lunge und meine Beine mich tragen.

Die Stimme kehrt zurück. Es ist Silas. »Lauf, Alina. ALINA!« Aber er muss sich keine Sorgen machen. »ALINA!«, brüllt er.

Und ich lächle.

QUINN

Die Explosion reißt mich kopfüber zu Boden, rammt mir das Gesicht in die Steine und schabt mir die Haut von den Händen. Die Luft ist plötzlich grau. Ich richte mich auf, der Soldat neben mir nicht, und so rolle ich ihn auf den Rücken. Er stöhnt. »Was ist los?«

»Mein Bein«, sagt er. Aber ich kann mich nicht dreiteilen zwischen ihm, meinem Vater und dem, was da eben diese Explosion verursacht hat.

Eine Entscheidung muss her.

»Bleib hier«, sage ich zum Soldaten und renne zu meinem Vater und Oscar, die ungeschützt nahe einer Anlage kauern. Oscar hat seine Hand am Hals meines Vaters.

»Lebt er noch?«, frage ich.

»Er verliert ständig das Bewusstsein«, sagt Oscar. Das Gewehrfeuer in der Ferne reißt ab. Oscar und ich schauen uns an. Könnte es das gewesen sein?

»Dad«, sage ich. »Dad?«

Er zieht die Atemmaske ab und spuckt Blut. »Quinn?«

»Ja, ich bin's.« Mit meinem Ärmel wische ich ihm das Blut vom Gesicht. Ich versuche, ihm die Maske wieder richtig anzulegen, doch er dreht abwehrend den Kopf zur Seite. Oscar lässt den Stoff los, den er ihm gegen den Hals gedrückt hat, und entblößt eine klaffende Wunde.

»Er hat einen Schuss abgekriegt«, sagt Oscar, als ob ich mir das nicht selbst zusammenreimen könnte.

Mein Vater stöhnt und hustet einen Blutklumpen in seine Hand. Diesmal sträubt er sich nicht, als ich ihm die Maske wieder anlegen will. »Die Anlagen haben drinnen Ventile zum Flaschenauffüllen«, röchelt er. »Selbst wenn sie's schaffen sollten …«

»Nicht reden«, sage ich, weil ich merke, wie sehr es ihn anstrengt. »Versuchen wir mal, dich reinzuschaffen.«

»Quinn«, setzt Oscar an und legt mir eine Hand auf den Arm.

»Hilf mir«, sage ich und gemeinsam wuchten wir meinen Vater auf die Trage. Zurück bleibt eine dunkle Pfütze. Noch nie zuvor habe ich meinen Vater bluten sehen. Irgendwie hatte ich mir den Kinderglauben bewahrt, dass er das gar nicht könnte.

Auf der Trage breitet sich ein Blutsee aus und er lässt sich kaum transportieren, weil er so viel herumzappelt. Wir setzen ihn wieder ab und ich knie mich neben ihn.

»Die Zwillinge. Deine Mutter«, sagt er.

»Es geht ihnen gut«, sagt er, weil ich es zumindest hoffe. »Mom hat das Baby bekommen.«

Mein Vater schließt die Augen, und als er sie wieder aufschlägt, stehen Tränen darin. Er hebt einen Finger und winkt mich näher zu sich heran. Ich senke mein

Ohr zum Luftauslassventil seiner Maske. »Ich bin nicht der beste aller Väter«, sagt er.

Das stimmt, er war manchmal sogar ein ziemlich grauenhafter Vater. Aber irgendwie hat es sich so angefühlt, als habe er es nicht besser gelernt. Ich hebe den Kopf und blicke meinem Vater in die Augen. »Oscar hat mir erzählt, du hättest ihn nach mir geschickt. Danke.«

Ein Schuss bricht die Stille und Oscar hebt das Gewehr. »Wir sitzen hier voll auf dem Präsentierteller.« Er versucht, meinen Vater wieder auf die Trage zu heben. Ich helfe ihm nicht. Es ist sinnlos.

»Du hast mal gemeint, dass wir in einer anderen Welt vermutlich Freunde hätten sein können.« Ich halte inne und warte auf ein Zeichen, dass er mich verstanden hat. Ich muss wissen, dass er mir zuhört.

»Hör auf«, flüstert er.

»Und ich glaube, du hattest recht.« Er reißt sich die Maske vom Gesicht und schleudert sie außer Reichweite. Aus seiner Nase tröpfelt das Blut. Seine Augen sind leer.

Oscar eilt nach der Maske. Aber mein Vater wird sie nicht mehr brauchen.

Ich lege ihm meine Hand auf die Brust. Er blickt empor zum Himmel, dann zu mir. »Quinn«, sagt er. Sein Atem ist flach und sanft. »Quinn«, wiederholt er und schließt die Augen.

BEA

Sequoianer, Rebellen und Ministerium starren auf den schwarzen Dunst, der den Himmel erfüllt. Ich liege hinter einem ausgebombten Geländewagen und bemühe mich nach Kräften, Jazz daran zu hindern, sich ins Getümmel zu stürzen. Lennon und Keane müssen sich regelrecht auf sie draufsetzen, als wir Silas auf die Explosion zujagen sehen. Gideon und Harriet sind dicht hinter ihm. Von Alina keine Spur.

»Der Turm!«, plärrt Vanya ins Megafon, um ihre Miliz an ihre Aufgabe zu erinnern. Dann verschwindet sie vom Balkon der Aufbereitungsanlage. Sie möchte, dass sie den Turm stürmen, aber sie sind viel zu wenige, um noch irgendwas auszurichten. Ich spähe über den Rand des Autowracks. Nur noch vier Sequoianer sind auf den Beinen, die Hände in die Luft gereckt. Die anderen liegen auf dem Rücken und bekommen dort von Ministeriumssoldaten und Rebellen den Fuß auf die Brust gesetzt. Wenn Vanya glaubt, hier noch einen Krieg gewinnen zu können, ist sie völlig verblendet. Sie hat ihn längst verloren.

»Angriff!«, kreischt Vanya, hebt sich aus dem Staub und stürmt auf uns zu.

Doch ehe ich es verhindern kann, hat Jazz sich meine Waffe geschnappt und sie auf Vanya gerichtet. Wenn stimmt, was Quinn gesagt hat, ist sie drauf und dran, die eigene Mutter erschießen. So durchgeknallt und gemeingefährlich Vanya auch sein mag, das kann ich nicht zulassen. Ich schlage Jazz die Waffe aus der Hand und sie landet neben Lennon. Voller Grauen betrachtet er sie.

»Die Kuppel gehört mir!«, schreit Vanya. Sie hat keine Waffe, nur das Megafon. Zwei der Rebellen, die mit mir auf Oscars Dachboden gehaust haben, marschieren auf sie zu.

»Knall sie ab«, trägt Jazz Lennon auf und greift wieder nach der Waffe.

»Nein«, sage ich und stelle den Fuß drauf. Vielleicht sollte ich Jazz eine Erklärung liefern, aber nicht jetzt. Das hat auch später noch Zeit.

Die Rebellen zerren Vanya zu Boden, sie tritt und schlägt um sich wie ein Tier.

Silas, Gideon und Harriet sind jetzt Pünktchen am Horizont. Doch Alina kann ich immer noch nicht sehen. »Bleibt hier«, befehle ich.

Jazz klammert sich an meinem Bein fest. »Nimm mich mit.«

Ich schüttle den Kopf. »Ich komm ja wieder. Kümmer du dich um Lennon und Keane.« Sie schaut zu den vor sich hin schniefenden Zwillingen und verdreht die Augen.

»Na gut«, sagt sie.

Ich renne so schnell wie möglich los, wiederhole das Mantra *Alina lebt, Alina lebt* endlos in meinem Kopf. Sie ist zäher als wir alle zusammen, und wenn die Zeit gekommen ist, wird sie als Letzte gehen.

Als ich bei Gideon und Harriet anlange, dringt ein penetranter Chemiegestank in meine Maske. Der Boden ist mit Metallkonfetti bedeckt. Sie kauern neben Alina. Über ihnen steht Silas. Sie blicken zu mir hoch, als sei ich ein Geist.

»Alina?«, frage ich. Ihr Gesicht ist schwarz, ihr Haar an den Spitzen verkohlt. Ich warte darauf, dass sie die Augen aufschlägt und uns zusammenstaucht. »Alina.«

»Die Druckwelle ...«, sagt Silas und bricht erstickt ab.

»Aber sie ist doch in Ordnung, oder?« Ich knie mich neben sie und berühre ihre Hand. Sie ist warm. Über einer Augenbraue hat sie eine fiese Schnittwunde.

»Sie ist tot«, sagt Silas.

»Nein, ist sie nicht... Gebt ihr doch Luft!« Ich lege meine Hand auf ihre Brust und beginne zu drücken, massiere ihr Herz wie das von Old Watson. Es muss einfach klappen – Alina hat immer überlebt.

Ich beuge mich runter, um in ihren Mund zu pusten, als Harriet mir die Hand auf den Arm legt. »Hör auf«, sagt sie. »Bitte.«

Und ich höre auf. Weil Alina nicht mehr aussieht wie sie selbst. Sie ist völlig entspannt.

Sie ist tot.

Gideon nimmt seine Maske ab, küsst Alina auf die

Stirn und wischt sich dann mit dem Handballen die Tränen ab.

Das ist zu viel für Silas, er geht weg und brüllt in den Himmel hinein.

Ich streichle Alinas Gesicht mit der Rückseite meiner Finger. Ihre Haut ist weich. Im Hain habe ich sie zuletzt gesehen. So ein kurzer Abschied war das, so kurz. Zu kurz.

Tränen rinnen über meine Maske in den Staub.

Ich kenne das Gefühl, das Herz rausgerissen zu bekommen, es ist nichts Neues für mich, aber das macht es nicht weniger schmerzhaft.

Jetzt weine ich so sehr, dass ich kaum noch etwas sehe. Ich drücke Alinas Hand.

Ich will ihr berichten, was passiert ist. Ich will ihr sagen, wer sie ist und was sie getan hat. Für mich. Für uns alle.

Aber für Alina wäre nur eine Sache wichtig.

Und so hebe ich meine Maske und drücke meine Lippen an ihr Ohr.

»Ich glaube, wir haben gewonnen«, sage ich.

TEIL 5

DER FRÜHLING

BEA

Das Mädchen mit seiner Schale trockenen Zements bekommt gleich einen Anpfiff von Maude: »Bauen wir hier ’n Haus für Heinzelmännchen? Ich brauch ’n Fass von dem Zeugs, hab ich gesagt, du Knalltüte.«

»Dann hol ich noch mehr.« Die Kleine trippelt davon.

»Sieht super aus«, lobe ich. Und das stimmt. Es ist schon die zehnte Hütte, die wir errichtet haben. Wenn das so weitergeht, hat im Sommer jeder ein Dach über dem Kopf. Maude reibt sich die Nase am Ärmel.

»Wo is denn Schnuckiputz hin entfleucht?«

»Meiner oder deiner?«

»Ach, vergiss es, Bruce und ich sind nur Kumpel, nix weiter.« Ihr Gesicht wird knallrot.

Ich nehme ein paar tiefe Züge aus der Atemmaske, die mir um den Hals baumelt. »Wir haben ein paar neue Anfragen von Premiums, die sich der Siedlung anschließen wollen. Hast du Zeit, mit mir die Vorstellungsgespräche abzuwickeln?« Ich blicke zur Kuppel in der Ferne. Sie funkelt schwach im Licht. Jetzt, wo die Leute nach Belieben kommen und gehen können und gesehen haben, was wir hier aufbauen, möchten sie bei uns mitmachen.

»Ich muss auffüllen gehn«, sagt Maude und klopft auf ihre Sauerstoffflasche. »Ich kann se bei der Aufbereitungsanlage treffen.«

Die dunklen Wolken über uns verdichten sich. Auf meinem Arm landet ein Tröpfchen. »Regen«, lächle ich.

»Na spitze, das Grünzeugs wird jubeln, aber wer denkt an meine Frisur?« Sie schiebt sich die Zotteln hinter die Ohren, zieht die Kapuze über den Kopf und trottet rüber zum kleinen Häuschen, das wir für Jo und ihr Baby errichtet haben. Abel kümmert sich um sie, vielleicht sind sie sogar ein Paar, doch das hindert ihn nicht daran, jeden Tag Alinas Grab zu besuchen. Und er ist völlig besessen vom Gärtnern. Die Pflanzschule steht in voller Blüte und das ist sein Verdienst.

»Wo geht die jetzt wieder hin?«, fragt Oscar, der plötzlich auf dem halb fertigen Hausdach erscheint.

»Im Regen kann man nicht arbeiten. Komm runter«, sage ich ihm.

Er winkt nur ab und zieht die Träger seiner Arbeitshose straff. Quinn steuert auf uns zu und wechselt im Vorbeigehen ein paar Worte mit Maude.

Er schlüpft hinter mich, legt mir die Arme um die Hüfte und küsst meinen Nacken.

»Wie wär's mit einem kleinen Ausflug in die Stadt, für ein paar Tage? Nur wir beide«, sagt er.

Ich strecke meine Hand aus, damit sich Wasser darin sammeln kann. »Das haben wir schon mal probiert und es ging schief.«

»Nur weil was beim ersten Anlauf nicht gleich klappt …«

»Vielleicht sollten wir zur Sicherheit gleich Oscar mitschleppen«, lache ich. »Oder Maude.«

»Das kriegen wir ja wohl auch allein gebacken. Wir brauchen keine Gesellschaft«, beharrt er.

»Sprecht ihr von mir?«, ruft Oscar vom Dach runter. Er rackert unablässig und bringt mir nebenbei noch das Malen bei. Wenn ich mit ihm zusammen bin, kocht Quinn innerlich vor Eifersucht, aber das ist wohl in Ordnung. Und ganz normal.

»Quinn und ich machen vielleicht einen kleinen Trip. Wir haben uns gefragt, ob du uns vielleicht begleiten möchtest.«

Er lacht laut – und sarkastisch. »Na klar doch. Ich bin ganz wild darauf, bei eurer Knutschorgie mitzumachen.«

»Wir knutschen nicht, versprochen«, sagt Quinn und küsst noch einmal meinen Nacken.

»Schluss jetzt mit der ständigen Drückebergerei«, schimpft Oscar und macht sich wieder ans Werk.

Quinn grinst und gibt mich frei. »Willst du mal was sehen?«

Ich folge ihm in den Garten, wo Abel auf den Knien werkelt. »Dort«, zeigt Quinn. Ich kauere mich hin und berühre die grünen Triebe, die durch die Erde brechen, sich regelrecht ans Licht gegraben haben.

»Birnbäume«, lächelt Abel. »Und ich nehm an, bis zum Sommer sind auch die Erdbeeren so weit.«

»Wenn das so weitergeht, halten wir vielleicht doch noch ein paar Jahre durch«, sage ich.

»Jetzt haben wir's schon so weit geschafft. Jetzt den Löffel abzugeben wäre echt mal verantwortungslos«, meint Abel.

»Ich mach mich dann besser mal wieder an die Arbeit«, sagt Quinn und wendet eine Pflanzkelle in den Händen. »Wir haben eine Menge zu tun.«

Und da hat er recht. Uns bleibt jede Menge zu tun. Jede Menge zu lernen. Und jede Menge zu fürchten. Aber heute freue ich mich an dem Regen auf meiner Hand und meinem eigenen flachen Atem.

Die Elemente gehören endlich uns allen.

Und das genügt erst mal.